朱明的千宗罪

The
Thousand
Crimes of
Ming Tsu

〔美〕
林闻涛
著

刘勇军
译

人民文学出版社

著作权合同登记号　　图字01-2023-2501

Copyright © 2021 by Tom Lin
This edition published by arrangement with Little, Brown and Company, New York, USA through Bardon-Chinese Media Agency
Simplified Chinese translation copyright © 2023 by People's Literature Publishing House
ALL RIGHTS RESERVED

图书在版编目（CIP）数据

朱明的千宗罪／（美）林闻涛著；刘勇军译．—北京：人民文学出版社，2023
ISBN 978-7-02-018060-8

Ⅰ.①朱… Ⅱ.①林… ②刘… Ⅲ.①长篇小说—美国—现代 Ⅳ.① I712.45

中国国家版本馆CIP数据核字（2023）第121279号

责任编辑	马冬冬
装帧设计	刘　远
责任校对	杨益民
责任印制	张　娜

出版发行　人民文学出版社
社　　址　北京市朝内大街166号
邮政编码　100705

印　　刷　三河市鑫金马印装有限公司
经　　销　全国新华书店等

字　　数　211千字
开　　本　880毫米×1230毫米　1/32
印　　张　11.25　插页3
印　　数　1—5000
版　　次　2023年8月北京第1版
印　　次　2023年8月第1次印刷

书　　号　978-7-02-018060-8
定　　价　65.00元

如有印装质量问题，请与本社图书销售中心调换。电话：010-65233595

谨以此书献给我的父母

目 录

第一部分　**獵** / 001

第二部分　**旅** / 127

第三部分　**命** / 273

致谢 / 353

朱明
的
千宗罪

The
Thousand Crimes
of
Ming Tsu

第一部分

01

朱明很久以前就不再为杀人困扰了。科林镇，连同镇里的赌场和满是愤怒酒客的酒馆，都被他甩在了身后。不到两个小时前，朱明才杀了一个人，可在他的脑海里，对这件事的记忆已经开始被想象的火焰所取代。也许再过一天，他就将绕过盐湖的北角，地平线上闪动着骇人光泽的铁路也将越来越近，铁轨和枕木变得清晰可见。然而，此时此刻，他面前只有一片湖泽。

太阳终于落到了与湖面齐平的高度，压在水面倒影的上方，过了一会儿才继续西沉。朱明扎营休息，他生了堆火，把靴子脱下，从袜子上拂去仿佛多达成千上万只的被压瘪的盐蝇。一股腐烂的味道弥漫开来。

朱明杀死的人名叫犹大·安布罗斯，曾是中太平洋铁路公司的劳工招募专员，这人腰间挂着一支五发左轮手枪，这把枪不是通常的火帽－铅弹式，它的旋转弹膛有特定口径，可装子弹。朱明以前倒是见过这样的武器，却从未拿在手里把玩，直到他站在犹大扭曲成一团的尸体旁，举起了死者的枪。他捡起枪后发现枪还是温的。击锤一直处于上膛状态，只等着一根手指去扣动扳机。犹大的手指。

死在朱明手里之前，他开过一枪，可惜打偏了，子弹从距离朱明一英尺半远的地方飞了过去。这会儿，朱明坐在火堆旁，向外转开犹大那支左轮手枪的旋转弹膛，数了数，一发已用完，还有四发实弹。这支枪很值钱，即使找不到子弹，他也要留着它。

在淡淡的月光下，他把枪左右转动，看着自己在蓝钢枪管上的倒影扭曲变形。火焰燃烧着，把木头烧得发黑，变成了木炭，最后化为灰烬，月亮沉入地平线，清晨打断了他的遐想。他觉得自己好像睡了一觉，而这就够了。

朱明口渴得厉害，喝干了水壶里最后一点水后，便再度启程了。中午以前，他离联合太平洋铁路公司的铁路末端只有一英里半了。照他估计，他此前离位于盐湖一角西侧的联合太平洋铁路的铁路末端有50英里。朱明躲在一块突出岩石的阴影中，从背包里掏出一个满是划痕的小望远镜，扫视着联合太平洋的营地。那帮爱尔兰人正在斜坡上修铁路，一二三，铺枕木，一二三，掷道钉。锤击声不绝于耳，节奏铿锵，其间夹杂着人们的喊叫声。柱子上拴着十几匹马，马儿不时弯下长长的脖子饮水。还有很多马匹在货运老板周围溜达，而老板们戴着宽檐帽，帽檐遮住了眼睛。一团火燃烧着，但在这片阳光普照的荒原中几乎难以看清。朱明放下望远镜，往大拇指上吐了口唾沫，把前后镜片都擦干净。他调整了一下瞄准器，发现并没有看得更清楚，便对准西边，寻找穿越这片荒原的路线。他需要一马。

他又用望远镜观察了一下营地。一辆火车头沿着铁路开了过来，停在铁轨的尽头。几个人爬过发动机，锅炉上方的空气在高温中变得扭曲。几分钟后，火车头返回了来时的方向。朱明放下望远镜，将其塞回背包。

他可以等天黑了再摸过去。现在还有事要做。他必须准备充足，才能行动。

他挖出一撮盐草，将双手插入土中，直到指甲缝里的泥土摸起来冰凉潮湿。他往挖出来的洞里看，只见有水从洞底渗出来，水面上闪动着油漆质地的光泽。他把一根手指伸进冷水里蘸了蘸，再放进嘴里尝了一下。咸的，但可以饮用。他又扒拉了几下，将洞口扩大，可容纳空水壶平放其中。水慢慢地灌入水壶，眼见快满了，他盖好塞子，把水壶放回背包，把挖出来的泥土填回洞中，用手把地面抚平。

行走于世，不能留下一点痕迹。

他背靠石头坐好，从绑在大腿上的鞘里抽出一根六英寸长的尖锐道钉，插进尘土里。他从背包里拿出一块磨刀石和一小瓶油。他稳稳地把铁质道钉沿着磨刀石来回打磨，把尖端磨得尖锐无比。然后，他把皮带从裤子上扯下来，盘腿坐好，把皮带在靴子和空着的那只手之间拉紧。他快速地在皮带上打磨道钉，一开始，铁钉只呈现出暗淡的光泽，渐渐地便像镜子一样闪闪发亮。

这块突出岩石的阴影越来越长。朱明抽出自己的左轮手枪，先擦干净，接着在每个弹膛里都装上定量的火药和一些弹托。他把铅弹一枚枚地放进去，从弹丸上削掉小块月牙形状的铅。然后，他从背包里拿出一把火帽，火帽在暗淡的阳光下闪闪发光，就像落在地上的小铜星。他在每个黄铜引火嘴上都安装了火帽，装好后，就把旋转弹膛插回左轮手枪，把枪装入枪套。

朱明靠在石头上，闭上眼睛，想起了留在远方的心上人苍白的面庞。他想象着自己再见到她时会对她说些什么，想象着自己敲门，她来应门时是什么样子。他想象着她喜笑颜开，扑进他的怀抱。

他会说，艾达，宝贝，没事了。

他想象着自己亲吻她，他吻得很慢，却充满爱意，他会告诉她，他很抱歉这么久才回来，但他会说"可是你看呀"，说完就把袖子拉起来，让她看他身上的疤痕、烧伤和未愈合的伤口。"你看，"他会告诉她，"为了回家，我历尽了千难万险。"

他不由自主地笑了笑，睁开眼睛后，他摇了摇头。荒原的夜晚寒意逼人，他冻得脸颊刺痛。月亮高挂在天空，足够明亮，他从背包里拿出望远镜，再度观察营地。此时，那里空无一人。

毫无疑问，劳工都进帐篷里打牌、喝酒去了。从帆布帐篷壁的下面，灯光像床单一样倾泻在黑暗的沙地上。男人打牌时发出的低沉声音飘入黑暗之中，可以听到骨头骰子的碰撞声，以及玻璃酒杯在桌子上的叮当声。他们说的是真的。联合太平洋铁路雇猫雇狗，就是不雇华人。这些铁轨是由退伍军人、赌徒和小偷铺设而成的。

终于，灯熄了，帐篷一个接一个变成了蓝黑色。在确定所有人都睡着后，朱明放下望远镜，不知疲倦地向营地走去，悄无声息地走了半个钟头才走到。一轮盈凸月低悬在地平线上。那几匹马静静地站在拴着它们的地方，马鞍靠在系马桩上。朱明悄悄走到一匹马边上，把牲口解开，套上鞍子。星辰在他头顶盘旋，他抬头望了望，找到西方，用力一蹬马刺，策马飞奔起来。他身边的铁轨像两条平滑的线一样流动，然后分裂成一堆模模糊糊、尚未完工的枕木、散布的道钉和闪闪发光的铁条。接着，铁轨消失了，只剩下荒原从他两侧飞驰而过，他骑马向西来到了白色的盐滩，这片古老的大地万世不变。

02

天亮了，朱明停住马，下马后狠狠地拍了一下马屁股，把马赶走。在这一带的平原区域，没有水给马喝。它自己能找到回去的路。朱明向西走去，准备徒步走完剩下的路，盐湖在他身后，而在他前面，盐碱地如同一片幻影之湖在闪闪发光，像所有的幻觉一样平滑而完美，犹如水银铸造的海市蜃楼。每走一步，海市蜃楼就后退一点，随着波光粼粼的潮水消退，留下的是脚下一片软黏胶般的盐滩。盐粘在他的靴底上，坠得靴子很重，每走四分之一英里左右，他就得停下来，把积聚在靴底上的白色盐糊磕掉。

太阳潜伏在雾蒙蒙的天空中，阳光苍白而模糊。他好像听到了唐纳雀和捕蝇鸟的叫声，却不见有鸟儿飞过。这片盐滩上根本没有活物。在西北方向，铁锤敲击着铁轨，声声不绝，那是工人在中太平洋的铁路末端铺设铁轨。他们的击打声掠过这片海市蜃楼的表面，丝毫不因距离而减弱，仿佛他们就在几码开外而已。他已经用烟灰把脸颊涂黑了,但珍珠色泽的盐碱平原太亮了,仍然灼痛了他的眼睛。他的下一个目标詹姆斯·埃利斯就在那里。先知也在。

他昔日的工友们也在那里,不过他已经记不起他们的名字了,假如他当初知道他们姓甚名谁的话。

在这些不断变化的平原上,人类的识别能力只在一定范围内发挥作用:通过远处的山脉、起伏的丘陵和山谷,或是如画的天空。然而,近处的风景却显得庸俗而空洞,看来坚硬而平淡,却也意味深长。在太阳胡乱投下的山艾树和盐草的阴影中,你会发现,一切都遭到了侵蚀,就连你分辨时间的能力也是如此。这些地质特征比呼吸还要古老。

朱明已有将近一天没睡过觉了。他的双眼感觉很不舒服,又红又肿,但他并不累。这种感觉非常熟悉。大约两年前,当他第一次到达内华达山脉时,阳光夺去了他的视力,他害了雪盲症,过了将近一个礼拜才恢复。如今在这片盐碱地上,雪盲症再度来袭。方圆100英里内连一点树荫都没有。他停下脚步,举起水壶喝了一点水。壶快空了。他眯起眼睛向西看了一会儿,便又走了起来,这次,他闭上了眼睛。在眼睑内侧,他看到一片幽灵般胶卷底片似的场景,如同漆黑的地平线紧挨着灰白色的天空。

他闭目而行,同时在回忆中徘徊。他感到犹大·安布罗斯的枪在背包里摇来晃去,手枪的重量新鲜而又陌生。他一连找了好几个月，才发现了他的行踪，在那几个月里，他走过了一个个阴影笼罩的城镇，低声向混迹于尘土飞扬的西部干燥地区的粗野汉子打听。安布罗斯占了先机。朱明本人还没到，他逃走的消息就传到了东部，等朱明下山时，安布罗斯早已离开了里诺。

但安布罗斯这样的混蛋总会留下很多痕迹，就像蛇蜕去的那一团模糊的皮肤。朱明从沃兹沃思的一位老兵那里得知，安布罗斯换了一个新名字，也不在中太平洋公司干了，还去了东边，只是并不清楚他具体去了什么地方。从拉夫洛克一个喝得烂醉、连站都站不稳的铁路工人那里，朱明听说安布罗斯如今改叫西奥多·摩根，在科林镇签下了48名退伍军人，加入了联合太平洋公司。到这个时候，已经过去了很长一段时间，于是安布罗斯放松了警惕。他高高兴兴地接受了佣金，带着这笔刚赚到手的财富来到镇里，过起了花天酒地的生活，钱很快就花光了。这之后，他只能找比较便宜的妓女，喝不起威士忌，他只能买劣质酒，在镇里的每一家酒馆都欠了很多钱。最后，不再有人允许他赊账，他便沦落成了科林镇最招人厌恶的穷光蛋。朱明是在最后一家还愿意接待他的酒馆里找到他的。当时，他双手抱头坐在一张桌边，一旁放着一瓶喝了一半的威士忌和他的枪。

"安布罗斯。"朱明叫道。安布罗斯抬起头，脸色顿时变得煞白。

他的手立即去摸枪，他还勉强开了一枪，只是他喝得烂醉，手上没有准头，这一枪打偏了。

朱明也开枪了，三枪都打中了安布罗斯的胸口，他抬起一只穿着靴子的脚，踏在他的喉咙上，要他说出埃利斯、迪克森和凯利三人的下落。鲜血从他的伤口汩汩流到地上，他的神情中透着被酒精冲淡了的恐惧，那种纯粹的恐惧几乎带着几分孩子气。很难相信，就是这个在朱明的靴子下奄奄一息、可怜又渺小的家伙，曾害得朱明遭了那么多罪。

安布罗斯告诉他，埃利斯还在中太平洋的铁路末端干活。至于凯利，他最后一次听到他的消息是他在里诺当上了法官。但他对迪克森的情况一无所知，甚至很久都没听说过他的名字了。他说自己说的全是实话，还发了誓。朱明本以为安布罗斯会对他破口大骂，甚至和他拼命，最不济也会露出蔑视的冷笑。但到了最后，他有的只是恐惧。

"谢谢。"朱明说着俯下身，用那枚锋利的道钉划开了安布罗斯的喉咙。

朱明离开镇子，一路上都没人跟他说话。

他把眼睛睁开了一会儿，那光亮的景色立刻映入他的眼帘。他并不知道从把马放走到现在，自己走出了多远。他的双目灼痛不已，他很清楚必须休息一天，不然就将完全失明。他又闭着眼走了好几个钟头，有意使自己的大脑处在放空状态，虽然什么都没想，却煞是煎熬。但即使闭上眼睛，也不见黑暗合拢，只有一片乳白色的光如影随形。几个小时后,当他再次睁开眼睛时,已是下午三点左右了,他忍不住,直勾勾地盯着如巨大圆盘一般的太阳向地面滑落。白天快过去了,天色渐暗。朱明能辨认出远处有一片岩石,岩石下面有好几个洞穴。他要在那里安营过夜。

03

朱明到达洞穴时,暮色已经笼罩下来,他在一片渐长的阴影中扎营休息,但没有生火。太阳坠向地平线,红得像一个露着肉的伤口,在那片海市蜃楼上空停留了一会儿,然后消失在它那虚幻的波浪之下。沙土飞扬,盐碱熏染,外加阳光灼射,他的眼睛受尽了折磨,但现在看东西已经不疼了。他要休息一天。这片悬崖的阴影越往东倾斜,就越发暗淡,笼罩了他刚才穿过的盐滩。在这片仍在移动的阴影的上方,月亮升了起来,除了侧面缺了一点,其余部分都很圆,像一颗压进左轮手枪膛里的弹丸。在凉爽的青光下,朱明细细查看他在笔记本上画的地图,用一根手指的宽度测量距离,计划好在何处停留,还有哪些账要清算。完成后,他把笔记本翻到最后,找到了仇敌名单。他用一截铅笔头划掉了犹大·安布罗斯这个名字。名单上还有三个人散落在美国这片荒原上,分别是詹姆斯·埃利斯、查尔斯·迪克森和耶利米·凯利。解决掉这三个人,他就将翻越内华达山脉，前往加利福尼亚州。在那里，还有最后两个人要对付，他们就是波特兄弟，哥哥吉迪恩，他的心上人最初就是许配给了此人，以及弟弟亚伯。除掉这两兄弟，他就能回去见一直在等他的爱人了。

朱明喝光了水壶里的最后一点水，咸水刺痛了他干裂的嘴唇。洞穴深处有水，他能闻到。他进入洞里，一直走到四周的空气变得又湿又冷，借着一点点阳光，他发现了一小潭水，水很冰，有一股白垩的味道。他把水壶灌满，倒空，又灌满。他回到洞口，展开铺盖躺了下来。整个晚上，他时睡时醒，不时梦见有人要置他于死地，梦见自己在铺设铁轨，梦见他的艾达距离那么遥远，却又那么熟悉。第二天清晨，天色灰蒙蒙的，星辰早已离开了天空，盐滩迎着倾斜的晨光，将光线扭曲，形成了它自己闪闪发光的星空。白天，外面太刺眼，根本待不下去，朱明便退回到了洞穴深处，在半明半暗中，他睡了一整天，没有做梦。

直到夜幕再次降临，他才睁开眼睛。令他欣慰的是，他的雪盲症消失了。他向洞口走去。寒冷的黑夜在他面前延伸开来，正等待着他。他又看了一眼笔记本上的名字。也许科林镇的那些傻瓜一辈子都没听说过犹大·安布罗斯这个名字，真以为在酒馆被杀的是西奥多·摩根。另外五个名字一直在朱明的脑海里翻滚。埃利斯，迪克森，凯利，吉迪恩，亚伯。也许他能神不知鬼不觉地解决掉仇人，谁也不会察觉。

这还真是一厢情愿的想法。知道安布罗斯真实身份的人很可能已经给埃利斯发了电报,而埃利斯也警告了其他人:安布罗斯死在了朱明手里。

朱明收拾好东西,找到北极星所在的方向,又向西出发了。远处的铁锤声沉寂了下来。所有人此刻都在帐篷里睡觉。詹姆斯·埃利斯是,先知也是。朱明暗自笑了笑。他要将他们中的一个杀死,让另一个指引他回家。

在满天星斗的映衬下,远处群山连绵起伏的轮廓进入了他的视线。他脚下的地面开始坚实起来,他的脚印也变得清晰分明了。天刚一亮,他就到了这片盐碱滩西部边缘的白银群岛的丘陵地带。随着太阳升起,嘈杂的锤击声再次响起。那声音现在近得多了。天气尚未变得炎热,朱明便穿过了山中一个狭窄的山口,开始从西侧下山。他在远处山坡上的一棵复叶槭树下停了下来,坐在尘土上,拿出小望远镜观察远方。随着天色日渐明亮,他看见地平线上人影重重,还有很多火车头。中太平洋的铁路末端离这里只有几英里。再往山下走,他发现了一个小山洞,在里面生火可能不会有烟冒出来,于是他在那里落脚。

夜凉如水,朱明背靠洞壁坐着,凝视着火焰。一段记忆不请自来,进入了他的脑海。他在鸦片馆里,被一层层的黑暗包围,手里拿着一根温热、沉重的烟枪,陶瓷烟枪的烟葫芦里有一点尚未烧过的鸦片。他冷静而清醒,而就在几个小时前,他刚刚杀了一个人。他躺在鸦片烟馆里,动也不动,一言不发,用指尖数着烟枪金银丝细工装饰上的花瓣和叶子。他知道,通常要过好几天,他才能离开烟馆,走到楼上,重归这个世界,而在那几天里,治安官会到处缉拿凶手,一无所获之后只能放弃。

隐藏在鸦片烟馆中那些逍遥快活的华人中间,他不会引起任何人的注目。他记得浓重的鸦片烟雾在他的头顶盘旋,一团团青烟缠结在一起复又散开,他记得自己转过头,第一次看到了艾达,她的面庞红润而明亮,是他所见过的最美丽的女人,她吸引了众人的目光,是人们讨论和关注的焦点。有她在,鸦片馆对他而言就不再安全了。他记得自己叫她离开,她则局促不安地道歉,说她其实并不是真想吸鸦片,她来鸦片馆只是为了尝试一些新东西,随便什么都可以,因为她的余生早被人安排好了。他还记得自己望着她,感到呼吸哽在喉咙里,而她说他也许就是她的新鲜尝试,说这话时,一抹狡黠的微笑在她的脸上漾开,他答了句"是吗?"她就说,"先生,你跟我一起离开这里怎么样?两个傻瓜一起坠入爱河。"

朱明试图想象艾达的脸,却发现无法做到。她的容貌在他的脑海中泛起了阵阵涟漪,仿佛浮在动荡的水面上。他只能想起一些碎片。她微笑时颧骨的阴影,她绿色的眸子。有些下午,阳光像浓稠的蜂蜜一样倾泻下来,笼罩着加利福尼亚山区浅绿色的野草。她的手牵着他的手,他们绕着小小的圈子散步,寂静无边无际，却舒服自在。有些日子，他们无所事事，便坐在家中翘曲的小窗边，眺望着窗外会呼吸的大地。他回想起她的红唇牵动，她的声音在寂静无月的夜晚是那么婉转动听。镜子里映照出的她的双眸有些模糊不清，她睡衣的褶痕印在她的皮肤上。他的内心深处涌起一股莫名的疼痛。每回忆起一个细节，他就感觉到另一个细节在消逝。有关她的记忆在他的碰触下分崩离析，就像蝴蝶翅膀上的银色磷粉。

简直大错特错。他不该回忆的。在记忆里潜伏，是危险的行为。新鲜记忆与旧日记忆交汇在一起，便会将其抹去。朱明在脑海里来回游移，想找些别的记忆，但什么也找不到，只有她的脸在不断地发生变化，而在很久很久以前，他对她还是那么熟悉。他们一起逃亡，终于结为了夫妇，他们的脉搏急速跳动着，她的呼吸急促，脸上却带着灿烂而顽皮的笑容。她的身体紧贴着他的身体，风拂过他们的房间，蚱蜢就在窗外轻轻地叫着……

更多的记忆毫无征兆地在他的脑海中闪过，一个个画面出现，唤起了千百样的感觉。粗糙的手掐住他的脚踝，把他从床上拖到地上，那些说话声他只能隐隐约约分辨出属于何人，而他绝对不会原谅声音的主人。他的胳膊抱着头，试图挡住无休止的击打，而他的头骨被打得咯咯作响。她那瘦弱的身影，光着脚走在月光下跑过走廊，被奔上楼梯的模糊身影团团围住。拳头和靴子从四面八方落在他身上，他的思想仍然在旋转。她去哪儿了？她是安全的吗？在这一片混乱中，做职业杀手时受过的训练构成了他坚定不移的核心，即便受到了痛殴，他的理智依然引导着他的手伸向床下，他的手指断断续续地寻找着藏在那里的枪，但他也知道这么做纯属徒劳，现在反抗太迟了，况且他们有那么多人。

这会儿，记忆涌现的速度慢了下来，画面连续而清晰。有手扶着他瘫软地靠在墙上，他身上的每一根骨头都在痛。冰凉的枪管抵在他的太阳穴上，她的哭喊声沿走廊传来，乞求他们不要杀了他。最后，她父亲的声音响起，勉强同意了她的请求，并要求手下撤退。接着，指着他脑袋的那把枪移开了，击锤关上了。此刻，他想起有一张冷酷无情的脸出现在他那血污的眼前，那张脸上流露出厌恶的神情，厉声发布了一道命令：迪克森，过来，给塞拉斯的这条杂种狗套上项圈。

一股热浪席卷过来，朱明猛地睁开了眼睛。他喘着粗气，双手攥成了拳头。夜晚很冷，空气倒是十分清新。火熄灭了。在洞口外面，星星在天空中划出道道弧线。这个蓝色的夜晚非常晴朗，一轮明月低低地挂在东边的天空里。他躺在铺盖上睡着了，一个梦也没做。

04

　　才过了几个钟头,朱明又醒了过来,既不觉得神清气爽,也没有精疲力竭,只是睡醒过来而已。当晨露在灿烂的阳光下蒸发后,他看到一群人聚集在中太平洋铁路的末端。他开始向他们走去。

　　朱明越走越近,看得也更清楚了,那些人戴着圆锥形的帽子,一走起来,后脑勺上的辫子就随着枕木、锤子和道钉的节拍摆动。他们干活的声音越来越近,除了他们有节奏的数点声,他并没有听到交谈声。当他终于走到他们身边时,他们似乎并没有注意到他,即使有人认出了他,也没有说出来。他不声不响地混入了铺枕木的华人之间。人们走到一边,给他腾出空间,还递给他一把凿道钉用的大锤,让他和他们一起干活。也许他们盯着这个陌生人稍稍看了一下,他没留辫子,周身散发出一种奇怪而安静的危险气息。接着,他们就紧紧地围在他身边忙活了起来,他混迹其中,很快便没有了存在感。

工头坐在30码外一座黄土小丘上抽烟。他是个高个子，骨瘦如柴，面容枯瘦。这时他站起身来，慢悠悠地走到那些面容模糊的华人干活的地方。他的步态迟疑而古怪，仿佛他不过是一个有关节的木偶，行走移动都要通过技巧牵动他身上的吊线。他手里握着一把山核桃木鹤嘴锄的手柄，边角都磨损了。朱明立刻认出此人正是詹姆斯·埃利斯。

他弯腰检查一条枕木，烟斗挂在嘴边。在他后面，另一个工头骑马来到他旁边，把马勒住。这个人个子不高，看上去很和善，即使骑在马上也比埃利斯高不了多少。朱明并不认识这个新来的工头。他向埃利斯打了个招呼，便用一对黑色的小眼睛望着正在工作的华人。一二，一二，铁锤哐啷哐啷落下。朱明抡着锤子砸了两下，就揳入了一枚道钉，接着走到旁边的枕木，听那两个人说话。

"干得比昨天快。"矮个子说。

"是呀。"埃利斯说，"到下周应该就完成了。"

"你这么觉得？"

"好吧，七英里之外要做回填。但我已经派了几个小子过去先干着了。"

"我们修到那儿的时候，他们能填完吗？"

"他们在这件事上没有选择的余地。"埃利斯笑着说。

另一个人也笑了起来。他们的谈话中断了一会儿。朱明一直低着头，目不转睛地盯着铁轨。一二，一二。沉重的大锤握在手里，感觉是那么熟悉。

"詹姆斯，"另一个人说，"我来是为了和你谈谈工钱。你手下那些工人拿多少钱？"

"五块。"

"阿洛维先生想给他们每天三块。他说现在的活容易得多，我也同意了。"

"他们会不高兴的。"埃利斯说。

"管他们呢。"另一个工头说着，咧开嘴笑了，"见鬼，他们要是觉得一天三块不够，大可以走到河边，游泳回家去。从明天开始按照新规定发工钱。"

"我也是这么想的。"埃利斯耸耸肩说。他转向华人劳工。

朱明站在其他人后面，注视着埃利斯的脸，仔细观察他是否认出了自己。他不由自主地希望能再长出一条辫子来。朱明刚来内华达山脉那会儿，埃利斯为了把他和其他人区分开，就剪掉了他的辫子。但此时此刻，不管有没有辫子，埃利斯似乎都没有看见他。

几个华人劳工加入聚集的人群中，埃利斯清了清嗓子。"伙计们，你们很好，活儿干得漂亮，还很麻利。"

"谢谢。"第一排的一个华人说，"那位先生说的是真的吗？三块钱？"他的英语说得很流利，轻松而自信。也许正因如此，他才当上了这群劳工的头领。

朱明仔细看了看那人的脸，觉得很陌生。他不记得自己认识他。

劳工们一言不发地盯着埃利斯。有些人靠在锤柄上。其他人蹲在地上，在耀眼的日光里愁眉苦脸地抬头望着两个工头。

"阿洛维先生见你们干得这么快，就认为给的工钱太多了。"埃利斯宣布道，没有理会那人的问题。

华人劳工的脸上闪过一丝阴云。

"埃利斯先生，"那个英语流利的人说，"这么想可太不应该了。"他的口音在语调上很有音乐感。

埃利斯板起面孔。"现在每天的工钱就是三块。"

"埃利斯先生。"那人用抑扬顿挫的语调再次说道，语气却更为坚决了。

第二个工头向埃利斯点了点头，用脚后跟一夹马肚子，眨眼间，马和骑手便走远了。

"埃利斯先生。"发言人第三次说。

沉默来袭，很久都没人说话。埃利斯调整了一下抓着鹤嘴锄柄的手，咬紧牙关。气氛紧张，仿佛转瞬间就可能爆发暴力冲突。接着，劳工们的能量耗尽了，一个个垂头丧气，认了命。

"回去干活吧，伙计们。"埃利斯淡淡地说完便准备离开。

锤子有节奏的敲打声又响了起来。埃利斯转身走了。朱明放下锤子，从枪套里取出左轮手枪。他旁边的几个华人注意到了，连忙退开，但其余的大锤仍在有节奏地落下。朱明举枪瞄准埃利斯那渐行渐远的身影，用大拇指拨开了击锤。没有人说话。大锤敲打着，一二，一二。埃利斯在50码外。

"埃利斯，你这个狗娘养的。"朱明终于喊道，"你不认识我了吗？"

詹姆斯·埃利斯转过身来，眯眼端详着他，一时间，他摸不清状况，眉头皱成了一个疙瘩。接着，他的脸上露出了惊恐的神色。在朱明背后，大锤接连落下，一二，一二，一二，他的枪响了。

大锤的齐声巨响盖过了枪声，埃利斯的身体向前一歪，栽倒在了小土丘上。华人劳工全都停下了手里的活儿，有几个还大叫起来。朱明把枪收入枪套，大步走到面朝下栽倒在尘土中的死者身边，鲜血从他颈后的一个小洞里向外冒。他把埃利斯翻过来，让他仰面躺着，看着他那张被打烂的脸，只见血肉和骨头在阳光下闪闪发光。朱明立即动手，把埃利斯的所有口袋都翻了一遍。里面有些钞票。但没有迪克森、凯利或其他人的信息。

他起身，忍不住咒骂了两句。华人抬头看着他。骚动已经平息了。朱明拉着埃利斯的脚踝，把他拖到没有人能看见的山脊后面。然后，他回到突然沉默的华人劳工身边。

"先知在哪里？"他问他们。

他们不发一言。朱明的目光扫过他们，寻找着他曾经熟悉的面孔。

"先知，"他喊道，"是我。"

一个华人走到前面,步伐缓慢,充满探寻。人们向两边散开,让他通过。此人许久以前患过雪盲症,如今眼睛只剩下眼白,看起来极为苍老。"我的孩子,"他说,"你终于来了。"老人热情地笑了。

"把他带过来。"朱明说。没有人动。他拔出枪,对准那群人。"把他带到这儿来。"他又说。

一个看上去很年轻的华人急忙抓住先知的肘部,领着他向前走。朱明伸手握住先知伸出的手,年轻的华人退了回去。

"先知,"朱明说,"还记得我吗?"

"不记得,"先知喃喃地说,"但我知道你为什么来。要我给你带路,对吗?"

"你愿意吗?"

先知表示愿意。朱明把枪对准之前和埃利斯说话的那个人,问他这里离卢辛有多远。

"向西北方向走,有两天的路程。"那人道。

"谢谢。"朱明说。他把左轮手枪绕在手指上转了一下,再次收入枪套。

他和先知一起沿着铁轨向北走了大约一英里,然后向西转弯,与远处的铁轨并行。条纹状的雾霭笼罩着大地,他们在这片扭曲的空间里不知疲倦地穿梭着,从白天走到黑夜,一直走到第二天的黎明。两人都没有说话。卢辛终于到了,朱明在城郊找了一家旅店,用埃利斯的钱租了一个房间。在房间里,先知盘腿坐在坚硬的橡木地板上，用一双盲眼透过墙壁注视着闪耀的太阳。朱明在笔记本上找到詹姆斯·埃利斯的名字，将其划掉。还剩四个。做完这些之后，他在房间里从一个角落踱到另一个角落，他无心睡眠，浑身充满了能量，他等待着夜幕降临。黑夜一过，便是新的一天了。

05

第二天,朱明找人用一磅铅做了弹丸,用埃利斯剩下的钱买了两匹马和一支步枪。他在傍晚时分回到了旅馆。先知仍坐在朱明走时他所坐的地方,盘着腿,隐隐有种出尘之态。即使他注意到朱明回来了,也没有表现出来。他什么也不吃,什么也不喝。两个人仍然没有说话。朱明在房间里把道钉磨得直冒精光。磨好了道钉,他又把左轮手枪擦干净,给它上油,他的动作很慢,处处加着小心。外面的影子越来越长,最后被夜幕吞噬。朱明和衣躺在床上睡着了,不曾做梦。

先知在半夜叫醒了他。"我的孩子,做好准备,"老人低声说,"拼尽全力去战斗吧。"先知站在他的床边,只剩眼白的眼睛凝视着青色的尘埃。

门外一阵骚动,有人上楼来了。愤怒的说话声响起,来了三个人,也许是四个,无不好斗,这些人喝得酩酊大醉,大肆嘲笑着什么。楼梯被他们踩得吱嘎作响。他们上了二楼,靴子声在门外停了下来。朱明拔出手枪,蹑手蹑脚地走到门边。门外,有人压低声音要其他几个人保持安静。

"我来躺在你的位置上。"先知低声说。那老人躺在床上,如同一具假尸体。

朱明挨着门低头看了看自己的枪。有六发子弹。

钥匙孔旁边的一盏提灯射进来一小束光,在满是灰尘的房间里剧烈地晃动着。提灯撤开,有人把眼睛贴在门上。

"我好像看见他了。他在床上。"一个男人低声说。

"好吧,那就安静点。"另一个道。

门把手扭来扭去,但门锁着。

"赫克托耳,"有人压低声音厉声道,"见鬼,门锁上了。"

朱明听到有钥匙叮当作响。不一会儿,锁咔嗒一声打开了。

"好了。"那个叫赫克托耳的人低声说,"你们准备好了吗?"

有几个人低声称是。

"等等。"一个声音说,朱明听出是店主的声音,"你确定是他吗?"

"该死的,我确定。你自己说过,他是一个高大的华人。"

"他其实倒也谈不上高大,"旅店老板胆怯地插嘴说,"只是比一般华人高大而已。"

"他身边还有别的华人吗?"

"有,一个瞎眼的老苦力。"

"那就是他。不可能是别人。"

有那么一会儿，没有人说话。

"好了，伙计们，我们去把那个狗娘养的抓住。"赫克托耳说着，扭了扭门把手。

门开始向走廊方向打开，在远处的墙上投射出越来越大的光柱。朱明径直走进门口，一脚踢开了门。一个人影踉跄后退，从楼梯摔了下去，头重重地撞在栏杆上。这人一定就是赫克托耳了。门口站着两个人，全都在努力站稳。门板撞在了门后的人身上，朱明把左轮手枪的枪口抵在脆弱的木门上，开了枪。伴随着一阵夹杂着痛苦和惊讶的短促叫声，一个人栽倒在木地板上。接着，朱明的左手稳稳地扫过枪身，再度上好击锤，又朝门开了一枪，打的是那个人倒地的地方。还剩四发子弹。他前面的那个人恢复了平衡，还拔出了枪。朱明把枪放在腰部，开了一枪，击中了那个人的大腿，此人吃痛，重重地坐在了地上，同时开了一枪，子弹从朱明的脑袋上方飞过，射进了房间的天花板里。还剩三发子弹。旅店老板向门口扑去，朱明灵巧地闪到一边，一肘打在旅店老板的脸上，把他撞倒在地。大腿中枪的那个人举起枪，咬紧牙关顶住疼痛，瞄准了朱明的躯干。

"开枪！"先知从房间里喊道。

这名男子服从命令，在旅店老板摇摇晃晃地站起来时开了枪，子弹击中了这个倒霉蛋的锁骨，把他击倒在地。

"很好。"先知说。

大腿中弹的人咒骂着,准备再开一枪,朱明抢先一枪打穿了他的下巴。还有两发子弹。朱明听到身后传来一阵奇怪的旋律,过了一会儿他才听出是什么声音。先知竟然吟唱了起来。朱明走进过道,发现他射穿门板打中的那个人在地上打滚,便开枪结果了他的性命。还剩一发。他瞄准在楼梯脚下跌作一团的那个人,上好左轮手枪的击锤,把那个人也打死了。

旅馆里静悄悄的,只有先知的歌声在飘荡。他来到楼梯口,似乎在低头看着朱明。他在唱一首古老的颂歌。

朱明抬头看着他。"没事吧?"

"没事,"先知说,"我的大限还没到。"

"谢谢。"朱明说。

"不是我的功劳。"

吧台上放着一张揭下来的通缉令。那上面说,悬赏一千美元捉拿朱明,该犯杀害中太平洋铁路公司的詹姆斯·埃利斯,盐湖的犹大·安布罗斯,以及治安官尚未查明的其他许多受害者。此凶残华人蓄黑发,不留辫子,黑色眼睛,身高5英尺11英寸,体重180磅。该杀人犯和通缉犯来自加州萨克拉门托,身高超过大多数华人,接近此人务必小心。他身边有一个年纪很大、双目失明的苦力。抓住该犯并送交尤宁维尔的查尔斯·迪克森治安官,赏金即付。

"尤宁维尔。"朱明说,脸上露出恶魔般的狞笑。

迪克森就这样暴露了自己。艾达的父亲肯定是在朱明逃走后把迪克森派去那里的,让他留心这个杀人不眨眼的华人。而那个混蛋成功地当上了当地的治安官。

"一群贪婪之辈。"先知在楼上说,打断了他的思绪。

"是的。"朱明看了看通缉令上的画像,看上去一点也不像他。"是查尔斯·迪克森派他们来的。"朱明大声把通缉令上的内容读给先知听,"就是我跟你说过的内华达山脉的那个奸诈治安官。还记得吗?"

"不记得了。"老人回答道。

"也许是我没告诉过你。"朱明说,有点像在自言自语,"他在尤宁维尔。"他把通缉令叠好,夹在笔记本里,然后翻到名单,在迪克森的名字旁边用铅笔写上了尤宁维尔几个字。他稍后会再查看地图,规划路线。"下来吧,老头儿。"他朝楼上喊道,"没多少时间了,很快就会有人来抓我们。"

先知照办了。朱明把他留在吧台边上,自己又上了楼,走得小心翼翼,以免滑倒在黏腻的血迹上。他穿过那扇布满弹孔的敞开的门,取回了背包。他在楼上搜了三个死人的身,找到了两把刀和一磅火药。他把这些东西塞进包里,回到酒肆,走到吧台后面,把收银机里的钱倒进包里,硬币落下时叮当作响。接着,他又搜了楼下那个死人的身,找到了四磅铅、一套弹模,还有两磅火药。他把这些全部放进包里。

他站起身来,打量着空荡荡的小酒馆。四周静悄悄的。他又走到吧台后面,拿了一瓶威士忌。

"该走了。"先知在外面喊道。朱明把酒瓶塞进背包,紧紧地系好。

朱明从酒馆出来的时候,先知已经骑在马背上了。他解开自己的马,爬上马鞍,用力蹬了蹬马刺。

06

"你不记得我了。"

朱明和先知坐在即将熄灭的火堆旁,这堆火是用干山艾树枝和黑肉叶刺茎藜的短枝点燃的。他们骑马赶了一整夜的路,之后又骑了一整天,太阳落山了才停下来休息。朱明用一根小树枝戳着余烬,他看了先知一眼,便茫然地望着天上的星星。

"是的。"先知确信地说。他用如同笼罩在云雾中的眼睛看着朱明,"你以为我会记得你?"

"我想是的。"朱明说,"你都不记得我了,为什么还跟我来?"

"我知道自己必须这么做。"

先知的面孔虽然苍老,却也不受年龄的限制。尽管时间在老人那张饱经风霜的脸上留下了印记,却不曾留下永久的烙印。他就像一块活石头,当他开口说话时,岁月就从他憔悴的面颊和凹陷的眼窝里消失了,就像苍蝇从在沉睡中醒来的野兽背上飞起来一样。他是一个不受记忆束缚的人，对他来说，尚未铺陈的未来光明而清晰，而过往则是模糊的，业已磨损。

"告诉我，你希望我记得什么。"先知说，他的声音清晰而平静。

"见鬼。"朱明说。刹那间，他觉得自己又像个孩子了，张口结舌，哑口无言，心里有很多话想说，却怎么也说不出来。他低头看着自己的双手，手指交叉在一起。在火坑里，余烬不停地燃烧，化为一层层的灰烬。天气很冷，寒风凛冽。"我们在内华达山脉就认识了。"朱明再次开口，"我在铁路上杀的那个人叫詹姆斯·埃利斯，他是我们的工头，是个大坏蛋。我们差点儿死在那里。"他说着，把头歪向西边，声音低沉而古怪。他告诉老人，有几次发生雪崩，十几个工人被卷到了下方冰冻的山谷里，还有些时候，在暴风雪后的早晨，有的劳工被发现的时候，睫毛上都结了白霜。他讲到，埃利斯喜欢挥动他那支鹤嘴锄手柄，要是有人太累或者太蠢，胆敢放下大锤休息，就会挨上几下。他还讲到，每天早上都有几个华人轮流走进先知的帐篷，询问那些他们希望还在生的人是否还活着。他端详着先知的脸。"你还记得塞拉斯·鲁特这个名字吗？他是我的监护人。"

老人低声重复着这个名字，仿佛第一次试着说出这些音节。他摇了摇头。他说，这个名字对他而言很陌生。

朱明继续说，只要塞拉斯还活着，他就得受埃利斯的管束，在铁路上累死累活，永远都摆脱不了受奴役的命运。他每天都去见先知，问塞拉斯是不是死了。朱明认为塞拉斯活不了多久。他当时就年纪不小了，还体弱多病。"后来，"他说，"有一天你告诉我他死了。他这一死，我估摸埃利斯奉命来除掉我只是时间问题。于是我逃了。"

二人沉默了半晌。

"我不知道，"朱明最后说，"我想我是希望你记得自己曾经帮助过我。"

先知摇了摇头。"这个我不记得了。但此时此刻，我认识你。"他热情地笑了，"你是个界外之人。"他说。

先知说话总是莫测高深，这是他的特点。

"什么意思？"朱明问。

"在酒肆，我说我的大限还没到。这个我还记得。我的意思只是说我那时不会死。事实也证明了这一点。"他把盐白色的眼睛转向火堆，"在死亡时刻来临之前，人都不会死，虽然人在死前很脆弱，任何事都能影响到他们。但在那一刻之前，人可以一直活着，世间万物都不能打倒他们。酒肆里那些来杀你的人，他们的大限到了。你杀了他们是好事，但你要知道，他们可能死在任何人手里，可能因为任何事而死。也可能是老天亲自伸出手来，在他们站立的地方给他们重重一击。可你是界外之人。你那天在山里逃跑的时候就该死了，但你在这里，你活着，有呼吸。"先知抬起头来，好像在凝视月亮，"对每一个尚未归天的人,我知道他们的大限之期在何时。我也知道我自己的。"他再次注视着朱明,"但你的大限之期一直在变化,并无定数,每时每刻都有所不同。"

朱明张开嘴想回答,但在那个晴朗的荒原之夜,他无话可说。火没着多久便熄灭了,越来越冷。夜空之下,马像木雕一样站立着。一位先知坐在他的旁边,像只刚出生的小狗一样什么都看不见,守护着火坑里那些无声的灰烬。朱明躺在铺盖卷上,沉沉睡去。

07

几个钟头后,朱明醒了过来,有些心烦意乱。一股不安的感觉充斥着他的四肢百骸,让他无法安睡,甚至当他闭上眼睛时,他仍然看到巨大雕像一般的风景在他周围跃动。最后,他坐起来,招呼先知一声,问他需不需要睡一觉。

"不用。"对方回答。

"奇怪的老头儿。"朱明自言自语道,"我们动身吧。"他说。

他们在鱼鳞光泽的月光下一起赶路,沿着层层盐碱地面上蜿蜒的小沟壑前行,这些沟是成千上万只在他们之前被向西驱赶的牛留下的。它们的蹄印在一些地方仍然可见,犹如足迹化石,一直记录着牲畜从此踏过的经历。月亮落到了西边的地平线以下,一轮初升的太阳在他们背后升起,给大地带来了温暖。唯一的声音是马的呼吸声和朱明背包里的枪械有节奏的碰撞声。其他的一切都被他们所经过的这片广袤、恢宏却也空荡的地域囫囵吞没了。

经过两天两夜的跋涉,他们的马很快就又饥又渴,变得憔悴不堪,但朱明仍然鞭策它们继续前进。他招呼身后的先知,问马什么时候会死。

"今天不会。"先知答道。

"明天呢?"

"明天也不会。"

朱明轻轻地点了点头,把帽子向后一滑,遮住后颈。他久久地盯着马肩隆,看着像纸一样薄的皮肤下一条条肌肉扭动和起伏。他扯下一只手套,把手举到阳光下,像弹钢琴一样移动手指,然后握紧拳头,感受着手上旧伤累累的肌腱绷紧后的疼痛。他的身体存在着关于劳动、力量、重量和运动的记忆。他把手套戴回黝黑的手上,转过身去,看着瘦小的先知一动不动地坐在马上。他那迟暮的身体也有记忆。也许那双空洞发白的眼睛甚至还保留着对视觉的迟钝记忆。

朱明的身体还有对可爱的艾达的记忆。将她揽在怀里,拨开她脸上的头发,用自己的身体拥抱她的身体。他的身体还有其他关于她的记忆,那是痛苦的记忆。她被噩梦折磨,吓得浑身发抖,身体变僵,而她很害怕梦里的情形会变成现实。所有这些记忆都无法用语言表达,在他清醒的时候,它们无法冒头,却会保存在他的神经和肌肉中。他跟着记忆的影子向下,向下,再向下,底部却是一片空荡。当他终于从沉沦中浮上来,脑子里却一个念头也没有留下。

他只顾着沉浸在遐想中,周围的风景却在不知不觉间发生了变化。他们走了一整天,太阳现在挂在地平线附近。在这片贫瘠的沙地上,时间向前移动的方式很奇怪。

他想到了一个问题。"先知,"他说,"还记得我告诉过你,我为什么要这么做吗?"

"不记得了,"老人说,他的声音很微弱,"但我知道。"

"为了一个姑娘。"

"是的。"

马驮着他们吃力地走着。太阳在他面前泛着红光,闪动光泽。朱明沉默了一会儿。

"她还活着吗?"他问。

"是的。"

朱明强忍着,才没有长吁出一口气。"她会不会在我到达之前死去?"他问道。

先知沉默了一会儿。"不会。"他终于说。

朱明深深地叹了口气。"谢谢。"他喃喃地道。这么说,她还活着。

巨大的太阳挂在天空中,像一个恒久地悬在空中的蛋黄,终于,远处的山峰穿透了它的包膜,光线洒到了地平线以下,让天空一头扎进蓝色的傍晚。

月亮冉冉升起,投下微光,他的脑海里又浮现出了一个问题。"老头儿,"他说,"她幸福吗?"

先知沉默了良久，朱明不得不在马鞍上转身去看他是不是睡着了。他的眼睛半睁半闭，苍老的手指仿佛在操作他面前的一台幽灵织布机。

朱明重复了一遍问题。

老人的脸上露出了微笑，他的手指停止了颤动。"是的。"他说。

"是吗？"朱明说，声音里带着怀疑。

"是的。"

他捻着缰绳，仿佛在拨弄念珠。"她知道我就快回去了吗？"他轻声问道，甚至有点希望先知没听到。

"界外之人，你问的这件事，我不知道。"先知说。

朱明呼出一口气，他甚至不清楚自己一直在屏住呼吸。

他们停下来歇脚，月亮还有几个钟头才会落下。他们用金花灌木生了一小堆火，而这对抵御荒原夜晚的寒冷并没有多大助益。马已经开始口干舌燥了。

先知在黑暗中沿着巨大的弧线走着，不时停下来，弯下腰，用粗糙的双手扫过尘土。他回到火边坐下。"明天会有水。"他说。

"在哪里？"

"到时候我会知道的。"

朱明照料着快要熄灭的火。先知在用一种没有抑扬顿挫、没有调子的奇怪旋律自顾自地吟唱着。最后，朱明问他在唱什么，先知说这是一首古老的摇篮曲。

"是谁教你的？"朱明问。

先知说这首曲子向来都在他心里。

"什么意思？"

先知说所有的摇篮曲都一样，并不具有任何意义。他说这些歌曲没有意义，也没有曲调，只是为了让人在一天结束时缓慢而轻柔地吟唱。

08

到第二天早上太阳升起时,马已经休息好了,可以重新上路。它们很久都没喝过水了,走着走着,唾沫从它们干裂的嘴唇里荡出来,如同白色绳索一样黏稠,绳索断裂,带着泡沫滴落在荒原上。二人骑马走了一个下午,到傍晚时分,朱明开始怀疑先知关于找到水的预言。

最后,地平线上出现了一些散乱的形状,那是一个荒废已久、笼罩在阴影中的小镇。镇里的大部分建筑物都倒塌了。先知示意应该停下来,朱明把他的马牵到鬼镇的边缘,拴在一个围栏的残骸上。他拔出枪,走到了曾经肯定是主街的地方。先知像僧侣一样一动不动地坐在马背上。

"这里有水吗?"朱明问。

"有。"先知说。

朱明扫视着已成废墟的城镇。四下都不见水井。

"你会在教堂里找到水。"先知说,仿佛预见到了朱明的问题,"有人挖了一口井。"

"谁?"

先知没有回答。

朱明带着六发子弹去探路。在离教堂发黑的废墟10码远的地方,他转过身,面对仍然骑在马上的老人。"先知,我会死在这里吗?"他说。

"不会。"先知答。

"谢谢。"朱明说完,便走了进去。

教堂里很暖和,空气沉滞,笼罩着一派肃穆的氛围。橡子烧得焦黑,长椅化为灰烬,东倒西歪,是很久以前在这座圣殿肆虐的大火留下的一片焦土。有些地方的屋顶已经完全烧毁了,低矮夕阳的光芒从这些开口斜射下来,形成一道道灰尘飘浮的炽光光柱,犹如这座烧焦教堂的幽灵扶壁。光线透过墙壁粗糙木材之间的缝隙照射进来,仿佛是穿透彩色玻璃照射下来。朱明在过道里站了一会儿,抬头看着破烂的屋顶。

他向教堂里面走了一点,来到倒塌的圣坛前。此处烧毁的地板都被人扯掉了,下面黑乎乎的泥土裸露在外,翻开着。这里比较凉快、潮湿,有个五六英尺深的坑。朱明握紧枪,走上前去,向黑暗的深坑里面望去。突然,他意识到自己看到的是一副女人骨架,骷髅身上的衣服都烂了,干枯的骨头由干瘪的肌肉碎片连接在一起。她倚着坑壁坐着,嘴巴张大,敬畏的表情永远地定格在了她的脸上。朱明小心翼翼地走过去,下到坑里。在骷髅旁边，有一个较小、较深的洞，只有两手宽，旁边有一个水桶，桶上绑着一条生皮绳。所以先知是对的。朱明把水桶放到这个非常原始的井里，提起来，只见里面装满了浑浊的盐碱水。他直勾勾地看着那个女人萎缩的眼窝，不由得脊背发凉。

朱明走回昏暗的暮色中，只见先知已经下了马。他把水桶放在两匹马的面前，它们低下头，大声地喝了起来。水桶空了，他又带着水桶回到教堂把水打满。他来回了四趟，马儿才喝足了水。两个人和两匹马的影子拉得长而苍白，太阳快要下山的时候，他们把马留在拴马的地方，在老教堂损毁的屋顶下扎营。朱明捡起圣坛上几段烧得还剩一半的木头，生了一堆不太旺的火，随着夜晚刺骨的寒风吹起，火苗越变越小。

"下面那个女人死了七年了。"先知说。

朱明瞥了一眼教堂的角落，在那里，死去的女人坐在坑里，而此时他能看到的只有一片不断变化的深邃的黑暗。"你知道那儿有个死人？"

"一开始不知道，但现在知道了。"

他们沉默了一会儿。火苗噼啪作响，愈发微弱了。就在火行将熄灭的时候，朱明细细端详了一会儿先知的脸，问他接下来该去哪里。

老人把目光转向西方，然后看向地面，仿佛他能看见太阳在他们脚下滑过。"埃尔科。"他说。

09

他们可以带上足够自己喝的水上路,却不可能带足够马喝的水。一连几天,他们都在同一片景色中穿行,这些景色似乎是在他们前面的雾霾中冰冻成形的,等他们过去,就蒸发不见了,仿佛这片大地之所以存在,只是为了供他们通过。先知骑在他那匹直打蔫的坐骑上,双手抚摸着他们所经过的土地,不时说起他们脚下几百码深处的岩石中含有巨大的蓄水层。朱明喉咙发干,使劲咽了咽唾沫,于是打开水壶,喝了一小口。起初,他还把自己的水壶递给先知。但老人每次都拒绝,不久,对水的渴望就变得非常强烈,让他不像一开始那样想要恪守孝道,与先知分享自己的水了。两人在一片寂静中前行,只有先知偶尔说脚下深处有水,可惜这一点用也没有。

现在,两匹马已经瘦得皮包骨头,却还是尽职尽责地向前走着,步伐越来越短,随着时间过去,它们的脑袋耷拉得越发严重。四周的地势微微有些变高,在午后斜阳下,地形的细微轮廓似乎是用光影雕刻出来的。朱明确信，到不了天黑，马匹就将渴死，但先知仍然宣称不会如此。

夜幕降临了，月亮还没有升起。他们继续赶路。月出不久，马就停了下来，不再往前走了。二人下了马，马匹先是跪下，随即侧躺在地上，几乎没有呼吸，看上去就像死了一样。朱明和先知在马匹停下的地方扎营，生了一小堆火。

朱明铺好铺盖，却了无睡意。最后，他坐起来，注视着俯卧着的先知，轻轻地摇醒了老人。"先知。"他说。

老人动了动，睁开了眼睛。"是的，我的孩子。"

"我睡不着。"

先知慢慢地坐了起来，转身面对着朱明。"没关系，"他说，"只有马必须睡觉。"

"它们很快就要死了，不是吗？"

"是的。"

在他们的头顶上，月亮达到了天顶。

"先知，我能问你点别的事吗？"

老人用一对瞎眼盯着朱明，点了点头。

"你的眼睛，怎么会变得这么奇怪？"

"啊，"先知喃喃地说，他想了一会儿，"我想一直都是这样的。但也许我只是不记得自己曾经是真正的盲人了。"

"你什么都不记得了。"这句话满含指责，超出了朱明的本意。

"不记得了，"先知说，"什么都不记得了。"

"你不觉得困扰吗？"

先知苦笑了一下。"一点也不。"老人突然站了起来，"在这儿等一会儿。"他说完便向月亮升起的地方走去。他迈着小步，步伐稳健，双手向前伸，手掌与地面平行。世界寂静无声，只有火堆的噼啪声和先知无声的脚步在响。

"你又在探水吗？"朱明喊道。

"不是。"老人答。

在星光闪烁的天空下，可以看到先知的身体轮廓，他正俯着身，从泥土中撬出什么东西。当他回到火边时，手里拿着一个黑色的小圆盘，上面的脊状隆起物呈收紧的螺旋状。竟是一块化石。

"拿着这个，把它举起来。"先知说。

朱明照办了。他用粗糙的指尖拂过石头的缝隙，掸去松散的灰尘。先知在他旁边坐下。

"是贝壳。"朱明说。

"不完全是。"先知说着，把化石拿了回来，"但它曾经是。"他把脸转向火堆，那双乳白色的眼睛向下凝视着大地，仿佛可以看穿无限的地下水，直望到南方的天空。"这不是贝壳。"先知宣称。他把化石在手中翻过来，火光掠过它光滑的表面。"这是石头，是石头代替了贝壳，成为贝壳的形状，而形状毫无意义。这是一个遗迹。制造这个外壳的生物在很久以前就从这个世上消失了。但大地保留了对它的记忆。这是不受限的生命，不会思考的石头却将生命印在了记忆当中。"

这会儿，先知仰头面向满天星辰。

"这里曾经是一片浅海。"他那失明的眼睛似乎在闪烁远古的光芒。他闭上眼睛，慢慢地呼气。"你问我，没有记忆会不会给我造成困扰。"化石不停地转动着，在他粗糙的手指之间来回翻转，"这怎么能困扰我呢，我的孩子？随着时间的推移，所有的事都会被遗忘，所有的事都会被冲刷干净。假如记忆是创造，那我可能会困扰。然而，记忆是人类无法掌握的东西。大地见证了世间一切，见证了时间可以超越一切，同样也见证了人与兽的行为。"他把化石抛向空中，又随手接住。"我的孩子，谁的记忆燃烧得最闪耀，谁就要饱受记忆之苦，但记忆并不能困扰到我。"他流畅地一甩手腕，把化石抛进黑夜中，这个动作与他那苍老的身体并不匹配。"现在该休息了，即使你无法入眠。"

朱明躺在铺盖上，久久地望着天上的星星，月亮渐渐沉入了晨光中。然后他睡着了，做着梦，在广阔的海洋里踩水，透过清澈的海水可以看到沙质的海底。他梦见自己向下潜，伸手去摸海底，他梦见头顶的光不断地弯曲、跃动，然后他梦见自己淹死了。

他惊醒过来，只见天刚蒙蒙亮，大地的色彩尚未显露出来。他的呼吸有些粗重。先知还在睡觉。火已经熄灭了，他把灰烬拨散，便在凉爽的早晨去寻找昨晚的那块化石，却遍寻不获。好像它已在落地的地方溶解，被干涸的土地吸干了水分。

10

离埃尔科还有10英里时,马停了下来,不肯再往前走了。朱明和先知下了马,先知的马已然力尽,它弯下膝盖,倒在干燥的土地上,呼吸缓慢,不住地发出临终嘶鸣。朱明的马还立着,低着头,在蜡纸般的皮肤下面,肋骨清晰可见。他们已经连续几天没有休息了。在黎明前寒冷的光线下,两个人站在马匹旁边,看着它们呼吸。不久,天空开始出现粉色和红色的鲜艳条纹。如若不计时间,也不管是东方还是西方,光是用眼睛来看,黎明和黄昏是多么相似。一个与另一个类似,时间等待着在四面八方同时启动。

"它们的大限到了。"先知道出了两匹马的命运,事实果然如此。他的马直挺挺地躺在那里,骨瘦如柴,一动不动,好像已经死了一百年。老人跪在马儿那浑浊、再也看不见的眼睛前,用他自己完全失明的眼睛望着那头牲畜。

"很快就有水了。"朱明说,"洪堡河就在南边,距离这里不远。"他的声音很低，几乎是在安慰，仿佛他是在安抚那两匹马。

"是的，当然。"先知说，"但它们到不了了。"

朱明看着老人。"离河只有几英里远。"他说，"难道它们连几英里也走不了了？"

先知摇了摇头，把一只手放在他的马的头上，合上了它用来看世界的眼睛。"它们今天就会死。"他说，"我以前就告诉过你。"

"它们还能活多久？"朱明问。

"人在死前，能活多久？"先知答。

朱明伸出手，抚摸着他那匹马的鼻子，感觉到热气从马的大鼻孔里冒出来。它的眼睛又大又黑，却已经变得空洞。他的手放在马上，他转过身，看着先知的马一动不动地躺在地上，可怜极了。"人在死前，能活多久？"他喃喃自语道。他把手从自己那匹马的鼻子上收回来。那头牲畜的眼睛在盯着他，只是眼神是空洞的。朱明也盯着它。很长一段时间他们都没有动。"好吧。"朱明最后说。他讨厌射杀马匹。"后退。"他提醒先知。

老人本来跪在自己的坐骑旁，听到这话便站起来，退到一边。

朱明打开枪套，上好击锤，他在脑海中在他那匹马的脑袋上画出了两条相交的线，从一只眼睛延伸到另一只耳朵。他举枪瞄准两条线的交叉点，又向下稍稍移动，与它的脖子成一条直线。再低一点，就谈不上仁慈了。

多年前,他的小马失足摔断了腿,塞拉斯便把左轮手枪塞到他的小手里,对他说:死亡向来都是一种仁慈。那时他一定只有七八岁,而那是他人生中第一次真正的杀戮。他曾用那支旧气枪在田野里打过土拨鼠,甚至还打中了几只,但那些土拨鼠无关紧要,数量众多,对他来说很陌生。他的小马比眼前这两匹瘦弱的马更有活力,它嘶鸣着,试图用扭曲断裂的腿重新站起来。朱明的眼泪不停地往下掉,他把塞拉斯的枪扔在地上,出于幼稚和懦弱,他拒绝开枪。塞拉斯的一个手下过来,手里拿着左轮手枪,准备替朱明干掉他的小马。但塞拉斯挥手示意他走开。这孩子必须学习。一切结束后,塞拉斯从朱明哆嗦的小手里拿走那支沉重无比的枪,揉着他的头发,对他微笑。死亡向来都是一种仁慈。

在那之后,他又杀过很多匹马,据他自己估计,大概有十几匹,但距离最后一次杀马已经有很多年了,而现在他要一次杀死两匹。他瞄准,开枪。马的膝盖一弯,摔倒在地。先知的马向后仰着头,瞪大眼睛,拼命地寻找枪声的来源。它的腿无力地踢着尘土。朱明重新上好击锤,弯下腰,俯身向先知那匹躺在地上挣扎的马,枪声再度响起。

有那么一会儿,只有风吹过大地的飒飒声。

朱明在两具马尸之间坐了下来,一言不发地重新填装弹药,火帽、火药、弹丸依次装好。完成后,他站起来,掸掉裤子上的火药粉末和沙粒。"我们走吧。"终于,朱明说,"去洪堡河取水。"

"等等。"先知走近死马,"谢谢你。"他说。他张开双手,平放在马尸上方,闭上了眼睛。"归去吧。"他轻声说。然后他睁开眼睛,转身跟着朱明走了起来。

"我来告诉你它们会怎么样。"老人说。他们继续徒步前行,与埃尔科的距离越拉越近。先知告诉朱明,海洋被陆地取代,陆地则会再度让位于海洋。这就是洪水和干旱的连续循环。随着时间的推移,贫瘠的盐碱地又会被浅海所淹没,而山艾树和枯草也会被充满了陌生生命的海水所淹没,这些中空的骨头,会一个原子一个原子地被石头和晶体取代,消减成最基本的形状,只作为潜在的脊椎骨或头盖骨。

先知问朱明知不知道降形是什么,朱明回答说不知道。他们在正午直射的阳光下停下来休息,先知把手放在土地上方,投下了一个螺旋形的奇怪影子,时而是一只俯冲的鹰的剪影,时而是一只狗的侧影,时而像一个人。先知说,这是形生形。降形便是化为虚无。这么多天来,朱明第一次感到精疲力竭。

在洪堡河岸,朱明洗了脸,把水壶装满。水很冰,喝起来有淤泥和春天融雪的味道。随着时间的推移,他们越往前走,铁路就越来越近,双方慢慢地汇合在一起。间或有一列火车载着木头和钢铁向东疾驰而过,时而又有一列客车向西驶去,车厢的窗边挤满了一张张茫然的面孔。他们的脚步形成了节奏,几乎在不知不觉中穿过了他们所走过的地方,界外之人在前面

051

稳步向前，盲眼先知跟在后面，好像能看见似的。白天过去，黑夜来临，从地平线的一端到地平线的另一端，满是璀璨的星辰。

埃尔科终于到了，他们在离河不远的一家寄宿公寓里租了一个小房间。朱明小心翼翼地打量着客栈老板，等待自己被认出的迹象。不过老板并没有认出他们。他们不过是两个来投栈的华人。来到房间，先知在地板上坐下，目光定格在墙壁上，似要将其穿透，他整个人好像变成了石头。朱明不累，难以入眠，便到漆黑的街道游荡。月亮尚未升起，他脑子里想的都是罪恶和酒精。

11

朱明在赌博帐篷里玩骰子,大杀四方,赌桌上只有他一个人赢钱。他喝了几杯威士忌,又喝了几杯劣质酒,还玩了法罗牌,把赢来的一把硬币和钞票塞进了口袋。世界仿佛在一条微妙的轴线上摇晃,他跌跌撞撞地走进了寒冷而干净的夜晚。他喝得醉醺醺的,穿过无人的街道,只想找个人打架,却连个人影也没看见。他迷路了。

这时,一个女人从黑夜里悄无声息地走了过来,脚步轻松自如,所以当她第一次在朱明耳边低语时,他没有吓一跳,只是盯着她苍白的脸看了一会儿。仿佛她一直都在他身边,她呼出的热气也一直扑在他的脸上。

"想看奇迹吗?"她问。他们停在土路上。黑暗中,她拉起他的手,领他沿着光秃秃的路走了一会儿,进了一顶亮着灯光的帐篷。"这里有魔术表演。"她说,"不是魔术,可以说是奇迹,值得好好欣赏一番。都是货真价实的。只要62.5美分。"

他的口袋里还有钱,他用一只手笨拙地摸出一枚硬币。女人接过钱,当朱明再次凝视她的脸时,他几乎停止了呼吸。"我认识你吗?"他问道,酒精让他的舌头打结,说出来的话含含糊糊的,"我们见过吗?"

"也许上辈子见过吧。"女人答,"上辈子,所有人都见过彼此。"

他问她叫什么名字。

"我随着魔术巡回表演团四处去。"她说,好像没听见似的。他怀疑自己根本没有说出那个问题。"我们经营奇迹。"

朱明全神贯注地皱起眉头,努力理清思绪。"是你吗,艾达宝贝?你不记得我了吗?"他终于问道,由于醉酒的缘故,他的声音变得很微弱,显得有些气。他转身想看看她的反应,但她已经走开了。

帐篷的另一头是一块半圆形压实的土台,上面铺着鹅卵石,周围挂着提灯。两根帐篷竿之间挂着褪色的灰色窗帘,分隔出后台和舞台两侧,将半圆形的土台和上面的篷布变成了舞台和幕前部分。舞台周围摆着一些落满尘土的长凳,这些座位看上去像是从远处那座鬼城烧毁的教堂里搬来的。

他坐在附近的长椅上,醉醺醺地等待魔术表演开始。他把胳膊肘支在膝盖上,任由脑袋耷拉着,拖着身体往地上栽。还有几十个观众,每一个都喝得烂醉。有些人四仰八叉地躺在长椅上,呼呼大睡。终于,领班走了出来,用手杖敲打着舞台,唤醒了人们。朱明的目光懒洋洋地从左到右扫视了一下，最后落在了领班的脸上，只见此人面色苍白，脸上的麻子不知是青少年时期留下的印记，还是战争留下的痕迹。他穿着一套又薄又破的衣服，打着很多补丁，看起来更像是一块破布，而不是套装。朱明用手搓了搓脸，深深地吸了一口气，希望酒劲能缓解一些。

领班大步走到舞台中央，装模作样地开始讲话，就像他面前是一个圆形剧场，里面坐着数千人。"先生们！"

观众懒洋洋地倚靠在长椅上。

"今晚各位将见到奇迹。你们将亲眼见证，知道那就是奇迹。我向各位承诺，今晚不会有任何虚假蒙骗，对此，我可以保证。这种类型的表演比比皆是，各位无疑在这样那样的酒馆里看过魔术表演，但我发誓，我们今晚为大家带来的奇迹完全是另一回事。因为我们的奇迹是有血有肉的，和你我一样是活的，有呼吸，可他们拥有奇异又神奇的力量。他们的能力太强大了，所以当我们的表演结束时，我相信各位会像我或任何人一样乐意成为他们的信徒。"

"这是亵渎！"坐在朱明旁边的人叫道。

朱明转头看了过去，只见那个人穿戴着牧师的长袍和颈圈，但他的眼睛布满血丝，法衣的边缘也很破烂。即使在朱明坐的地方，也能闻到那人呼吸中的威士忌味。

领班挑了挑眉毛，饶有兴味地打量着质问者。"你，尊贵的先生，你是牧师吗？"他说。

"以前是。"那人含糊道。他咧嘴一笑，把一瓶琥珀色的威士忌高高举起。"后来我在酒瓶子里找到了上帝！"他大声补充道。

话音一落，响起了几声稀稀拉拉的欢呼。

领班不为所动。"那你就不会反对我们世俗的奇迹了。"

曾经的牧师耸耸肩。"应该是。"

"也许我们的第一个奇迹就将让你信服。"领班说。

两个舞台小工拖着一个沉重的熟铁笼子从舞台侧面走了出来。一个光着身子的男人蹲在笼子昏暗的角落里，头发乱蓬蓬的，眼神茫然。工作人员把笼子拖到领班旁边，便退回到了漆黑的侧翼。一盏提灯在笼子顶上轻轻晃动。领班用手杖敲打铁栅栏，里面的人扭过了头。

"起来，伙计。"领班低声命令道。

笼中人站起来，向前迈了一步来到灯下，他的长相也清晰了起来。观众当中响起了一阵窃窃私语声。笼中人浑身都是刺青，从头到脚都文着奇怪的符号。他盯着外面的人群，脸上的神情很好奇，也很冷漠。

"他是普罗透斯，我们这么叫他。"领班说，他的眼睛从上到下扫过刺青男人。那人似乎并不在意。领班转向观众。"他就是今晚你们将亲眼所见的第一个奇迹。"

观众们打起了精神。

"现在,先生们,我来介绍一下普罗透斯。他是来自遥远的太平洋岛屿的异教徒,是楠塔基特岛的一艘捕鲸船发现他的,在他所在的那座热带岛屿上,只有他一个居民。他不会说我们所知道的任何文明用语。他那奇妙的才能险些就湮灭了,不能为人所知。发现他的捕鲸船被人发现漂流到了智利海岸附近,船上没有人,也没有野兽。船上只剩下我们的异教徒普罗透斯。"领班的脸上悄悄掠过一丝微笑,"要表演出这个奇迹,我需要从观众中找一位志愿者。"他用手杖指着坐在第一排的一个醉汉,"你,先生,请上来。"

那人嘟囔了两句别人听不懂的话,跌跌撞撞地走上舞台。

领班把他带到笼子里的异教徒面前。"听我的指示,你要看着普罗透斯的眼睛,然后移动。"

"移动?"倒霉的志愿者含糊地说。

"是啊,来回走走。"领班答,"挥挥手臂,跺跺脚。"

醉汉耸耸肩。"你说了算。"

"看哪!"领班叫道。他打了个响指,听到这个提示,志愿者走到笼子边上等待着。过了一会儿,普罗透斯把目光转向走近他的人。满身刺青的异教徒抓住笼子的铁栏杆,身子向前倾。两个人互相凝视着,似乎过了很久。志愿者迟疑地举起手臂,如同在用奇怪的姿势敬礼。普罗透斯学着志愿者的样子,动了动自己的胳膊,只是慢了一拍,像是一面迟疑的镜子缓慢反射出的影像。这时,志愿者放下了手臂,普罗透斯也放下了手臂,他们之间的时间间隔缩短了。他们一起眨眼睛，张开又闭上嘴巴，抬起又放下四肢，彼此都变得更加适应对方的动作了。接着，奇迹出现了。

事情发生得太快，以至于一开始朱明什么都没注意到，当他能够准确地说出发生了什么时，效果已经消失了。普罗透斯一如既往地站在笼子里，志愿者一如既往地站在笼子外面。但不可否认的是，此时关在笼子里的并不是普罗透斯，这个赤身裸体、满身刺青的异教徒，与笼子外的那个人一模一样，根本看不出普罗透斯原本的样子。

志愿者大吃一惊，踉跄着向后退了两步，摔倒在舞台的地板上。在朱明的旁边，前牧师坐着不动，嘴巴张得老大，敬畏之情溢于言表。观众中有几个人骂骂咧咧地跳了起来，他们的长凳在泥土上滑来滑去。有个人拔出枪来回挥舞，朱明虽然已经烂醉，却还是知道那人并不是真想开枪，况且就算开枪也打不准。领班叫大家安静下来，众人一个接一个地坐了回去。拔枪的人把枪放回枪套。普罗透斯站在笼子里，依然如故。

"谢谢你，尊贵的先生。"领班说着搀扶台上的醉汉站起来。

志愿者一脸惊恐，领班用手杖示意他回到座位上。舞台小工又从两翼走出，低声咕哝着把笼子拖回到阴影中。

这时，一个小小的身影走上舞台，走进了提灯的灯光里。来的是一个小男孩。领班把手杖夹在腋下，用双手扶着孩子的肩膀，把他领到舞台中央。

"这位是亨特·里德。"领班说,"他将为各位表演今晚你们将亲眼见证的第二个奇迹。"领班弯下腰,与男孩面对面,仔细端详了一会儿他的脸,才又对观众说话,"各位很快就将发现,亨特·里德的奇迹是要听,而不是看。因为这个男孩是世界上第一个,也是唯一一个真正的腹语者。"领班的手打出了一系列晦涩难懂的手势,男孩点点头,举起瘦削的手臂,手掌向观众张开。"大家都看到了,他是空着手的,没有带木偶,也没有道具,不能利用工具来做口技表演。这是有原因的。"领班露出了灿烂的笑容,现在他的手又做了一个更复杂的手势,朱明甚至都看不过来了。

男孩放下双臂,又点了点头。"我叫亨特·里德。"他说。或者说,这话应该是他说的。只是他的嘴唇没有动。"我小时候得了疟疾。我的父母都准备把我埋了。但第四天我竟然退烧了,感谢上帝,我完全康复了。我亲爱的父母就没有这么幸运了。他们也染上了和我一样的热病,没过几个小时就相继死去了。"

这些话不知从哪里传来,却又无处不在。男孩的声音在朱明的脑海里尖锐又清晰。他旁边的前牧师看起来是那么困惑,那么恐惧。

"因为高烧的缘故,我变得又聋又哑。"男孩说,"但我发现我依然可以说话,人们也依然能听到我说的话。"

"先生们,"领班用低沉有力的声音说,"你们没有受骗。这不是蒙骗你们耳朵的小把戏。这是第二个奇迹,真正的腹语者。"

男孩鞠了一躬。观众中有人喊他,问他有没有像他一样的兄弟姐妹,但他没有回答。

"他什么也听不见。"有人惊讶地说。另一个人惊讶地发现,男孩的大脑笼罩在一片死寂之中。

然后男孩唱起了歌,他的歌声在朱明的脑海里回荡。他还演示了轻声耳语和大喊大叫。接着,他表演了只对一个人说话,和两三个人说话,或者同时对许多人说话。表演结束后,领班盯着他看,给他做了个手势,男孩见了,便又鞠了一躬,向观众们道别。

现在,领班表示第三个奇迹即将上演。他说,这是他们最后一个奇迹,也将是最惊人的一个奇迹。这个奇迹一出,无论男女都会昏倒,马匹会四散奔逃,旁观者会发出惊恐的尖叫,说那是巫术。从黑暗的舞台侧翼中,最早叫朱明来看魔术表演的女人出现了。她穿着一件薄得几乎透明的长袍,一只手拿着一支火把,另一只手拿着一只水晶酒瓶,在火把摇曳的火光下闪闪发亮。朱明坐在那里,完全惊呆了。

"先生们,"领班转动着手杖说,"敬请欣赏今晚的第三个也是最后一个奇迹。"他伸出一只手,向拿着火把和酒瓶的女人做了个手势,便开始向侧翼后退。"不怕火的女人。"领班宣布。

不怕火的女人用火把划出一道弧线,描绘出光与热的曲线。

她把火焰拿到靠近地面的地方,火焰蔓延开,燎着泥土。这会儿,她在坐得离她最近的人面前挥动火把,那些人见到火,直往后缩。一个舞台小工拿了一小堆柴火放在舞台上。不怕火的女人把火把举到空中,夸张地大步走向柴堆。

"现在来测试一下,证明火是真的。"她说。她用火把轻触木柴,不一会儿,柴堆就冒出了晃动的火舌。"是真火。"她说。她把水晶酒瓶放在脚边,拿着火炬靠近自己的身体,将空闲的手穿过火焰,速度比想象中要慢,慢得让人难以置信。她对着观众微笑,朱明的呼吸哽在喉咙里。"我没有烧伤。"女人说着,弯腰捡起酒瓶。"我不会烧伤。"她说,声音很坚定。

随着拇指轻轻一动,她打开酒瓶的瓶塞,把酒瓶倒扣在头上。瓶子里的液体流了出来,浸透了她的长袍,让她的袍子变得沉重和透明,在晃动的火光中,她那玲珑的身体曲线也显现了出来。液体的气味转瞬间就飘到了教堂的长凳之间,待到飘到跟前,朱明闻出那液体竟是煤油。一股冲动在不知不觉中产生,他很想跳起来阻止她。煤油滴在她身上,像薄纱一样闪闪发光,这个不怕火的女人把火把扔在她闪闪发光的脚边,火焰瞬间就将她吞噬了。坐在前排的人本能地向后靠,差点把椅子推倒。观众们激动得大呼小叫起来。

朱明呆呆地瞪着眼睛,浑身都无法动弹,那个被火焰包围的女人用一根烧着的手指碰了碰她炽热的嘴唇,别说话,看,她没事。她的礼服烧成了飞灰,她赤裸着站在震惊的观众面前,别人完全不能触摸她。她双手合十，深深地鞠了一躬，又拿起火把。就在这个时候，火焰开始在她柔软的身体上发出噼里啪啦声，而她的身体在蜿蜒的火焰中来回扭动。然后她伸手啪的一声把火把熄灭了。刹那间，女人身上的火随着火把上的火一起灭了，只剩下一片漆黑和寒冷。是有人把提灯和舞台灯光都关掉了。在突如其来的黑暗中，朱明听到她轻盈的脚步声从舞台上渐渐远去，接着响起了舞台小工的脚步声，然后，可以听到穿着靴子的领班回到了舞台上。

一个小工重新点亮了一盏灯，领班出现在他们面前，光线昏暗，只能看见他的轮廓。"谢谢。"他简单地说了一句，演出就这样结束了。坐在朱明旁边的那个人突然欢呼起来，其他的观众也大声喝彩起来。

朱明坐了一会儿，观众都走得差不多了，人越来越少。他真想去跟那个不怕火的女人谈谈，告诉她，他对她是多么熟悉，他多么想把她搂在怀里，用另一个女人的名字呼唤她。朱明从座位上站起来，忽然觉得一阵恶心，又坐了下来。他依然醉得厉害。他又试着站起来，但又不得不坐下，缓慢而深沉地呼吸着。他闭上眼睛，整个世界都在摇晃。他想知道，假如他告诉那个不怕火的女人，她让他想起了他早已记不清长相的艾达，她能不能理解他的意思。这两个女人长得其实并不十分相像，不过她们的体形都是那么凹凸有致。他感到自己在下坠，或者说在向下滑，至于是向前还是向后，他不知道，也不愿意知道，一天结束时，一切运动往往都是向下的，无论在什么地方，一切运动都在向下。随着沉闷的咚的一声，他的头一震，整个人倒在了冰凉的地上，但他并不觉得疼。过了一会儿，或者说，过了很久，有一双手拉住他的胳膊，他被人扶着起了身。接着，他走了起来，一只手臂搭在他身边一个瘦小的人身上。

12

朱明被人摇醒，他睁开眼睛，只见先知坐在他的床边，一只苍老的手搁在他疼痛的肩膀上。他已经回到了旅馆，正躺在床上。房间笼罩在昏暗的青光中。天快亮了。他是怎么回来的？

"快点，我的孩子，"先知说，"暴力即将找上她。你必须去。"

朱明不用问也知道先知说的是那个不怕火的女人。他站起来，发现枪带还系在身上。他本能地用手摸了摸左轮手枪和道钉，金属触手冰凉，叫人安心。"待在这里。"他对先知说。

"我必须陪你去。"老人坚持说。

朱明本想反对，但还是忍住了。没时间浪费了。

他们走出房间，下了楼梯后出了大门，先知在前面，朱明跟在后面。每到盐碱荒原的清晨，在奇异的光线中，建筑物及其标志牌仿佛都像是来自另一个更微妙世界的人工制品。在40步开外，这一切看起来都很模糊，到了20步，文字已经初见轮廓，却还是难以辨认，但到了5步，就清晰可辨了。他们经过了酒馆、法院、学校和教堂。先知在朱明不熟悉的小巷里转来转去。也许他只是喝醉了，不记得路了。最后，他们来到了魔术表演帐篷的帆布门口，先知示意朱明拔出武器：不是枪，而是道钉，还要他不能弄出动静。朱明照办了。他们一起掀开门帘，猫腰走了进去。

帐篷里很暗，只有舞台中央一盏提灯在无声地燃烧着。借着昏暗的灯光，朱明只能辨认出几个小时前他喝得醉醺醺、直犯恶心的时候躺过的空荡长椅。他沿着过道走过去，穿过舞台，经过那块还沾着第三个奇迹的煤油的发黑土台。先知没有一道过来，他站在入口没有动。朱明还记得被火焰吞噬的女人是那么美，如今一回忆起来就无比心疼。

他的沉思被窗帘后面传来的低沉的喃喃声打断了。是个男人的声音，只是听不出是谁。朱明掀开黑色的幕布，轻轻地走进后台。他悄无声息地在黑暗中穿行，那含含糊糊的声音变得清晰起来。他偶尔能听清那人在说什么。"亵渎者。只有魔鬼才会这么干。"朱明终于看到了说话的人。一个无精打采的人影摇摇晃晃地走来走去，一手拿着枪，另一手拿着一瓶威士忌。这会儿，朱明认出了影子的声音。是那个前牧师，他的衣领和法衣都乱作一团。他跟跟跄跄地朝帐篷后面用帆布隔出来的房间走去。那里是演员居住的地方。

"杀了他。"有人急切地低声说。

朱明猛地转过头来，却没有见到先知。

"杀了他。"那声音重复道。朱明在黑暗中环顾四周。只有他和那个前牧师。刹那间，他意识到这是第二个奇迹，是唯一真正的腹语者男孩亨特·里德那脱离肉体的声音。

"求你了，先生，"男孩说，"你必须杀了他。否则他会杀了她，还会把我们都杀死。"

前牧师不再出声，脚步也停了下来，好像他也听到了。他懒洋洋地晃着脑袋四下查看。"别玩把戏了。"他嘟囔着，举起威士忌酒瓶喝了一大口，一边喝一边倒吸了一口气。他再次环顾四周，仍然一无所获，便又走了起来，要去大开杀戒，他的呼吸缓慢而沉重。剩下的威士忌随着他的步伐摇晃着，他的双脚踩在泥土地上，发出嘎吱嘎吱的声音。

朱明蹲下身子，从后面走近那人，前牧师走一步，他走一步，与他的脚步声一致。

"亵渎者，"前牧师说，"虚伪的祭司，憎恶他和他的荣耀。"

朱明调整了一下抓握道钉的姿势。他的手所握的地方都热了。

"难道我不还是上帝的信徒吗？"前牧师说，"难道我不还是圣洁的吗？"

在还有两步远的地方，朱明不再蹲伏，而是一跃而起，朝前牧师扑了过去，用一只胳膊绕住他的脖子，掐住他的气管，把他向后拉，拉向准备好的道钉的尖端。当朱明把道钉刺穿他破烂的法衣，深深刺进他的背部时，前牧师只是轻轻地倒抽了一口气。瓶子和枪从他的手里滑落到地上。他的眼睛瞪得大大的，双脚在泥土里推起一个个小丘，但蹬脚的频率越来越慢，最后，他的眼神变得浑浊起来，朱明任由他重重地倒在地上，伸手拔出道钉，在死者血污的衬衫上擦干净。

朱明喝醉了酒，现在仍然头疼得厉害，他坐在前牧师的尸体旁边。"先知。"他说，"你在哪里？"

"谢谢。"有人说。是亨特·里德。

其中一间用帆布隔出来的房间的门帘掀开了，一片提灯的灯光倾泻出来。朱明把道钉塞进枪套，站了起来。七个人走了出来，分别是领班、文身异教徒、腹语男孩、不怕火的女人、两个仍穿着黑衣的舞台小工，让朱明惊讶的是，先知在他们当中。

"老头儿，你到底是怎么……？"朱明问。

"朱明。"领班打断了他，"很荣幸见到你。"他大步向前，伸出了手。

朱明立即拔出手枪并上了击锤。"别再往前走了，就站在那里说话。"他说。

"当然，朱先生。"领班道，仍然向前走去，"相信这只是一个意外……"

朱明在领班前面三步的地方朝地上开了一枪。"别再走了，伙计。"

领班停下来笑了笑。"我很抱歉，朱先生。我只是非常高兴今晚能正式认识你。"

朱明重新把手枪上好击锤，将瞄准器对准领班的胸口。

"你的同伴来找我们，"他指着站在他身后阴影里的先知的身影说，"是哈泽尔·洛克伍德在演出结束后把你送到旅馆的。她把你交给了你的同伴照顾。"

不怕火的女人点点头。

"奇迹的本质就在于能吸引更多的同类，"领班说，"奇迹能辨认出奇迹。"

"我知道先知不是普通人。"哈泽尔说，她的声音对朱明来说太熟悉了，"他对我说了他有什么天赋，我也告诉了他我有什么天赋。他说我们今晚将进入死亡的领地。"

"死亡的领地？"朱明问。

"他说我们今晚很可能会死。"领班严肃地说。

朱明用手指轻敲枪管。"现在依然有这个可能。"

"够了。"一个苍老的声音说。先知走上前来。"把那个铁家伙拿开。"

"先知……"

"他们是你我的朋友，我的孩子。"

朱明没有动。

先知从人群中走了出来，走过领班，走过朱明开枪警告、子弹打进土里时削起的那块草皮。他停在朱明面前，把一根粗糙的手指放在枪管上，把朱明的枪拨了下去。"界外之人，"他说，"有人要求我们提供服务。"

"我们要去里诺。"领班说，"我们一行六人：我自己、哈泽尔·洛克伍德、亨特·里德、普罗透斯，还有我的两个舞台小工，墨西哥人安东尼奥·戈麦斯和纳瓦霍人①诺塔。"他一边指着每个人，一边叫出他们的名字，"但是我们中间一个身手好的都没有。我愿意支付相当优厚的报酬，让你和我们一起上路，保护我们。我听说你比这里的任何人都清楚从这个帐篷到里诺之间可能存在哪些危险。有亡命之徒。还有印第安人。"他低头看了一眼死去的前牧师蜷缩成一团的尸体，"还有幻想破灭的狂热分子，携带武器的疯子。"

"谁告诉你我要去里诺的？"朱明厉声问。

"加利福尼亚。"哈泽尔插嘴说，"他是要去加州。"

她直勾勾地盯着朱明。他估摸一定是先知告诉她的。

领班端详了朱明的脸一会儿，一丝好奇划过他自己的脸庞。"加利福尼亚有什么？"

"这不是你该知道的事。"朱明说。

领班礼貌地笑了笑。"的确与我无关。要翻越内华达山脉，朱先生，最好走的路就是沿着你帮忙修的那条铁路从里诺一路朝西。"

"我需要钱买马和马鞍，还要买弹药。"朱明说。

"当然。"领班说着咂咂舌头，把手杖夹在腋下。他把一只手伸进胸袋，掏出一包钞票。"你需要任何补给和食物，我都可

---

① 译者注：美国最大的印第安部落。（若无特别说明，下文注释皆为译者注。）

以买给你。至于你的报酬,"他继续说,同时数出钞票,"我可以给你800美元。"领班把钱递给朱明。

朱明没有理会那些钱。他计算着里程数和天数,在依稀记得的地图上寻找路线。迪克森治安官在尤宁维尔,凯利法官在里诺。亚伯和吉迪恩兄弟在萨克拉门托,艾达也在那里等他。他想,若是只有他自己和老人,能走得更快。他可以弄两匹马,把一匹系在另一匹上,如此便可快速前进。见鬼,照他估计,只要是好马,而且有足够的水给马儿喝,他10天就能到尤宁维尔。但马和马鞍都不便宜。

"求你了。"最后,哈泽尔说道,打断了他的思绪。

她的声音平静而急切,朱明不由自主地感到心里的抗拒减轻了。"好吧。"他终于同意了,"但我不是直接去里诺。"

"非常好。"领班说。

"由我来决定去哪里以及如何去。"

"当然。"领班说。他又把钱递给朱明。

朱明把枪收入枪套,用手擦了擦脸。"好吧。"他说,伸手去接钞票。

领班灵巧地一撇手指,把手里的钞票一分为二。"一半现在付,一半到地方再付。"他说。突然他想到一件事,就又数了几张钞票给朱明。"给你。"他说,"去买补给品和马匹吧。"他的脸上绽开了灿烂的笑容。"太棒了,朱先生。你今晚的表现非常出色。尸体就由我们处理了。你收好你的东西,我们明天中午启程。"

13

朱明只睡了几个钟头就醒了过来,发现先知一动不动地站在房间中央。

"你去准备吧。"老人说。

朱明的手上还残留着已经干了的前牧师的血迹。他走到河边,弯下腰,把手伸进冰冷的河水里。前牧师的血迹绽成红色的小花,被水冲走了。随着一阵翅膀拍打的声音,一只大黑鸦俯冲下来,落在朱明弯腰洗手处旁边的灌木丛里。他们互相端详了一会儿。

"早上好。"朱明谨慎地说。

乌鸦歪着头。朱明低头看了看自己冻僵的手已经洗干净了,便在衬衫上擦干。乌鸦没有动。

"我昨天杀了一个人。"朱明轻描淡写地说,"那家伙以前是个牧师。"他站起来,掸去身上的灰尘。"希望这不会给你造成太多困扰。"

乌鸦张开嘴，好像要说话，但又犹豫了一下，似乎不知道该说什么。过了一会儿，它闭上嘴，微微点了点头，便飞走了。

朱明买完弹药、两匹马和马鞍，已是正午时分了。他给自己选的是一匹年轻的纯种栗色马，给老人选了一匹小花斑马。他把花斑马拴在他的马上，骑回旅店接上先知，二人一前一后骑马来到魔术团所在地，下了马。帐篷已经拆除了，戈麦斯和诺塔正在把普罗透斯的笼子绑在一辆马车的顶上，而他本人就在笼子里。领班正在对亨特打手语，他的手断断续续地做着复杂的手势。如同在进行一场没有声音的演讲。普罗透斯那满身刺青、高大的身影蜷缩在笼子里，漆黑的眼睛注视着舞台小工，看着他们把绳子穿过笼子的栅栏。

"朱先生。"领班叫道。他结束了和小男孩的对话，走过去和朱明握手。"你来得正是时候。等戈麦斯和诺塔做好准备，我们就可以马上出发了。"

朱明指了指身后的马匹。"我和先知都准备好了。"

"很好。"领班转向老人，"那么，今天谁会死呢？"

先知礼貌地笑了笑。"我们都不会。"

"很好。"

"有人来了。"先知说。

朱明朝大路望去，却没看见有人。他的手伸向枪套。

"放松，我的孩子。"老人警告说，好像他看见了似的。

"是谁?"朱明低声问。

"一个执法者。"

就在这时,坚硬的道路上响起了马蹄声,一个骑手的轮廓从尘土中显现出来。那人来到近处,下了马,把马拴好。一颗黄铜星章在他的翻领上闪闪发光。朱明把手从枪上拿开。

"先生们。"治安官说。

"下午好。"领班道,"有什么能为你效劳的,先生?"

治安官眯起眼睛,打量着他。"阿比盖尔小姐说她丈夫昨晚没回家。我打听了一下,最后有人看到他,他正在看魔术表演。他当时肯定喝得烂醉如泥。这人是个瘦高个子,叫吉姆·桑顿,以前是牧师。记不记得有这样一个人?"

"我想我不记得了,治安官。"领班道,"每晚都有很多观众,里面什么人都有。"

"你雇的这些都是什么人?"治安官问,"可信吗?"

"我绝对信任他们。"领班说。

治安官似乎是刚刚注意到朱明,他的目光上下扫视着朱明。"那个华人的靴子上有血,先生。"

朱明没有说话,也没有动。

"约翰,"治安官盯着朱明说,"昨天有没有见过一个教会的人?"

"他根本不会说英语。"领班插嘴说。

治安官没理他,双手合十,做着哑剧式的祈祷手势,把食指勾在衣领上，模仿着穿法衣的样子。"喂，昨天，你见过教会的人吗？听得懂我的话吗？"

"治安官，"领班这次语气坚定地说，"跟他说话纯属白费力气。"

"我是在和这个华人说话，"治安官道，"我建议你保持安静。"他朝领班扬了扬眉毛，然后转身面对朱明。"约翰……"他又开口了。

"我不叫约翰。"朱明咆哮道，他的声音低沉而危险。

治安官的眼睛里闪着胜利的光芒。"中国佬说话了！"他得意地说。

"诺塔。"领班喊道。

小工出现在领班的手肘旁，像一个被召唤出来的幽灵，他长长的黑发在脑后紧紧扎成一个马尾。

"他是舞台小工，"领班说，"如果你提到的前牧师昨晚在观众当中，他肯定能看到。"

治安官似乎对诺塔的到来很恼火。他把手伸向腰带，手放在枪套上，仍然怀疑地看着朱明。"我要把这个中国佬带走。"他终于说，伸出手去抓住朱明的胳膊。"走吧，伙计。"

"治安官先生，"诺塔道，"你要找的人是谁？"

"吉姆·桑顿。"治安官有些心不在焉地说，现在他的心思似乎在别的地方。他皱起眉头，更专注地看着朱明，还收回了伸出来的手，他盯着自己的手看了很久，仿佛想起这是他的手，而不是别人的手。他的注意力在减弱。

"吉姆·桑顿。"诺塔重复道。

"是啊。"治安官慢吞吞地说,眼神时而专注,时而发愣。汗珠开始在他的额头上闪耀。"他妻子说他没回家。"他停顿了一下,然后摇了摇头。

"治安官,"诺塔说,"我认为吉姆·桑顿从来没有来过这里。"他的声音柔和而坚定,眼睛在强烈的阳光下闪着奇怪的光。"没人见过他。"

"没人见过他。"治安官神情恍惚地说。

"昨晚或任何一个晚上,都没人见过他。"诺塔说。

"昨晚或任何一个晚上,都没人见过他。"治安官说,仿佛他不断地从同一个梦中醒来。

"我认为你还有其他事情要去处理,治安官。"诺塔道。

"对。"治安官说。他慢慢地转身离开,就像在水中移动一样。"我……我很抱歉,先生。"他眨眨眼睛,在下午的阳光下眯起眼睛。"先生,我不是有意中伤你们巡回表演团的。"

"当然。"领班微微一笑说。

治安官骑上马,一夹马刺,策马小跑起来。一人一马的动作都很恍惚。朱明转过身,想问问诺塔对治安官做了什么,但那个小工已经走开,去把普罗透斯的笼子绑在马车上。

"很高兴你来了。"是哈泽尔,她就站在他身后。

"当然,"他说,"你以为我会拿了钱就跑吗?"

"他以前见过你。"先知道。

"每个人以前都见过彼此。"哈泽尔说。她看了看朱明,又看了看先知。"这世上就没有陌生人。"

两个小工大声吹响了口哨。

"上路喽。"领班说,"我们去卡林。"

14

在傍晚的红色霞光中,他们沿着洪堡河向西骑行,河水里满是泥沙和水沫。这条无尽的网状河流在倾斜的阳光下闪闪发光,铁路的轨道沿着河流笔直地向前延伸。从埃尔科走出6英里时,领班让拉马车的驮马停下,叫众人在河岸上停一会儿。很快,舞台小工开始解开绑在普罗透斯笼门上的绳结。

朱明看了一惊,问他们是不是要放他出来。

"是的,"领班答,"他也许是个异教徒,但不是杀人犯。即使他杀过人,"他对朱明眨了眨眼睛说,"我们也不反对杀人凶手随便走动。"

"确实如此。"朱明说。

小工解开最后一个绳结,打开沉重的铁门闩,随着一声巨响,大门打开了。普罗透斯从角落里坐着的地方站起来,把脚伸出笼子的边缘,跳了下来。戈麦斯递给他一条裤子和一件薄棉布衬衫,普罗透斯穿上衣服。领班走了过去,伸出一只手,异教徒抓住领班的手,两个人对视了一会儿。然后,就像魔术表演那晚一样,普罗透斯立刻变了。马车旁现在站着两个领班,只能靠衣服和手杖才能分辨出真正的领班。

"伙计们。"替身用领班的声音说。他恭恭敬敬地向哈泽尔点头。"女士。"

"欢迎回来。"戈麦斯说。

"朱先生,"替身说,"我还没机会感谢你为我们所做的一切。"他大步走到朱明所坐的地方,举起一只手和朱明握手。"很高兴认识你。"

"我也很高兴。"朱明说。然后,像是刚刚才想起来一样,他说,"我该怎么称呼你?"

"普罗透斯。"变形后的异教徒答完,便悠闲地走开了,嘴里哼着不成调的口哨。

"把他装扮得文明一点,对我们来说比较安全。"领班说,"不然太引人注目了。他变成会说话的人,他自己也会说话。这样对我们大家都省事多了。"他手搭凉棚放在眼睛上方,看着普罗透斯帮助诺塔和戈麦斯关上空笼子的门,并把它捆好。"刚开始那会儿,我们试着让他照每个人的样子都变了一遍,看他最喜欢哪个。"他指了指马车车厢里面,亨特正在里面躺在哈泽尔的腿上睡觉。"你知道的,他变成亨特后一句话也不会说,甚至不能像那个男孩一样用奇怪的腹语。"领班对朱明咧嘴一笑。"奇迹看够了吗,朱先生?"他问道。

"我没数过自己看了多少。"朱明说。他调整了一下帽檐,让马又走了起来,最后偷偷看了一眼领班的新替身。"走吧。"

众人继续前行,朱明和先知打头,一匹马拴在另一匹马后面,其余的人跟在马车旁边徒步而行,地面凹凸不平,马车走起来哐啷哐啷直响。夜幕降临,他们在河边扎营,用绿色的树枝生起了一堆低矮的火,刺鼻的浓烟滚滚冒出,即使坐在逆风处,他们的眼睛也被熏得眼泪横流。先知说这不要紧,烟雾可以驱虫,他那双盲眼也被烟熏出了眼泪,闪动着泪光。哈泽尔不时把手伸到火焰里,把倒下的树枝拨回到火里,树枝很潮,烧得噼啪作响,逐渐被火舌吞没。

他们默默地围着火堆坐了一会儿,每当风向改变,他们便向左右转移,躲避不断变化方向的烟雾。

"诺塔,"朱明说,"你在埃尔科对那个治安官做了什么?"

小工正用一根小树枝在泥地上胡乱涂鸦,听到这话,他抬起头来,咯咯地笑了。"我不明白你的意思,朱先生。"他说,装出一副无辜的样子。

"说说吧。"朱明道。

"我们这里的每个人都是奇人奇迹。"哈泽尔笑着插嘴说,"诺塔也是。"

"那倒算不上。"诺塔道,"我只是加快了即将发生的事情而已。我只是让那位好治安官忘了点事。"他向前倾着身子,火光将他的五官衬托得鲜明而凶狠,犹如一尊浮雕。"我能让一个男孩忘记自己的母亲，让父亲忘记儿子。见鬼。"他说，声音低得像咆哮，"我能让你忘记自己的名字。"

朱明吓得汗毛直竖，一种奇怪的恐慌攫住了他，这种恐慌既强烈又不理智。"我要杀了你。"他低声说。这个纳瓦霍人是不是已经偷走了他的一些记忆？他迟疑地回顾往事，试图让自己安心：萨克拉门托被洪水淹没的泥沼里的秘密通道，塞拉斯的怒容，艾达的微笑。他怎么才能确定自己忘没忘？

"别闹了。"哈泽尔厉声说。

诺塔大笑两声，避开火焰向后靠去。"我只是开个玩笑，朱先生。我说让你忘记，就是说笑而已。我从不破坏朋友的记忆。"

"这么说，我是你的朋友了？"朱明嘲笑道。恐惧已经过去，只剩下愤怒。

"当然。"诺塔略带好奇地看着朱明，漆黑的眼睛充满了探询，"听着，朱先生，我不是故意要激怒你的。"他说，"记忆并不是完美的。但遗忘也不是完美的。你不用怕我，伙计。"

他们沉默了一会儿。

"好吧。"朱明最后说。他把头转向戈麦斯。"那么你呢？"他说，"如果说你们都是奇迹，那你有什么能耐？"

墨西哥人没有回答。他正在扎假蝇鱼饵，衬衫口袋里装满了五颜六色的羽毛。他的嘴唇间咬着一根鲜红和绿色相间的羽毛，他用两根手指把羽毛从嘴里拔了出来，绕着一根隐藏的倒钩旋转，把一簇簇彩虹色的羽毛做成一个小小的彩色王冠。终于完成后，他把鳟鱼钓饵塞进一个小渔具罐里。然后，他把手伸进大衣口袋，拿出了一个东西递给朱明，那东西在他手里咯咯作响。竟是一对骨头做的骰子。

朱明接过骰子，仔细查看。骰子是用奶油色的密质骨雕刻而成的，骰子核在火光下闪闪发光。

"那是红宝石。"戈麦斯带着一丝骄傲说，"是我几年前玩骰子赢的。"

朱明盯着骰子的表面。确实是红宝石。

"两点。"戈麦斯说，并示意朱明掷骰子。

朱明在虚握的拳头里摇了摇骰子，将它们扔在地上。两个都是一点。

"再来一次。"墨西哥人说。他看着朱明拿起骰子在手里摇。"4和3。"他告诉他。

朱明又掷了一次骰子。果然是4和3。

"1和6。"戈麦斯说。

朱明投出骰子。1和6。"老天。"朱明印象深刻地说，然后把骰子还给了它们的主人。

"以前钱紧的时候，我们就派他去玩几个小时骰子。"领班说，"不过很多赌场都把他赶了出来。对不对，戈麦斯？"

墨西哥人拽了拽自己的衬衫，露出一条长长的银色伤疤，从肚脐一直延伸到肋骨。"有些人的脾气就是火暴。"他笑着说。他松开衬衫，继续扎鱼饵。

"你先别问,朱先生,"领班说,"我可不是什么奇人。"他捏了捏手臂上的皮肤。"就是肉和骨头,像你一样。"他站起来,把水壶里的水倒在快要熄灭的火上。余烬嘶嘶作响,冒出滚滚热气。"该休息了。"

那天夜里,朱明梦见了他和艾达住过的老房子,地板歪歪扭扭地延伸到墙边,门框是倾斜的,就像许多醉汉跌跌撞撞回家后看什么都是歪的一样。光线透过窗户照进来,但当他走近,透过玻璃却什么也看不见:眼前只有一片平坦的蓝色,没有形状,也没有尺度。他从窗口转过身来,在房子里踱来踱去。房子和他记忆中的样子并不一样,走廊太长,天花板也太低。

然后他进了他们的卧室,那张檀香木床还在那里,他们第一次一起逃走时,他把那张床一块一块地搬上了楼。房间里还弥漫着从前的气味,清新,尘土飞扬,但房间里的一切都变了样,窗户换了位置,仍然看不到窗外有什么。他梦见自己沿着好似永远不会到头的楼梯一直往下走,接着,他来到书房,艾达坐在窗边,呆呆地望着窗外。他叫她的名字,她转过身来,见到她的美貌,他顿觉宽慰,可走到近处,他却看不清她的五官,只能隐隐看到她的表情,就连她那狡猾、稍纵即逝的假笑也是模模糊糊的,她的眼睛斜视着高高的窗户,她的心思在别处,她的脸既熟悉又陌生。现在,恐惧和背叛掠过她那模糊的脸,他又来到那里,又一次进入了那悲惨的记忆,那段记忆在梦中变得异常清晰。她终于发现了他最后的秘密,发现了他犯下的暴行，发现了他夺走过无数条生命。她转过身去，他又叫她的名字，这一次她似乎根本没听见。房间里越来越黑，黑暗笼罩的速度越来越急迫，黑烟从壁炉涌入书房，屋里越来越闷，越来越呛人。

他跪倒在地，喘着粗气，空气灼伤了他的肺，但他仍然能看到窗外，透过烟雾看到那无边无际的蓝色。他的肺在燃烧，房子也在燃烧，他爬到黑烟下面，拉起艾达的手，可她不肯动，现在他发现自己也不能动了。墙壁里面和地板下面藏着身份文件、钱和武器，所有这些都被黄色的火焰吞噬了。他仰面躺着，握着她的手，火焰向上延伸到了他们这个美丽的家的墙上，他想告诉她自己很抱歉，可他什么也说不出来，最后，他终于松开了她的手，烟雾笼罩住他的脸，他尽可能长地屏住呼吸，随后，这个世界几乎完全变成了灰色，他再也忍受不住，只得张开嘴巴大口吸气，却只是吸入了浓烟、雾化灰、烟灰、油烟和木馏油。

他咳啊咳，不停地咳嗽了很久，等他睁开眼睛，只见盐碱荒原进入了一个崭新的早晨，清澈的光线笼罩大地。诺塔弯着腰，在火坑旁用一堆新砍下的带着绿叶的树枝生火，风把烟雾从刚点起的火堆吹向朱明躺着的地方。他在铺盖上坐了起来，避开烟雾，呼吸着干净而寒冷的空气。有那么一会儿，他坐在光秃秃的地上，唯一能感受到的便是那个梦的冲击在他身下渐渐消失，蒸发在日光中。

15

　　一行人像一群黑影一般，在阳光灼射的白日赶路，他们一直沿着河边而行。朱明走在其他人前面，偶尔用望远镜观察一下地平线上如雾一样升腾的尘土，那很可能表示是印第安人来突袭了，甚至更糟。先知骑着花斑马，轻松地跟随着辚辚的马车。朱明有时想落在后面，请老人给他解解梦，但每次想到都想不起梦的内容。就像他所有的噩梦一样，这个梦只剩下一种模糊的不安感觉，而且随着时间的流逝，梦渐渐远去，回到它最初出现的那些昏暗的角落里了。

　　这一天，中午左右，他们在一个河湾边停下来休息和吃饭。戈麦斯离开去河里钓割喉鳟，诺塔去砍树枝生火，其他人则放下行李，活动活动筋骨。朱明牵着他和先知的马去河边喝水，他自己坐在一小块空地上，看着两头牲畜喝水。小聋哑人亨特在几英里前找到了一根白色的棍子，这会儿，他在河边的树叶上漫步，欢快地拍打着树枝。朱明想知道这个男孩是又聋又哑，还是只是聋子。他毕竟是会说话的,只是他说话的方式很奇怪。再说,他从来没有听过这孩子大声咕哝过。马仍然低垂着头喝水。朱明心不在焉地看着亨特玩耍。最后,男孩累了,就走到空地边上,在一块平坦的河石上把棍子钝了的末端磨尖。

"嘿。"朱明叫着。男孩没有注意到他。当然是这样。这男孩是个聋子。朱明挥了挥手。

男孩不再磨树枝,吓得浑身僵硬。

朱明对他露出温暖的微笑。"没事的,孩子。"他说,接着才又想起孩子听不见。他不知道他们两个该怎么交流,便又朝男孩挥了挥手。他拔出道钉,拿出磨刀石,示意男孩走近些。

"你那个比我的好用,先生。"亨特的声音在他的脑海里响起。

朱明大吃一惊,道钉和磨刀石差点儿都掉了。

"我不是故意要吓你的。"男孩说着,在朱明对面坐了下来。

朱明张开嘴想说话,但这次他忍住了。他只是摇了摇头,表示男孩没有吓到自己。他继续磨道钉。男孩低着头,欣喜若狂地看着,脑袋都要贴到磨刀石上了。当道钉划过磨刀石,开始嗡嗡作响时,朱明抹去尖端上的黑色铁灰,用指垫试了试。足够锋利了。他把道钉插进鞘套,准备把磨刀石收起来。

"你能把我的也磨一磨吗?"男孩伸出手,把树枝递过去。

朱明接过来一看,不由得一惊,原来那不是树枝,而是一截肋骨。他抬头看着男孩。"这是一根肋骨。"他徒劳地说。他指了指手上那块骨白色的东西,又指了指自己的躯干,捏着他自己的一根肋骨,还把那块骨头抵在胸前。

"是一根骨头,"男孩说,"我知道。"

朱明问他在哪里找到的,男孩只是朝他眨眨眼。朱明想不出如何用手势表达出这个问题。

"你不会磨肋骨吗,先生?"男孩问,"我明白了。"他伸手想把骨头拿回来。

朱明挥挥手,示意他不要拿走。他把肋骨尖端按在磨刀石上,磨了起来。骨头在磨刀石上留下了白垩色的条纹。磨完,朱明把骨头举到眼前,在光线下查看刚刚磨好的尖端。他用指尖把它擦干净,交还给亨特。

"谢谢你,先生。"男孩说。

朱明点点头,收拾好东西,站了起来。他牵着他的马和先知的马回到营地,把它们拴在马车上,随即来到其他人身边。不一会儿,戈麦斯从河岸边回来了,三条鳟鱼的鱼鳃被他掐在手里,不停地扭动着。他把鱼扔在地上,开始清理内脏。男孩还紧紧抓着刚刚磨尖的肋骨,他蹲在那里,盯着银色的鳟鱼,看着它们抽动,挣扎时嘴膜闪着半透明的光。

哈泽尔向前倾身,从男孩手中夺过肋骨。一瞬间,他似乎有点生气,接着,一条鳟鱼临死前拼命一跃,他就又入迷了。他伸出一只小手,抓住鱼尾巴,把它按在地上,鱼在地上轻轻扭动了一下,就不动了。他似乎忘记了哈泽尔偷走骨头的事。

她用长长的手指划过肋骨,在手掌根部轻轻扎了一下。"这是一块骨头,"她说,"男孩把它磨尖了。"

"是我干的,"朱明说,"他看见我在磨道钉,就叫我帮他磨。"

"他喜欢你。"哈泽尔说着,把骨头放在她身边。

"真希望我能和他说话。"朱明说。

"我可以教你用手语跟他说话,"领班说,"他只是聋,脑袋倒还不笨。"

诺塔回来了,一只胳膊下夹着一捆树枝,拳头里还攥着一把干早熟禾。他跪下来,在土地上把树枝堆在一起,点燃火石,用引燃物点燃了一堆冒烟的火。戈麦斯把鱼插在削好的木扦上,分发给大家。

先知摇了摇头,挥手让他拿开。"我不饿。"老人说。

墨西哥人瞥了朱明一眼。"他不吃?"他说。

哈泽尔捡起亨特那根削尖的肋骨,递给戈麦斯。"给你。"她说,"把那孩子的鱼插在这上面。"

戈麦斯扯下一根木扦上的鱼肉,把树枝扔进火里。他把肋骨和鱼肉递给亨特,然后比画着用骨头穿过鱼肉的动作,男孩学着做了。

"再来一次,戈麦斯,"领班说,"让朱先生看清楚。"

"什么,这个?"戈麦斯问道,接着又做了一次用木扦穿过鱼肉的动作,把想象中的鱼肉串在想象中的尖刺上。

"这个动作表示'杀戮'。"领班对朱明说。

朱明移动双手,把看到的动作做了一遍。"这代表'杀戮'。"

"是的。"

"够了。"普罗透斯打断他的话,把他的烤鱼放到火上。

他们默默地吃完了饭。

在离卡林不远的地方,他们又停了下来。普罗透斯脱光了衣服。在暗淡的暮色中,变成领班模样的他,白皙的皮肤闪着一种超自然的色彩。诺塔和戈麦斯爬上马车,打开门闩,笼门重重地打开了,金属的响声响彻四周。

"再见。"领班说。

"再见。"普罗透斯答。大量的文身在他的皮肤上再度显现出来,转瞬间他又变成了一个高大的异教徒,漆黑的眼睛叫人捉摸不透。他爬进笼子,小工在他身后关上笼门,插上门闩。普罗透斯用他的大手抓住铁栏杆,把那张狂野的脸凑过来,沉默地注视着。

月亮正在东方升起,巨大的月亮低悬在空中,在冰冷的青色月光中,朱明可以分辨出哈泽尔在马车上的剪影。她的头靠在座位上,亨特睡着了,头枕在她的腿上。她纤细的手指拨弄着男孩浓密的黑发。两个小工跳下来,不一会儿,众人又走了起来。

16

他们在卡林待了很长一段时间，差不多有两个礼拜。魔术表演赚了很多钱。在最后一天晚上，领班算了一下总收入，并把赚来的钱分给了众人。戈麦斯拿了他那份，马上就消失了，几小时后才回到帐篷。他醉得连站都站不稳，胳膊搭在两个人的肩上，两只脚拖过泥土地，几乎是被人拖进来的。除了两个架着他的人，一起来的还有一个男人，这人似乎是个头目，对着戈麦斯的耳朵大喊，不时还在他耷拉着的后脑勺上拍两下。

这群人走进帐篷的时候，朱明还没睡，正在照料快要熄灭的火。他迅速站起来，跟着他们走了进去，他感觉麻烦找上门了。"演出结束了，伙计们。"他喊道。

三人停下，面对着他。"没有我的命令，什么事都不会结束，约翰。"头目吼道。他转头看着架着戈麦斯的两个人。"把他放下。"

这两个人把头从戈麦斯的胳膊下绕出来，戈麦斯随即重重地倒在了地上。这么一撞,他清醒了一些,撑着身体趴在地上,哇哇大吐起来。吐完,他用袖子擦擦嘴,坐了下来。

"你的朋友今晚偷了我们的东西。"第三个男人说。

"该死的骗子。"他身后的人说。他朝戈麦斯吐了一口唾沫。

"放松。"朱明道,"我的朋友把赢来的钱还了吗?"

"还没还都不重要。"其中一个人说,"我们现在不是要拿回被偷的东西。"他用弯曲的手指着戈麦斯。"我们是要教训教训他……让他别再做……"

"错误的行为。"另一个人插嘴说。

"没错,就是让他别再做错误的行为。"头目重复道。他皱着眉头看着戈麦斯。"你知道我们怎么处置骗子吗?"他转向同伴,"说说看,我们怎么处置骗子?"

"宰了他们!"其中一个叫道。

这些人没有携带武器。戈麦斯坐在那里,脑袋耷拉在两膝之间。需要四步,才能接近头目,再走三步,才能接近他后面的两个人。尝试一次把他们全部干掉,实在过于冒险,不过他认为他可以用道钉杀死前面那个人,然后开枪打死后面的两个。

"拿500美元,否则我们就把你的朋友吊死。"头目说。

朱明的身体绷得紧紧的,他凝视着那个人。他正要进攻,领班突然出现在他身边。

"先生们,"领班说,"谢谢你们把我的雇员平安送了回来。"

"我们不是为了送他回来。"头目说。他眯起眼睛,盯着领班。"这地方是你做主?"

"是的,先生。"领班说,"今晚我能为你们做些什么?"

"我们正和你这个中国佬谈呢。"头目向前走了两步,边说边指着朱明。"躺在地上的那个人偷了我们的东西,"他冷笑着说,"我们要给他一个教训。"

"当然。"领班冷静地说。

"给我们500块,否则我们就吊死他!"头目身后的一个人脱口而出。

领班似乎思考了一会儿。"很好。"他把手伸进胸袋,数着钞票。"200、300、400、500。"他把钞票举到一臂远的地方,递给那个人。"拿去吧。你们把我的雇员好好地送了回来,这算是酬金。"

那人抓住钱,警惕地盯着领班。

"事情就算了结了吧?"领班说。

"当然。"那人说,然后朝戈麦斯吐了一口唾沫。"这事就算结了。"他把钞票塞进裤兜,三个人转身离开。

"走好。"领班说。三人走了10码……15码……20码。领班示意朱明跟上,他们走出帐篷,三个蓝色的身影渐渐消失在月光中。"现在,"领班平静地对朱明说,"让我们看看你的枪法有多好吧,朱先生。"

朱明看着他,但领班的眼睛并没有离开那三人。

"杀了那三个人,那500块就是你的了。"

"你拿不出那笔钱吗？"朱明低声问。

"拿得出。"领班说，"但我不想让他们赚这笔钱。"

"不值得为他们费事。"朱明嘟囔道，"要藏三具尸体可不容易。"

"你不是个杀手吗，伙计？"领班咯咯地笑着问，"尸体由我来处理。你只负责弄死他们。"他转过身来，面对着朱明。"来吧。"他说，"慷慨一点。"

三人此时已经走到大约60码外了。朱明拔出枪，把击锤扣上。他闭上一只眼睛，低头看着瞄准器，呼吸缓慢而平稳，就像多年前塞拉斯教他的那样。

"见鬼，伙计，"领班低声说，"快点儿，他们就快走没影了。"

朱明的枪响了。

中间那个人跟跄着向前摔倒在地。两个同伴目瞪口呆地盯着他的尸体。朱明又开了一枪，右边的人重重地坐在了地上。最后一个人开始狂奔。又是一声枪响，这名男子绊了一下，倒在地上，扬起一阵灰尘。

"三颗子弹，了结三个人，现在这就是另一回事了，"领班说着走向尸体，"过来！"

他们走到三人倒下的地方。其中两个当场死亡。那个拔腿就跑的男人呻吟着，一只手紧紧捂着肚子，鲜血从张开的手指中汩汩流出。

"我想，应该是三颗子弹，了结两个人。"领班说，"不过，朱先生，你可真是个神枪手。"

垂死的人痛苦地扭动着，伸出手，虚弱地抓住了领班的脚踝。领班猛地一甩自己的脚，狠狠地踢了那人的脸一下，把他踢翻在地。他把手杖猛地一扭，手杖在他手里一分为二，露出藏在里面的一把刀。

"男人不能没有武器。"他说着，对朱明眨了眨眼睛，"这一点你肯定比我更清楚。不过这些陈词滥调已经说够了。"领班伸脚一踢，把呻吟的人翻了个身，让他仰面躺着，"我要把这些钱拿回去。"他说完，便用带刀刃的手杖飞快地划开了那人的喉咙。

那人发出咯咯两声，表示抗议。领班把钢刀在那人的裤子上擦干净，重新组装好手杖。然后，他蹲下来，翻遍了死者的裤兜，掏出一把钞票。

"给你，朱先生。"他说着站了起来，"你的奖金。"他把钞票塞进朱明张开的手里。

"那尸体怎么办？"朱明说。

领班已经走开了。"那是我的事，朱先生，与你无关。"

17

第二天早晨,死过人的地方没有留下一点痕迹。连一点血迹都没有。朱明问戈麦斯前一天晚上发生了什么,墨西哥人告诉他,他出去喝酒、玩骰子,醒来时发现自己在帐篷里,脑袋疼得要命,眼前金星乱转,几乎什么都看不见。

"像所有的创造一样痛。"戈麦斯淡淡地笑着说。

领班面朝晨光坐在凳子上。他一边抽烟,一边和诺塔聊天,还在日记里记笔记。看到朱明,他站起来迎接他。"早上好,朱先生。睡得怎么样?"

"很好。"朱明说,"你是怎么处理尸体的?"

领班疑惑地看着他。"尸体?"

"是啊。"朱明说,并指了指那些人死去的地方,"把戈麦斯从赌场送回来的那三个人。"

领班皱起了眉头。"朱先生,我不太明白你的意思。"

"有时候,明明只是一场梦,人们却不觉得那是梦。"诺塔插话说。

"那不是梦，诺塔，"朱明说，"昨晚我在这里杀了三个人。"他拔出枪，弹开旋转弹膛，把枪扔给了诺塔，"看。"他说，"三个火帽空了。"

诺塔看了一眼旋转弹膛，摇摇头。"不是这样的，朱先生。"

他把它还给了朱明。小工说得对。朱明盯着旋转弹膛，他的思绪在快速旋转。

"我们脚下这个地方充满了奇异的力量。"诺塔说，"我们还是别多做逗留了。"

"太对了，我的朋友。"领班说。他看了看日记，啪的一声将其合上。"我们的下一站是巴特尔山。听说那个镇子比较富裕。"领班把日记夹在一只胳膊下，"诺塔，做好准备。我们马上启程。"

"遵命。"诺塔说，领班转身走开了。

朱明把旋转弹膛塞回左轮手枪，再把枪装回枪套。"诺塔，"他说，"我昨晚杀了三个人。你是怎么处理尸体的？"

"我把它们埋了。"他简明地说，"埋在了大地和心灵当中。"他飞快地回头瞥了一眼领班。"以后再说吧。"纳瓦霍人说，"以后我会告诉你的。"

18

中午时分,一行人从一片宽阔的浅水区涉水过河,很快又上路了。马车辚辚地驶进河谷,驮马走在光滑的岩石上,经常打滑。两侧高耸光秃的岩壁遮住了阳光。这一段的铁路看起来不像真的,看起来很简陋。远处的空中不时传来火车头驶近时发出的金属轰鸣声,巨大的火车轰隆隆地冒着蒸汽,飞驰向加利福尼亚。

离开卡林一段距离后,他们停下,把普罗透斯从笼子里放了出来。不一会儿,他又变成了领班的模样。朱明没有多留意。即便再非同凡响,看多了也就没什么可稀奇的了。

两个小工之前在卡林采购了一些食物,下午晚些时候,他们停下,吃了咸牛肉和在冰冷的河水里泡软了的硬面包当午饭。大多数时候,他们都默默地赶路。太阳落山了,黑暗笼罩下来,变得伸手不见五指,他们吃了晚饭,搭起帐篷,生起火来暖手。很快,就只剩下朱明和诺塔还没睡,他们坐在火边,凝视着渐渐熄灭的余烬。

"你让他忘了,对吗?"终于,朱明说道。

"我早料到你猜得出来,朱先生。"

朱明把手伸进包里,掏出一把钞票,皱巴巴的钱上血迹斑斑。"做梦杀人是不会给我带来报酬的。"他说着,把那沓钱递给诺塔。

纳瓦霍人接过钱,小心翼翼地把钞票理顺。就在他这么做的时候,干涸血迹的小微粒从钞票上剥落,在余烬的红光中闪闪发亮。诺塔擦去钞票角上最后一点血迹,然后把它们整整齐齐地对折起来。他把钱交还给朱明,朱明盯着看了一会儿,把钱塞回背包里。

"我知道那不是梦。"朱明最后说。

"对他来说,更像是一场梦。"诺塔说着,把头歪向领班的帐篷。

"是他叫你让他忘记的吗?"

"是的,每次都是。"

"这种事有多少次了?"

诺塔凝视着余烬,伸出粗糙的手烤火。"也许有几百次了吧。"他苦笑着抬头看着朱明,"全都忘记了。"

"你是怎么做到的?"朱明问。

"记忆会来找我,就像灰色的死尸,在我面前经过。我能看见它们。"他说。

"你能把它们擦掉？"

诺塔说，这和擦除不一样。他只是把记忆从同类中分离出来，让它们成为梦境。他说，回忆一旦被及时记住，就会带来痛苦，还会与之前和之后的记忆叠加在一起。但假如记忆不受时间和顺序的束缚呢？一些记忆变成了梦，飘忽不定，并不连贯，充满了紧迫感，让人感触颇多，但到了最后却没有任何意义。不，诺塔说，他没有让任何人忘记。他只是帮助他们不再记住。

最后的余烬化为了灰烬，火坑渐渐变冷。诺塔站起来。

"等等。"朱明说。他抬头看着站在一旁的纳瓦霍人。一弯下弦月的光芒斜斜地照在峡谷的顶端，照亮了远处的河岸，光线如此暗淡，使周围的景色显得极为陌生。幻影一般的表面和形状在黑暗中显得狂乱不已，如同石头和灌木构成的幻觉。诺塔低头看着他。朱明注视他的目光则透着警觉。

"不要让我忘记任何事。"

诺塔郑重地点了点头。"你是我的朋友。"

"而你不会碰朋友的记忆。"

"绝不。"诺塔说，"不会的。"

"可领班是你的朋友，不是吗？"朱明说。

"我的朋友里没有白人。"

朱明站起来，掸去裤子上的灰尘。"聪明。"

诺塔把一只手放在朱明的肩上。"时候到了，你可能就需要我的帮助了。"他说,"所有人都希望忘记。"

朱明摇了摇头。"我不是。"

"你的同伴,那个老人。他什么也不记得。是这样吗?"

"是的。"

"那多自由啊。"诺塔喃喃地说。说着,他踢起泥土覆盖住冰冷的灰烬,向朱明道了晚安。

19

天还没亮，朱明就听到先知起来了。老人光着脚在营地里走来走去，嘴里哼着那支不成调子的催眠曲，那是一种超凡脱俗、透着阴郁的圣歌，在阴暗的峡谷里听起来和其他人类唱的任何旋律都有所不同。

朱明从帐篷里出来，眼睛眨着，迎着黎明。"老头儿。"他说，先知停住了脚步。"太早了，不适合听摇篮曲。"

"我的孩子，"先知说，"这首催眠曲不只是为了哄人睡觉。"

朱明看了先知一会儿。"随便你。"

他走到河边，弯下腰，在湍急的河水旁装满水壶。闪动着光泽的气泡从革制水壶的壶口流出，在翻腾的河水中爆裂，形成闪闪发光的泡沫。他的心思转到艾达身上，思绪模糊而散乱，仿佛隔着一层磨砂玻璃。她知道他快到了吗？他试着想象她的脸，想象她再见到他时会怎样微笑。但他只找到了一些飘忽不定的影像，缺乏形体和重量。他想象出一个声音，可能是她的声音，还想象出一个笑声，可能是她的笑声，每天早晨，艾达都轻声哼歌，歌声在屋子里回荡。艾达穿着睡衣，光着脚。低声交谈，在月光下求爱。他记得这些事都是真的，但现在他的记忆只剩下框架，除了它们存在的事实之外，几乎什么都没有了。在记忆失效的地方，想象力发挥了作用。

他的手冻得刺痛不已，把他从沉思中拽回了现实。他把水壶从水里拿起来，塞上瓶塞，朝营地走去。

他们默默地吃了早饭，几乎没怎么交谈。吃完后，领班打开随身携带的小酒壶的瓶塞，喝了一大口。他一声不响地把酒瓶递给普罗透斯，看着那变形后的异教徒把酒喝下去。普罗透斯强忍着咳嗽，把瓶子递了回去。

"向西走。"领班说，他这话并不是针对任何人说的。

"是的。"另一个他附和道。

一行人沿着河边缓慢地前行。马车的窄轮子吱吱作响，每次碾到河石上，总要响几声。朱明把先知的花斑马拴在自己的马上，两人一起在前面带队，四下里静悄悄的，只有马的呼吸声，马蹄低沉的哒哒声，以及马鞍轻轻的嘎吱声，似乎有催眠作用。太阳平稳地升到头顶上方，达到了正午的高度，让峡谷深处沐浴在酷热和光线之中。他们没有停下来吃晚饭。天黑时，他们只走了不到6英里。

那天晚上，大家都睡着了，朱明听到一个帐篷里传来一阵哽咽的抽泣声。他躺在自己的帐篷里睡不着，便坐起来，在黑暗中摸索着穿上裤子，走了出去。有些凛冽的晚风拂过他赤裸的胸膛。在压抑的哭泣声之间，有一个温柔的女声：是哈泽尔在低声安慰。

朱明走近亨特的帐篷，停了下来。"哈泽尔。"他低声说。

"进来吧。"她说。

他俯身钻过男孩的帐篷门帘。是亨特在哭，面对这样的哭泣，既不能催促，也不能拖延，只能忍，它来得突然，去得也突然，只留下晶莹的泪痕。帐篷里漆黑一片。只能听见男孩急促的呼吸声，哈泽尔拨弄他头发的沙沙声，以及她那几乎不可闻的轻柔抚慰。朱明盘腿坐好。他仔细听了一会儿，发现哈泽尔是在唱歌。

"他能听见你说话吗？"朱明问。

"听不见。"她答，"但我不介意听听。"

"他哭什么？"

"想妈妈了。"

朱明迟疑地把手伸到黑暗中，发现男孩啜泣着，瘦小的肩膀不住颤抖。

"朱先生，"男孩的声音在他的脑海里响起，似乎并没有受到哭泣的干扰。"对不起，把你吵醒了。"

朱明在黑暗中按了按他的肩膀，徒劳地摇了摇头。他张开嘴想说话，但想起男孩听不见。他什么也做不了。

男孩的声音又浮现在他的脑海里："谢谢你，先生。"

"会过去的,"哈泽尔说,"总是如此。"

一只小巧的手落在朱明的膝盖上,是哈泽尔的手。

过了一段时间,男孩的哭声越来越轻,最后变成了平静的呼吸。

"好了,"哈泽尔小声说,"好了。"她的身体在黑暗中移动的声音响起,男孩的头被轻轻地放在他的铺盖上。"跟我出去吧。"她告诉朱明。

他们离开了帐篷,轻手轻脚地走着,以免吵醒男孩。在黑暗中待了这么久,就连午夜愈发暗淡的月光也变得璀璨无比了。

"你不冷吗?"哈泽尔注意到他赤裸的胸膛,问道。

"不冷。"朱明说。

他们沿着河岸漫步来到河边,坐着听河水流过。

"他没有妈妈,"哈泽尔说。她拿了一把鹅卵石,把它们一颗颗地扔进了黑色的水里。

"也没有父亲。"朱明说。

"一个男孩可以失去父亲,"她说,"但不能失去母亲。"她目不转睛地看着他,在昏暗的月光下,她的眼睛炯炯有神,眼神清澈无比。

"我从没见过我的母亲,"朱明说,"也没见过我父亲。"

"又一个孤儿。"她喃喃地说,"亨特一定知道。"

"我并不觉得这是困扰。"朱明说,"我有一个监护人。他教会了我如何战斗,也教会了我流血。他待我如己出。我亲生父亲却从来不需要我。"

哈泽尔想了一会儿，又往河里扔了几块石头。"出于环境使然，没有孩子的男人可以成为父亲。"她终于说道，"但环境却不能使儿子找回失去的母亲。"她指了指亨特睡觉的帐篷。"他需要我的时候我会帮他，但我并不是他的母亲。"她说。

"那男孩爱你。"朱明说。

"啊，也许吧。"哈泽尔把剩下的鹅卵石都扔进河里，又抓了一把，"但不是像爱母亲那样爱我。"她转身面对着朱明，"你的养父叫什么名字？"

朱明看着月光下她闪闪发光的脸。"塞拉斯·鲁特。他不是我的父亲。他总这么说。他是我的监护人。"

"有什么区别？"

"我们之间的关系比血缘更近。"他说，听到塞拉斯常说的话从他自己嘴里脱口而出，"儿子不欠父亲什么。除了有血缘关系外，他们没有理由不为对方做任何事。但我和塞拉斯，我们为对方做事，因为这是我们欠对方的。"朱明握拳又松开，感觉旧伤疤又裂开了。"老天知道，我欠那个人的太多了。"

"他还有别的吗？"哈泽尔问。

"别的？"

"和你一样的孤儿。"

朱明摇了摇头。"只有我。"

"他为什么收留你？"

"他特别喜欢我这样的男孩,"朱明说,"他可以把我训练成他的心腹,让他可以依赖。我可以做一些他自己做梦也想不到的事。"他顿了顿,沉浸在回忆中。"小时候,只要我做错了事,或是没把事做到十全十美,他就在我后面大喊大叫,对我破口大骂,说什么要是他早知道我会给他带来这么多麻烦,他当初就不会收养那个华人小婴儿了。后来我长大了,他还是像以前那样对我大喊大叫,我就笑个不停,他便不再叫了,也开始大笑。"想起这一切,他的脸上浮现出一丝微笑,好一会儿没有说话。

哈泽尔不时丢一颗鹅卵石进河里,然后就会传来水花飞溅的声音。

"他是我认识的最好的人。"朱明最后说。

"这就是你去加州的原因吗?"哈泽尔沉默了一会儿,问道,"去看望塞拉斯?"

"不是。"朱明断然说,"他早就死了。"

哈泽尔把一只手放在朱明的膝盖上,一阵电流穿过他的全身。"对不起。"她说。

"不要紧。"朱明道,"就像我说的。我一点也不觉得这是困扰。"

现在,他们神情严肃地坐在寒冷的夜晚,看着月光在洪堡河的水面上闪烁。

最后,哈泽尔站了起来,把手里剩下的石头全扔进了河里。

"保重，朱明。"她说，"谢谢你来看亨特。"

"等等。"朱明说，"坐下吧。"她犹豫了一下。"求你了。"他说。

她摇了摇头。"早晨再说吧，晚上也行，或者以后的任何一个日子。我们还要走很长一段路才能到里诺，有的是时间再聊。"

"我们认识。"朱明说，"在加利福尼亚就认识了。我发誓。"

哈泽尔看着他，温柔地笑了笑。"我这辈子从没去过加州，"她说，"也许是上辈子认识吧。"她弯下腰，与他的脸平齐，吻了他一下，她温热的呼吸与他的混合在一起。"晚安，朱明。"她轻声说。

20

　　两个华人骑马走在队伍前面，朱明心事重重，不安地抚摸着左轮手枪枪管上的凹槽，先知骑在花斑马上，空洞的眼睛平静地注视着前方。朱明不时扭头看看在他们身后来回摇晃的马车，领班和他的替身，也就是变了形的异教徒，一边挥着鞭子，一边吹着口哨，驱赶着驮马。哈泽尔坐在车里，亨特无疑躺在她的腿上睡觉。

　　正午刚过，小路远处传来一阵呻吟声，朱明猛地拉了一下缰绳，停了下来，举手示意大家也停下来。他拔出枪，看着先知。"老头儿，"他说，"会发生什么？"

　　"战争。"先知说。

　　朱明感觉到其他人都在看着自己。等一下，他用口型说道，把一根手指抵住嘴唇。他悄无声息地甩腿下马，动作一气呵成。

　　"我陪你去。"老人说。

　　朱明拒绝了。远处的呻吟声丝毫没有减弱。

"我必须去，我的孩子。"先知说。

朱明抬头盯着马鞍上的老人看了一会儿。"好吧。"他伸出一只手，搀扶先知下马。戈麦斯从队伍里走了出来。朱明把两匹马的缰绳都交给了墨西哥人。"等我的信号。"他说。戈麦斯点点头。

朱明和先知沿着小路而行，朱明把枪举在胸前，手指轻轻搁在扳机上。走出30码后，他们找到了呻吟声的源头。一个白人移民定居者躺在泥土里，褴褛的衬衫缠在他赤裸的躯干上，他的嘴角向上扬起，既像是在咧着嘴笑，又像是在咆哮。他抬头看了看朱明和先知，又咬着牙呻吟起来。

朱明拨下击锤，把枪装回枪套。"你是谁？"他问。

那人没有回答。他身上的每块肌肉似乎都被扭断了。先知弯下腰，把一只瘦弱的手放在男人起伏的胸膛上。他专注地皱起眉头，然后把手抽回站了起来。"是破伤风。"他说，然后转向朱明，"这个人活不成了。"

朱明看着在地上扭动的男人。"很好。"他又拔出了枪。"老头，这就是你所说的战争吗？"他跪下来，把枪口对准那人的两眼之间。他伸出拇指，拨开击锤，"抱歉。"

这时，男人赤裸的胸膛突然被一支箭射穿，箭尖离朱明仅有咫尺之遥，接着，又有两支箭穿透了他的胸膛，男人疼得倒抽气，浑身颤抖。朱明往后一退，一跃而起。整个峡谷里登时响起了飞奔的马蹄声。一群印第安人纵马绕过弯道，两人一排，从100码外沿狭窄的小路疾驰而来，他们的一边是河流，另一边是光滑的峭壁。朱明数了数，一共来了六个。

"有埋伏！"朱明转身大喊，"有埋伏！"他举起枪，接连开了两枪，射杀了打头的两个印第安人，没了骑手的马惊慌失措地继续向前疾驰。他身后传来一声喊叫，是哈泽尔。他们遭到了夹击。朱明抓住先知瘦弱的手腕，把他背在自己的背上，狂奔起来，老人还没有牧羊犬重。另外四个骑手把马车团团围住了。领班已经拆开手杖，一只手放在背后，摆出击剑的姿势，脸上挂着奇怪的微笑，那剑刃邪恶的尖端高高举起，随着骑手们的靠近而移动着。朱明弯下腰，让先知靠在峡谷的岩壁上。"在这里别动。"他命令道，然后跑去帮其他人。

哈泽尔和男孩在马车里紧紧地拥在一起。

"拼尽全力去战斗，"先知喊道，"拼尽全力去战斗，拼尽全力去战斗。"

"那个老人在说什么？"诺塔喊道。

"拼尽全力去战斗。"在战马和战争的喧嚣声中，朱明咆哮道，"他的意思是今天不会有人死。"

后面的四个印第安战士迅速逼近。

"把他们放倒！"领班吼道。

朱明开了枪，一个印第安人立即从马上摔了下来，被他的战友踩在脚下。还剩三颗子弹。普罗透斯变回了异教徒的样子，高高耸立在靠近的印第安人面前。他手里拿着一块巨大的石头。

诺塔拿着一把铲子当武器。戈麦斯拿着他杀鳟鱼用的短刀。朱明叫他们保护好两手空空的哈泽尔和亨特,两名小工点点头,跑向马车。

"我想他们是参加蛇族战争的派尤特人和肖肖尼人。"领班喊道,"难道他们没听说战争结束了吗?"他高举手杖宝剑,对朱明咧嘴笑着,"准备好了吗,小伙子?"他说。

朱明又开了一枪,打倒了另一名骑手。只剩两发了。马匹在狭窄的小道上开始互相推挤。两个战士压低身体,躲在战马的一侧,动作同步而平稳,然后跳了下来。普罗透斯举起手中的石头,在一名骑士接近时击中了他的太阳穴,那人抽搐了一下,摔在文身异教徒的脚边没了气息。

"那就来吧!"领班喊道,他是那么疯狂,还很幸灾乐祸,一边旋转着手杖,一边大笑。"我们跳舞!"

朱明听到身后传来一声喊叫,来不及转身,就感到下巴重重地挨了一拳。他的肌肉不受控地松弛下来,昏昏沉沉地倒在地上,枪从手里滑落,没了用处。那个突袭他的印第安人举起大棒要了结朱明,就在这时,有人拽住他的头发,把他的脑袋向后猛地一拉,一只小手一次又一次刺进他的喉咙,血从他身上流了出来,他倒在朱明身上死了。

亨特气喘吁吁地站在朱明面前,手里还抓着他用来杀死印第安人的那根血淋淋的肋骨。他的眼神有些茫然。

朱明跳了起来,但只剩下一个印第安人依然站着,正和领班缠斗在一起。那名印第安战士猛扑过去，领班一个闪身，把手杖里的利刃刺进了对方的胸膛。

"我们跳舞吧，我们跳舞吧。"领班宣布道，他紧握着手杖，刀锋仍插在印第安人的胸口里。他向前迈了一步，那人后退了一步，鲜血和泡沫汩汩地流出来。领班露出狰狞的笑容。"两步，孩子。"他说着，轻轻地走到一边，又走到另一边。

印第安战士脸色苍白，脸上满是豆大的汗珠，胸口的利刃左右摆动，赤着的双脚在尘土中蹒跚地迈了半步。他疼得双眼绽放出异样的光亮，下巴的肌肉在他瘦削的脸颊上划出一道锐利的阴影，他咬紧牙关，和领班一起跳舞。除了领班的声音，周围几乎一片寂静。他竟然哼起了一首小曲。

最后，他似乎终于满意了。"很高兴和你跳舞，孩子。"他说。他猛地拧了一下手杖，把它从印第安战士的胸膛里拔了出来，那个人随即栽倒在地。朱明的胃剧烈地翻腾着，他弯向一边，开始干呕，一股稀薄而苦涩的胆汁从嘴里淌了出来。他的脑袋一直在嗡嗡作响。

现在一切都安静了下来。印第安人的马没了骑手，早已转身跑了。他们周围到处都是派尤特人和肖肖尼人的尸体，他们的血已经干涸发黑了。领班大步走向朱明和腹语男孩。他拍了拍亨特的肩膀，亨特畏缩了一下，突然从沉思中回到了现实。领班热情地对他笑了笑，接着把目光转到朱明身上。"干得好，朱先生。"他道。

"谢谢。"朱明说。他拔出枪，开始装填弹药。火药和热金属的味道飘散开来。亨特还在他身边，手里拿着磨尖的肋骨，牢牢地注视着他。"要不是那孩子为我杀了他，真不知道我会怎么样。"他对领班说。他弯下腰，使自己的脸与男孩的脸平齐。"谢谢。"他说，男孩点了点头。

先知走到他们三人身边，神情十分平静。"到河边去，我的孩子。"他说，"洗洗脸。这场战争结束了。"

朱明说他会的，然后转向领班。"'好'的手语怎么比？"他问道。

领班先把右手放在嘴唇上，又把右手放在左手上。"好。"他说完又做了一次。

朱明低头看着亨特。干得好，他用手语比画道。干得好。

"谢谢你，先生。"亨特的声音在朱明的脑海里响起。

朱明走到河边，有那么一会儿，他任由冰冷的河水淌过他的手。他的头隐隐作痛。他把水泼在自己的脸上，再睁开眼睛时，只见腹语男孩蹲在他身边。

"哈泽尔让我洗手。"亨特说。

好，朱明比画着手语。

腹语男孩放下肋刺，把两只小手伸进水里，鲜血从手指上剥离，像墨水一样流开了。他的手指在颤抖。终于洗干净了，亨特把手从河里拿出来，在裤子上擦干，无意中又沾上了血。看到手又脏了，他又把手伸入水中。忧虑之下，他的眉头皱成了一个疙瘩。

朱明把手伸到水里,抓住男孩的手,帮他抹去一些残存的顽固血迹。"这次别在裤子上擦了。"朱明说,好像男孩能听见似的。他洗完自己的手,在衬衫上能找到的最干净的一块地方擦干。

"我做得好吗?"男孩问,看起来好像要哭了。

"是的。"男孩盯着他看,目光似乎穿过了他的身体。朱明摸了摸下巴被印第安人打过的地方,疼得一缩。"听着,孩子。"他说,却突然想起亨特听不见。他想了一会儿,闭上了嘴。没必要和一个听不见的人说话。他的头疼得厉害。他想把自己第一次杀人后塞拉斯对他说的话对男孩讲一遍。朱明估计当时自己的年龄和亨特差不多,也许要大一点。他的情况可不如亨特那样高贵,是为了救人,甚至都谈不上相近。左轮手枪对他那双笨拙的小手来说又大又重,而那个人已经被塞拉斯打得半死不活,当朱明把左轮手枪按在那人的太阳穴上,按塞拉斯的吩咐去做时,他甚至叫都没叫一声。当然,事后他也想哭。可塞拉斯弯下腰,与小朱明对视,擦去他脸上的泪水,说朱明是个好孩子。他说,为此苦恼也没什么不对,以后年纪大了,就不会那么苦恼了,而他们的目标就是让他变得坚强起来。塞拉斯是对的,他一直都是对的。朱明确实早就忘记了塞拉斯要他杀掉的第一个人长什么样子。

伴随着一声凄凄的汽笛声,一辆蒸汽火车头喷着烟雾向河下游驶来，把朱明从思绪中惊醒过来。不一会儿，一辆铜罐般闪亮的中太平洋公司的火车拉着一车铁和木头从他们面前驶过。

"那是我帮忙造的。"朱明说着转身去看男孩，但他已经走了。朱明想，这没什么区别。反正他的话都会消失在干热的天气里，无人听见。

他站在那里，看着火车向东朝卡林驶去。然后他走上河岸，回到其他人中间。没有人说话。朱明骑上马，戈麦斯帮助先知回到他疲倦的花斑马上，很快他们又出发了。

21

一个多礼拜后,一行人抵达巴特尔山,又累又饿,地势难行,遭遇伏击后众人又受了伤,前进的速度便慢了下来。他们看到的是一个不大的小镇,房屋低矮,如今只剩下铁路继续向前修建后留下的瓦砾垃圾,镇上的居民就如同一个个气色灰败的鬼魂,被从阴间拖了回来,一言不发,无精打采,他们走过大街小巷,穿过窗户投下的光影,进入门槛后再也不见踪迹。天空布满了发白的星星,月亮还没有升起。两个小工生起了火,点燃了灯笼,竖起了魔术表演的大帐篷。普罗透斯在笼子里一言不发地坐着,瞪着一双黑眼睛注视着。

朱明坐在火边,领班走到他跟前,把小酒壶递给他。"来点威士忌?"

朱明拿起酒瓶,喝了一大口,烈酒滑过他的喉咙,感觉火辣辣的。他用袖子擦了擦嘴,把酒瓶递还给领班,感谢了他。

"今晚去酒吧吗?"领班半开玩笑地问。

朱明摇了摇头。"今晚世上没有什么能打动我。"他躺在土地上,头枕在交叉的手指上。

领班笑了。"看来你是个不错的投资对象。"他说着举起酒瓶喝了一小口,被威士忌呛得咳嗽了几声。喘匀呼吸后,他用靴子尖戳了戳朱明。"来吧。表演开始了。"

朱明站起来,掸了掸身上的灰尘。他看着领班。"知道吗?"他说,"我想我要去酒吧给自己买瓶威士忌,缓解一下头疼。"

领班伸出手,把朱明的下巴移到一边,对着朱明脸上斑驳的瘀伤吹了一声口哨。"那些印第安人把你打得很惨。"

"我只挨了一下。"朱明说。

他离开了众人,没走出多远便来到了最近的一家酒馆。里面几乎没有顾客,只有镇上的一个醉汉,脑袋耷拉在桌上,手还松松地握着一个空酒杯。酒保正在擦玻璃杯,朱明走进去,在吧台上放了一把硬币。

"请给我一瓶威士忌。"他说。

酒保把抹布塞进围裙口袋,从身后的架子上拿了一个瓶子,准备放在柜台上。就在此时,他似乎是第一次看到朱明的样子,犹豫了一下。

"多少钱?"朱明问。

"两块。"酒保说。

朱明数出硬币。

"你不是本地人。"酒保说。

朱明从硬币堆里抬眼看了酒保一眼。他还是个孩子,不到16岁,脸上很干净,还没长胡子。朱明把硬币滑过吧台,敲了敲。"正好两块。"他说,把剩下的硬币扫到手里,装进口袋。

"你……你是在给他们修铁路吗?"酒保问。那瓶威士忌依然被他握在手里。他的眼睛在硬币和朱明的脸之间来回扫视。

"以前是。"朱明说。

"那你以前……你来巴特尔山之前在什么地方?"

朱明盯着那个男孩。"卡林。"他说。

酒保放下了威士忌。"你就是那个杀了很多人的华人,对吗?"他低声说。

"你弄错了。"朱明说。

"不……不,我没弄错。"酒保摇了摇头,"你一路沿着铁路线从卡林到了这里。我知道。治安官说他今天下午乘火车来的时候看见你坐在河边,他给我看了通缉令。你一进来我就认出你了,我就说你是那个华人……"

"听我说,孩子。"朱明说。他把手放在枪套上,斜着身子让酒保看到。"我说你认错人了。"

酒保突然停了下来,眼睛瞪得大大的。

"我要一瓶威士忌,两块钱就在这儿。"朱明说。他又敲了敲吧台上的硬币。"把钱拿去。"他的声音低沉而危险。酒保没有动。朱明把手伸进口袋,又掏出一些硬币和几张纸钞。他把这些钱放在那两块钱旁边。"男人需要酒,孩子,"他咆哮道,"只要能买到酒，男人愿意支付高价。"他数了数吧台上的钱，"这里有三块钱。现在把那该死的瓶子给我。"

他们之间的紧张气氛持续了很久，最后酒保伸出手来，把钱扫进了收银台。然后，他把酒瓶放在吧台上，他自己则猛地向后退开。

"谢谢。"朱明说。他拿起威士忌，朝酒保咧嘴一笑，酒保打了个寒战，好像看到了满嘴的尖牙。朱明行了个脱帽礼，便离开了。

他把瓶子夹在腋下，穿过空荡荡的街道，不久就回到了魔术表演现场。他从帆布门钻进去，来到后台。在那里，他向坐在舞台侧翼的哈泽尔和腹语男孩打了个招呼，他们旁边是普罗透斯的笼子。

"就这些吗？"哈泽尔指着瓶子问。

"我想是的。"朱明说。

"一个好的基督徒要慷慨和善良。"她说。

朱明咯咯笑了起来。"还好我不是基督徒。"他说着就准备离开。

"你不留下来看演出吗？"她在他身后喊道。

"我已经看过了。"他答，然后走进了自己的帐篷。

先知已经在里面了，盘腿坐在地上，老人轻轻地点点头，向他致意。

朱明坐在自己的铺盖卷上。他用牙齿打开威士忌酒瓶的瓶塞，从背包里掏出笔记本，一边小口抿着酒，一边开始仔细研究一份粗略复制的测量员地图，那是他很久以前在内华达山脉借着火光抄写下来的。从这里到查尔斯·迪克森所在的尤宁维尔，直线距离是60英里。任何可能的路线，所走路程都至少是这个的两倍。从那里再走100来英里，就能到耶利米·凯利所在的里诺。但很难说清楚确切的距离。在有些地方，他的手绘地图涂抹得太脏，难以辨认，纸也磨得太薄，算不得准。按照目前的进度，他要过好一段时间才能见到迪克森，更不用说他们还要在镇里表演魔术，浪费时间了。

"耐心点，我的孩子。"先知说，好像他能听到朱明的想法。

朱明瞥了老人一眼。"我们在浪费时间。迪克森在很远的尤宁维尔，而凯利比那更远。"

先知摇了摇头。"你要找的这些人必死。但他们的大限还没到，短时间内都到不了。所有人在大限到来之前都是刀枪不入的。相信我，我的孩子。"

朱明无奈地叹了口气，合上笔记本，收了起来。"就听你的吧，老头儿。"他躺在铺盖上，开始喝酒，脑袋里隐隐的疼痛总算减轻了一些。听到哈泽尔叫他的名字时，他已经喝光了瓶子里四分之三的酒了。

"出来一下。"她低声说。

朱明摇摇晃晃地站起来，瞥了一眼仍然坐着的先知，他的眼睛闭着，好像变成了石头。"怎么了？"他低声回答。

"你出来看就知道了。"

她站在他的帐篷外,全身赤裸,就像刚出生时一样,皮肤上布满了烟灰。她的眼睛闪闪发光。他想说话,却什么都说不出来。看到她的模样,他呆住了。她棱角分明,突然变得极为陌生,完全不像在内华达山脉另一边一直等着他的女孩。她让他跟着她去她的帐篷,他照做了。她把一只小手放在他的胸口,轻轻地推了他一下,让他坐在她的铺盖卷上。在他的上方和四周的帆布帐壁上,灯光摇曳着,令人目眩神迷,毫无美感,一个个圆点汇聚成的海洋在灯幕上嬉戏。在灯光的映照下,她开始跳舞,臀部和大腿慢慢地旋转,斑驳的光线洒在她玲珑的曲线上。朱明的大脑完全处在酒精的控制下,一个字也说不出来,只是躺在那里抬头看着她舞动。她微笑着坐在他旁边的铺盖卷上,开始扯掉他的衬衫和裤子。等她完成,他就用胳膊搂住她的腰,两人一起躺下。她的吻夹杂着灰烬和烧焦物的味道,她俯下身,握住他下面,随着一声娇喘,让他进入了她。他们一起动,一起,一起,除了她那轻轻的喘息,他们都很安静,也很快活。

22

"洛克伍德女士!"帐篷门口传来领班尖厉的声音。

朱明眨了眨眼睛,醒了过来。外面的天已经亮了。哈泽尔仍然紧紧地依偎在他身边。她一听到自己的名字,就动了动。

"洛克伍德女士!早上好!"领班又叫道。

哈泽尔用胳膊肘支撑起身体,嘴角挂着微笑。"什么事?"她面对着朱明喊道。

"朱先生和你在一起吗?"

"我在这里。"朱明说。

"穿好衣服出来。"领班命令道,"我们有要紧事和你商量。"

"你最好还是去吧。"哈泽尔说着,吻了吻他。

朱明站起来,穿上衣服,离开了帐篷。包括先知在内,众人都在外面等他。

领班牢牢地注视着朱明。"今天早上有人来找你。"他说,声音很平静。

"什么人？"朱明问。

领班眼角一皱。"来的人都带着枪，朱先生。幸运的是，诺塔能够拦阻他们。"他转身看着哈泽尔的帐篷。"洛克伍德女士！"他们听到了穿衣服的沙沙声，不一会儿，哈泽尔打着呵欠，出现在帐篷门口。"早上好，洛克伍德女士。"领班说。

朱明问那些人想干什么。

"他们要找你。"领班答，"诺塔的奇迹的确很高明，却也不能彻底把你从六个暴力男子的记忆中抹去。这件事肯定还没有结束。我想他们不久就会再来。"

"六个小时。"诺塔预言道。

领班把手伸进胸袋，掏出一块怀表。"六个小时，他们是一个小时前来的。"他说，"还有五个来小时，他们就回来了。我雇你是为了保护我们，朱先生，我也付过你一些钱。但我没料到你有这么多追随者。也许……就像我的一些雇员建议的那样……也许我们不带你上路，比带着你更安全。"

突然响起了金属敲击的声音。是普罗透斯在敲打笼子栏杆。他张开嘴，吐出一串听不懂的音节。领班走到笼子跟前，把一只手穿过栅栏。普罗透斯握住他的手，一瞬间就变了形。

"我想，"变了形的异教徒用领班的声音说，"我们不带他，自己走吧。"他看着朱明。"我不想跟你吵架，"他说，"但你没有告诉过我们你都犯过什么罪。那个老人也没说过。一个杀人犯，又不肯坦白自己都做过什么，我们不能再和他一起上路了。"

如果他走到哪里都会带来危险，那就更不能和他一起走了。"

"也许他是对的，"领班想了一会儿说，"我愿意与杀人犯一起上路，给他应得的报酬。在我看来，执法者来这里找你也不是什么怪事。见鬼，我倒认为这说明你很优秀。不过，朱先生，也许我们当时有点过于心急了，在找你做护卫之前，应该先打听清楚你为什么西行。"

有那么一会儿，没有人说话。

"我有账要算。"终于，朱明说道。

"你要去杀人。"领班说。

"是的。"

"那你呢，"领班转向先知说，"你做他的向导，又是为了什么？"

"他是一个界外之人，"老人回答说，"他的大限到了，并且已经过去。但他还活着，还在呼吸。"

"有多少？"哈泽尔问，"我是说，你有几个仇人？"

"还有四个，"朱明答，"一个在尤宁维尔，另一个在里诺，还有两个在加州。"

"甩掉他吧。"普罗透斯说，"他不值得。"

"你觉得怎么样？"领班对朱明说。

"不行！"哈泽尔脱口而出。其他人纷纷看着她，她则红着脸盯着自己的脚。过了一会儿，她恢复了镇静，便直视着他们，"没有他，我们可能已经死了很多次了。"

"我也不想让朱先生走。"他们的脑海里响起了腹语男孩的声音。他的眼睛里闪着泪光,不过他握紧小拳头,努力不让自己哭出来。

"男孩喜欢他,先生,"戈麦斯说,"那位女士也是。"

领班考虑了一下。"你愿意为他担保吗,洛克伍德女士?"

她表示愿意。

"那你呢?"领班俯身对亨特说。他朝男孩比画了什么。

"是的。"亨特说。

"三个奇迹中的两个都愿意担保了。"领班说着,小心谨慎地朝普罗透斯的方向看了一眼。"我是个商人,朱先生。我能做的最重要的事就是保护我的财产。现在通过民主程序,他们选择留下你,护送我们去里诺。"他示意戈麦斯和诺塔拆除帐篷,两个小工点点头走开了。领班说,执法官在铁路上看到了朱明,他们不能再冒险了。他们得走另一条路去温尼马卡,一条远离铁路的路。

朱明走开,不一会儿便拿着笔记本回来,打开了前一天晚上他一直在看的地图。他说,在铁路以南大约70英里处有一条放牛的小路,他手指着那条虚线,给领班看。向西横穿科珀盆地,然后向南绕过安特勒峰,继续向索诺马峰前进。朱明眯着眼睛看了一会儿地图,指着两三个可以取水的地方。照他估计,到了第五天的早晨,他们需要为马多带一些水,让马匹慢慢地走完剩下的路,不能把它们赶得太快。假如天气好,道路畅通,他们将在大约一周后到达温尼马卡。

"我们还需要给养。"朱明说,"不能再钓鳟鱼。再过五个钟头,我想我就不能在城里露面了。但我需要铅和火药,每种4磅。"

领班自己看了看地图,然后直起身子对其他人喊道:"所有人都做好准备。"他转向朱明,"给养的事包在我身上,还有铅和火药。我们马上启程。"

旅

朱明
的
千宗罪

The
Thousand
Crimes
of
Ming Tsu

第二部分

23

　　牛群小径狭窄而曲折，布满了无数这种牲畜的蹄印。先知说，它们是循着远古时代洪水的痕迹走的，当时人类还不存在，不能预测洪水的到来。他说，是洪水将这一带广袤的平原变成了遍布崇山峻岭的高原，因为深不可测的水底夹杂着和房屋一样巨大的石头。在汹涌的水中，这些巨石被磨成了沙砾，被水冲刷得像骨头一样白，散落在陆地上，它们是最早暴发洪水的北极湖岸的遗迹，只是已经支离破碎了。领班问了一个问题，如果像先知说的那样，发生洪水的时候人类还没出现，那他是怎么知道这一切的呢？听到这里，先知笑了笑，他的手臂扫过土地，说这段历史镌刻在了大地上，供所有的人阅读。

　　他们沿着这片土地向地势较低的地方走去，经过了铜矿勘探者挖出的坑洞，勘探者没有发现任何财富，便抛弃了这个地方。在他们身后的地平线上，黑点一样的巴特尔山不断缩小，最后融入从荒原地面升起的闪烁薄雾中。天气炎热，他们缓慢而行，被太阳晒得只能眯着眼睛。

后来，在夏季渐浓的暮色中，他们默默地扎营。按照朱明的指示，诺塔生起了一堆熊熊燃烧的火，灰烬飞起来足有十英尺高，直冲云霄。朱明把领班拿来的铅放在一个铁锅里熔化，热得额头上淌着汗珠，他把铅液舀出来放进弹丸模具里。亨特着迷地看着他，火焰在他的脸上投射出斑驳的光影。完成后，朱明在沙地上挖出一个小坑，用水壶里的水把坑壁打湿，把剩下的铅倒进洞里，立即有刺刺啦啦的声音响了起来。

他们吃了盐牛肉和硬面包，这时候木头都烧成了木炭。吃完后，朱明把长满老茧的手指插进地里，把铅块挖了出来，从带斑点的表面拂去沙粒。他把仍有余温的铅锭递给腹语男孩，后者接过来，借着余烬发出的微弱红光，把铅锭转来转去，看着扭曲和闪耀的光线。

哈泽尔站起来，拍了拍男孩的肩膀，指了指他们的帐篷，还比画了睡觉的手语。时间差不多了。男孩很不情愿地把铅块递给朱明，两个人对其余的人道了晚安。在火坑里，余烬变成了小茧子一样的灰烬，火光一直在变暗。诺塔和戈麦斯回了他们的帐篷，不久之后，先知和普罗透斯也回了帐篷。只有领班和朱明留在火边。

领班举着他那失去光泽的银瓶，小口喝着威士忌，一边喝一边在背心上擦，把瓶子一角擦得泛起了暗淡的光泽。"还是得小口喝。"他说，好像在给自己下指令，"小口喝，就能把这劣等酒喝下去。"他又往嘴里灌了一些,强忍着咳嗽,摇了摇头,强迫自己把酒咽下去。领班闭上眼睛,对着火坑往银瓶里面看。他塞上瓶塞,注视着朱明。"朱先生,"他说,"你杀过多少人?"

"就算我知道,我也不会说,况且我也不想说。"朱明答。

领班咯咯笑了起来。"公平。那么,我们来个交换怎么样?答案换答案。"

朱明想了一会儿,把指甲抠进铅块里,挖出了几粒沙子。"好。"

"太好了。"领班往银瓶上吐了一点唾沫,开始磨另一个角,"你认为你杀了多少个人?"

"我敢打赌,大约有200人。"

领班吹了声口哨。"第一个死在你手里的人是谁?"

朱明咂咂舌头。"轮到我了。"他把铅锭在手里翻来覆去摆弄着,仔细端详。"你在哪儿找到哈泽尔的?"

在奥马哈,领班这么告诉他。哈泽尔一直和她丈夫一起经营一个杂耍表演团。他向演员们提供保护,他们就同意与他合作。他们在格林河遭到了印第安人的袭击,她的丈夫被杀了。领班的手下也死了三个。那可真是血腥的一天。但哈泽尔一直跟他在一起,是他的第一个奇人,在找到亨特·里德之前,有一段时间,她一直是魔术团里唯一的奇人奇迹。

这么说,朱明是睡了一个寡妇。他朝哈泽尔的帐篷方向瞥了一眼,似乎想看看她是否听到了他们的谈话,也像是在确认她没有听到。可惜天太黑了，根本无从分辨。他不知道该怎么评价领班讲的事，便佯装查看手里的铅块。有一块泥土牢牢卡在了铸锭的裂缝里，他拔出道钉，以极大的耐心撬动泥土。"该你了。"他说。

"你的英语和我的一样好，"领班说，"你是怎么学会说英语的？"

"从小就会。"

"一个令人满意的答案换一个令人满意的答案，朱先生。这是我们的协议。你必须详细说明。"

朱明放下铅块和道钉，看着领班。"公平。"他伸手捡起之前铸造出来的一个弹丸，测试了一下温度。摸起来是冷的。他开始把弹丸拾到手里。他告诉领班自己是个孤儿。他的父母来自中国，他的母亲是生他时难产死的。他的父亲不知道该拿小婴儿怎么办，就把他送去了孤儿院。朱明是由一个叫塞拉斯·鲁特的监护人抚养长大的。

"啊，是的。"领班说，"你是个美国人。我记得洛克伍德女士和我说起过这个塞拉斯·鲁特。"

"这么说你已经知道了，"朱明道，"那就没必要告诉你第二遍了。"

"我希望知情人亲自说一说。"领班咧嘴一笑，"这么说，是塞拉斯·鲁特教你说英语的了？"

"是的。"朱明把脸凑近那逐渐暗淡的火光，张开嘴，"看。"

他说着，把舌头向上一卷。

领班凑过去看。朱明的舌尖下面有一条细细的银色疤痕。他闭上嘴，坐了回去。

朱明说，有很长一段时间他都说不出话来。有人说他是哑巴。但塞拉斯知道他只是有些结巴。在他还很小的时候，有一天晚上，一位外科医生来看他。他给了朱明一块浸过威士忌的破布，让他压在舌头底下。朱明咬着一块木头和生皮，然后外科医生割开了他的舌头。他连吐了六天的血。朱明说，到了第七天，他会说话了。他捡起最后剩下的弹丸，塞进一个拉绳袋里。

"塞拉斯在孤儿院找到了我，"朱明说，"是他把我从悲惨的生活中拯救了出来。"

"他是个好人"。

"是的，但他收留我不是为了做个好人。他收留我有他自己的原因。有他自己的目的。"

"杀人。"

"没错。"朱明说，他的声音越来越轻，"他听起来也没那么高贵，是吗？"他捡起一块嵌在靴底的鹅卵石，在手指之间把玩。"他说过，不会有人去注意一个只顾自己事情的华人，肯定也不会有人记得专门向治安官举报这样的人。从法律上来说，我们没有什么不同。在内华达山脉，他们连我们的名字都没记下来，只是记人头数。除了埃利斯。那个狗娘养的剪掉了我的辫子，好区分开我和其他人。"他停顿了一下，一时间有些走神。

"那个老人说得对,他向来都说得很对。人们从来都不会多留意我。"他不由自主地想起了塞拉斯,想起了萨克拉门托,想起了他悄悄穿过的那些漆黑的房子,想起了他的手沾满鲜血,但那些血不是他自己的。他猛然回过神来,摇了摇头,仿佛在清除记忆。"塞拉斯是个好人。"他说,"反正他已经死了。"他迎着领班的目光。"满意吗?"

"非常满意。"领班喘着气说,"该你了。"

朱明问哈泽尔是否经常提起她的丈夫。

"以前是。在他死后的很长一段时间里,她都不想表演。最后我派诺塔去见她。"

"为了让她忘记。"

"她自己肯定也愿意。只是她不知道该不该这样要求。我由着她哀悼,想哀悼多久就多久,但她受够了。"

朱明盯着领班看了很久,不知道说什么好。他很想揪起领班破烂的翻领,质问他为什么觉得自己有权蒙蔽哈泽尔的记忆。然而,想到她再也不记得她的丈夫,他心里不禁生起了一种轻松的感觉,这种轻松是赤裸裸的,也是可耻的。他朝哈泽尔帐篷的方向瞥了一眼。可惜天太黑了,什么也看不见。

"轮到我了,"领班说,"你是怎么在这一行做到这么熟练的?"

"游戏结束了。"朱明说。他站起来,掸去裤子上的污垢。"晚安。"

领班在余烬上撒了一把沙子,点了点头。"那么,晚安,朱先生。"

24

第三天下午，天气渐渐变热，他们在逐渐拉长的阴影中穿越安特勒峰。在这片山脉的丘陵地带，他们沿着石头上奇怪的标记，来到一片黑石峭壁下阴影重重的坑洞，在那里他们发现了清澈冰冷的水潭，这与朱明那张地图上标注的一模一样。铁路测量员的工作总是很细致。马儿嘴巴干渴难耐，焦急地看着一行人把水壶灌满。等水壶满了，他们才允许马匹喝水，才几分钟工夫，它们就把小山泉里剩下的水都喝光了。朱明坐在马车的踏板上，把铁做的道钉在磨刀石上来回摩擦，打磨得像镜子一样光滑。夜幕突然降临了。众人紧紧地围在火堆周围，弓着背，抵抗着荒野的严寒。哈泽尔和腹语男孩回帐篷去了。先知在轻声哼唱。

"那是什么曲子，老头儿？"普罗透斯粗暴地问。

先知停了下来，笑了笑。他那双浑浊的眼睛盯着领班的替身，"一首古老的挽歌。"他说着，又继续哼起歌来。

"什么是挽歌?"戈麦斯插口道。

"献给死者的歌。"领班答。他从火堆里拨出一根燃烧的小树枝,点上烟斗。

"这种歌里有歌词吗?"戈麦斯问。

先知摇了摇头。"随着时间的推移,没有一首歌不会失去歌词。随着时间的推移,大多数歌曲甚至连韵律也失去了。没有歌词和旋律的歌变成了梦,继续存在于脑海里,没有理由,也没有实质。只有曾经对那些歌的记忆。"

"有关谁的记忆。"戈麦斯说。

"所有死者。"先知答。

领班深深地吸着烟斗,尊敬地看着先知。"你的同伴朱先生告诉我,你没有记忆。"他说。

"是的。"先知说。

"一个什么都不记得的人,唱挽歌有什么用?"

"你呢,先生,"先知说,"你还记得吗?"

"当然。"领班说。

"你呢?"先知问戈麦斯。

"记得。"墨西哥人说。

"你呢?"这是在问普罗透斯。

异教徒点了点头。"记得。"

"那你呢?"先知茫然地盯着诺塔说,"你可以改变人们的记忆,那你还记得吗?"

"是的。"纳瓦霍人说。

先知沉默了一会儿,道:"不是这样的。没有人能真正记得过去。那些声称记得的人,都弄错了。记忆是肉体的负担,而不是精神的负担。真正的记忆不是用来回忆的。只是一种必须进行的仪式而已。"他转向诺塔,说,"难道就没有你无法抹去的记忆吗?"

"有的。"诺塔道,"比如对地方和日常生活的记忆。"

"这些都是真正的记忆。"先知说,"过去不断地在当下上演。仪式。习惯。真正的记忆在大脑无法触及的音区发出声音。人可以记错,可以撒谎。但身体不会忘记,它没有遗忘的手段。"他伸出一只干瘪的手臂,拉开袖子,露出了手腕上如蜘蛛网般纤细的白色伤疤。"肉体被镣铐磨得皮开肉绽。"他喃喃地说,"我的身体记得自己曾被铁链锁住,即便我记不住。"

领班似乎明白了这话的意思。他伸出手来取暖,在逐渐熄灭的火焰发出的微弱光线中来回移动。他的手上也有伤疤,遍布指关节,手掌的皮肤上也有苍白的疤痕纹路。从朱明坐着的地方看,那些伤疤似乎在发光。

"你问我,一个不记事的人唱挽歌有什么好处。"先知说,"但不是所有的人都能记住的。"他的声音很清晰,也很清醒,"挽歌之所以好,只是因为有人唱。哪怕没有歌词。即便歌词失落了,挽歌依然很好,因为依然可以被人传唱。即便旋律也湮灭了,挽歌照样很好,因为它们曾被人传唱过。"他站起身来，用一双盲眼望着围坐在火边的人。"歌唱就是劳动，活着的人只有通过劳动才能回忆起逝者的影子。这就是记住的意义。"

先知转过身，走入了黑暗当中。

25

到了第五天，中午刚过，一直走在前面侦察的朱明跑回来让众人停下。"可能有麻烦了。"他说，然后看着正高高地坐在花斑马上的先知，"老头儿，你看见了什么？"

"没有害处。"先知停了一会儿说。

朱明还是命令大家原地等待。"我不下令就别动。"他说着拔出了枪，又沿小路往前走去。

来到他看到的东西附近，他趴在地上，开始缓慢而小心地爬着。他很快就爬到了跟前。那是一棵枯萎的孤树，枯枝映衬着天空。这附近有淡水。或者说本应如此。毫无疑问，这泉水已经受到污染了。那棵树一根烧焦的树枝上挂着一根短绳，绳子上则挂着一具尸体。

朱明一直爬到离树40步远的地方。他把枪举在面前，一只眼睛盯着瞄准镜。他听说过印第安人经常这样伏击敌人。人们说，印第安人会抓一个移民俘虏，将他赶到荒原上，剥下头皮后吊起来，吸引路人上当受骗。只要有虔诚的人过来要放下俘虏，印第安人就会从藏身之处冲出来，扑向那些倒霉蛋。不光如此，朱明还听说过更糟的事。事实上，对于只是有所耳闻却从未亲眼得见的事，他是不太相信的。但在这条该死的小山路上，他已经遭到过一次伏击，于是他趴在地上等待着。

什么动静也没有，只有尸体在风中慢慢摆动。他也说不清自己等了多久，只知道温度越来越低，他终于觉得满意，相信四周确实只有他和尸体。他向树走去，还是有点小心翼翼，手里握着被太阳晒热了的枪，扣着扳机准备射击。来到近处一看，朱明才发现被吊死的人不是白人移民，而是一个印第安人。他的脚踝被吊着，像一具被屠宰的尸体。一根铁钩从尸体跟腱后面刺穿而过，就这样将整个尸体倒悬起来，钩子上的血迹已经干涸，都发黑了。

这位战士全身赤裸，被步枪打穿的宽阔胸膛裸露在外。他盯着颠倒的风景，眼窝凹陷，额头上的一道道血迹早已干了。他的喉咙被撕扯得皮开肉绽。秃鹫和土狼的破坏与人类的暴力是多么相似。这人的头皮被剥掉了，暴露在外的头骨在午后的阳光下闪着耀眼的白光，像一块骨头做成的圆盘，周围是皮肤，而皮肤在无穷无尽的炎热中已经开始皱缩。

风向突然转变，把死亡的腐臭气味抛向朱明，他急忙后退几步，干呕起来。他转过身，跌跌撞撞地走了六步，跪倒在地。他凝视着远方的蓝天，什么也吐不出来，身体随着每一次干呕而疲惫不堪，只有细细的黄色胆汁滴落在干裂的沙地上。吐完了，他用袖子擦了擦嘴，把沙子推到他呕吐的地方，掩埋住胆汁。他慢慢地站起来，拿起枪，身体还在颤抖。

他走回其他人身边，把所目睹的一切对他们讲了一遍。亨特一个字也没听见，不明白为什么朱明把他抱上马车，还跟着他爬了进去，有那么一会儿把他的脸按在他粗糙的衬衫上。

他们一直赶路到深夜，经过了被污染的山泉，一直走到安特勒峰和索诺马峰之间的广阔区域。他们终于停下来扎营，每个人都筋疲力尽，连帐篷都举不起来了。诺塔生了一小堆火，大家在火周围展开铺盖卷。他们今晚要在星空下睡觉。

"后面找不到水了，是吗？"哈泽尔说。

"马车里还剩六加仑。"领班说。

"马会死的。"她说。

"会吗？"朱明问先知，但双眼依然盯着火焰。

"不会。"先知说。

哈泽尔疑惑地看着他，问他这是什么意思。

"马不会死，"先知又说，"明天会找到水。"

"你会去找吗？"领班说。

"暴风雨就要来了。"老人说着，仰起脸对着天空。

他们顺着他的目光望向清澈的夜空。

"我看不会，老头儿。"异教徒嘲笑道。

"要有信心，"先知说，"会下的。"

"那就放心了，"领班说着，斜靠在铺盖上，"放心休息吧，先生们。"

朱明拂去铺盖上的沙子，躺了下来。很快其他人都睡着了。在他的头顶上，星星呈弧形旋转。哈泽尔躺在他身边，小小的脸上神情安详，被一绺头发盖着。他伸出手，把那绺头发别在她的耳朵后面。这个动作他以前常做，十分熟悉。

他半夜惊醒过来，这才意识到自己睡觉了。在他的腿旁边，盘着一团黑乎乎的肉。是一条沙漠蝰蛇，舌头从它那坑坑洼洼的口鼻处伸进伸出，品尝着空气。朱明没有动。蛇滑到他身边，停在他面前，好像在细细端详他的五官。朱明注视着它。一圈圈粗大的蛇身如波浪般起伏着。它张开嘴，发出一声轻轻的咝咝声，活像在说话。

"你不会现在就带我走吧？"朱明大声问道。

毒蛇用他听不懂的咝咝声答了什么。

"我的大限还没到，先生。"朱明说，"我还没有完蛋。她还在加州等我，我发誓。"

蛇安静了很长时间。然后它又张大嘴，这次张得更大了，把尖牙伸出来，又缩了回去。最后，它把头埋在沙子里，一动不动。

"谢谢。"朱明说。

这时，蛇爬到火坑的边上停了下来，那里的煤炭还烧得通红，像魔鬼的眼睛。然后，它稳稳地爬进了余烬中。火苗再度燃起，沿着蛇皮燃烧起来，仿佛那是油布。整条蝰蛇都在燃烧，没有烟，也没有声音。起火的蛇身动了动，在坑中央蜷成一团，然后它的眼睛蒙上了阴影，再也不动了。格子花纹的皮肤一一剥落，化为了发着热光的灰烬，火焰随即蔓延到了有横纹的肌肉，将其烧成灰烬。等到天亮的时候，只有蛇骨还留在温暖的灰烬中，一堆纤细的肋骨和相互交错的椎骨支撑着一个苍白而空洞的头骨。朱明没有再睡觉，却并不觉得累。

26

早晨,灰色的天空十分阴沉。马不安地喷着鼻息,耳朵前后摆动着。空气中的电压越来越高。朱明的衬衫粘在胳膊上。天气已经非常潮湿憋闷了。大伙儿不时地看一眼先知,好像雨在等候他的吩咐才会落下。云层越来越低,白日宛若阴森的黄昏。

"雨来了。"先知终于叫道,雨滴果然纷纷降下。

西北方向参差的山峰直插暴风雨的中心,在云层上划出一道长而深的口子,倾盆大雨从这个伤口里哗哗落下,仿佛要一直下到时间的尽头。雨水像巨大的薄片一样直冲而下,丝毫不受风或地形的影响,速度之快,连大地都来不及吸收。他们身下满是泥浆。从山上流下灰色的水,一开始水流很细,也很浑浊,接着,淌下来的水逐渐变宽,夹杂着淤泥,马儿过去喝水。一道道闪电劈下,用刺眼的电光照亮了这个世界,却听不到半点雷声,朱明的耳朵里充满了大雨的声音。雨可以缓解炎热,很受欢迎,尽管眼睛会被雨水刺痛,看什么都是模糊的,他不由自主地笑了。

如注的大雨从那天傍晚开始下，黑夜渐渐到来，天气变得非常寒冷，空气很清新。根本不可能生火。诺塔把一块帐篷布和马车一侧系在一起，临时搭造了一个避雨的地方，众人在下面挤作一团。雨终于小了一些。雷雨向西推进，地平线上闪着电光。他们淋得浑身湿透，疲惫不堪，在一盏孤灯的微弱光线下，只能看见彼此的眼白。

"来点威士忌？"领班高高举起他的小酒壶。

一只苍白的手伸出来接住了酒。是普罗透斯。他喝了一口，又递给了他的原型。"谢谢。"他低吼道。

"温尼马卡不远了。"戈麦斯说。他凝视着外面的黑暗，看着雨从他们上方的帆布滑下，如同一条条黑绳，在提灯的光线下显得晶莹剔透。

朱明指着陷在泥里的马车轮子说，这样的天气，至少还得再等一天。

"等雨停了，我们可以走快点。"戈麦斯说。

"不会停的。"诺塔说。他探出身子迎着雨，把衬衫拧干，"我太了解这样的风暴了。肯定要连续下个四五天，然后几周或几个月都不会下一滴雨。"

"到了温尼马卡，你还会有危险吗，朱先生？"领班说。

朱明咯咯笑了。"几乎可以肯定。"

"是你有危险，与我们无关。"普罗透斯说。

黑暗中，朱明感觉到一只冰冷的手伸过来放在他的膝盖上。是哈泽尔，亨特的身影躺在她的膝上，正在熟睡。朱明把手放在哈泽尔的手上。"除了我，谁都不会有危险。"他说。

领班问他打算带他们走哪条路去里诺。朱明闭上眼睛，在脑海里回忆着他记得的一条穿越荒原的线路。他说，他们需要沿着桑德山东侧往南走。然后向西到达斯塔峰，穿过尤宁维尔。之后，从尤宁维尔以南经过，沿着印第安人的小路下到丘陵地带，再向西南进入拉夫洛克。

"你在尤宁维尔和拉夫洛克没有麻烦吗？"普罗透斯问。

"尤宁维尔只有铁路和矿工，"他说，"拉夫洛克只有妓院和赌场。"

"要是那两个镇子里真有执法者……我估摸是有的……麻烦就会找上门来。"普罗透斯向后靠去，看上去很满意。

朱明怒发冲冠，天似乎突然变冷了。

"够了，"领班说，"普罗透斯，你知道，事情已经决定了。朱先生将一直和我们在一起。"

"有他在，"那异教徒继续说，他的声音提高了，"我们只要演出，就会有治安官出现。"

"我们真正的终点站在里诺。"领班无视他，大声说。

"要是继续由着这两个中国佬给我们带路，"普罗透斯厉声说，"那么我们真正的终点就是在那些荒废的镇子里横尸路边。"

"不会是我们所有人。"朱明咆哮道，哈泽尔的手在他的手下变得僵硬。

"诺塔。"领班喊道。

纳瓦霍人站起来,轻轻地跨过灯笼,走到普罗透斯坐着的地方,用手掌根重重地敲了一下普罗透斯的前额。异教徒随即变得身体瘫软,倒了下去,诺塔低伏在他旁边,用手抓住他的下巴尖,直到他翻起了白眼,身体又恢复到以前有文身的样子,一动不动。过了一会儿,诺塔站起来,回到他刚才坐着的地方,弓着身子,以免脑袋碰到低矮的帆布顶。除了没有停歇的雨声,四周一片寂静。

终于,普罗透斯醒过来,坐了起来,用手揉着脸。他的眼神空洞而呆滞。领班伸手抓住他的手腕,普罗透斯又变成了领班。

"有人在的时候闭眼休息,可不像你的风格。"领班说。

普罗透斯似乎有些神志不清。他皱起眉头,陷入了沉思。最后他说:"一定是因为在小路上挨了那一下子。"

"我们还有漫长的一天要走呢,"领班对大家说,"还是休息吧。"他向后靠在车轮上,把帽子拉下来遮住脸。

很快,就只剩下朱明和诺塔还醒着。

"我还以为你从来不碰朋友的记忆。"朱明说。

普罗透斯四肢伸开躺在马车下面,睡得正香。

"他不是我的朋友,"诺塔说,"长时间披着白人的皮,跟白人没什么两样。"他把衬衫卷成一个临时枕头,枕在头下。"晚安,朱先生。"

27

朱明醒来时肩膀酸痛,天刚蒙蒙亮,万物都是苍白的,阴森的灰色光线穿透云层照射下来。雨还没停。在他们的帐篷雨棚外,世界受到风暴的蹂躏,已经变了样。一股清澈的水流缓缓地从他们面前淌过,他们在落满雨点的水中把水壶灌满。朱明的湿裤子粘在腿上。他觉得自己好像有一百年没干过似的。

很快,其他人也站了起来,他们又出发了。雨比前一天小了很多。普罗透斯和领班跟在驮马旁边走,哈泽尔和男孩坐在可以遮雨的车厢里。戈麦斯和诺塔跟在后面,雨水流下他们的帽檐,淌下他们的后背。不再有马匹会渴死的危险了,于是朱明骑在先知旁边,带领着队伍前进。

在低矮的云层中,索诺马峰那荒凉的轮廓只是隐约可见。看不见太阳,根本看不出该往哪个方向走。只有先知知道。他通过大地上的细微沟壑来辨别方向。他没戴帽子,雨水畅通无阻地顺着他瘦弱的身躯倾泻而下,薄衬衫变成了半透明,像羊皮纸一样紧紧贴着他的身体，就如同第二层皮肤。停下来吃晚饭时，朱明伸出手搀扶他下马，感觉到老人手上孱弱的骨头不断移动，他那纸一样的皮肤在古老的关节上滑动。他们和其他人挤在马车里，啃着咸牛肉条，就着收集来的雨水咽下去。微弱的光线从敞开的车门透进来。

"什么时候到？"亨特问。

"很快。"朱明说。他向领班示意，"告诉他我们很快就到。"

领班向男孩比画了手语，用拇指和食指拽着一根仿佛从他下巴垂下来的并不存在的线。朱明用自己的手模仿了这个动作。

"你学东西很快。"领班说。

"干我这一行的，都这样。"朱明说。

"看得出来，你很喜欢那孩子。"领班说。他从马车的长凳上站起来，弯着腰，在背包里翻找着什么。最后，他拿出了一本只有纸牌大小的破书。"给你。"他说着把它递给了朱明。

朱明举起封皮，大声念道："《手语》。"

"多年前我找到这孩子的时候，他根本不懂手语。"领班说，"他当然会说话，毕竟这就是他的奇迹，但他什么也听不见。"领班说，在孤儿院，男孩随身带着一块石板和一小块粉笔。要是有人想告诉他一些事情，就写下来给他看。不过男孩认识的字不多，白天学了晚上还会忘。"要是我想让他一直待在魔术团，就必须让他学好表演，顺利完成演出。"领班摇着头说，"可惜这可怜的孩子不明白我对他的要求，每晚都哭。他闭上眼睛，不肯看我写的字。我当时真不知道该拿这孩子怎么办才好。事实上，我都准备把他卖了，好减少自己的损失。可洛克伍德女士告诉我，有专门为像亨特这样的聋哑人开设的特殊学校，他们发明了一种方法让这些孩子可以互相交谈。这就是手语。我在纽约的几个朋友给我弄了一本讲手语的书，就是现在你手里拿的那本。"

朱明翻到第一页。"《主祷文》。"他念道。

"他们也许又聋又哑，"领班说，"但他们绝不是没有信仰的人。表演一下。"他转向男孩，向他做了个手势。

"《主祷文》。"亨特在他们的脑海里说，声音高亢而清晰。"我们在天上的父，愿人都尊你的名为圣……"

"不，不是说，用手比画。"领班插嘴说，又对男孩做了个手势。

亨特点点头，眉头紧锁，神情专注。他的双手开始在他面前移动，像是在用手语比画一首诗歌。他的小手在胸前敏捷地舞动，头毕恭毕敬地低着。朱明看着，目光在书和男孩之间游移。亨特伸出双手，然后把手拉向自己，双手朝上，手指弯曲。我们日用的饮食，今日赐给我们。朱明听得呆若木鸡。

现在，男孩用指尖拂过手掌。这代表原谅。他把两只手腕交叉在胸前，两只小手握成拳头，然后分开。这代表拯救我们。男孩用一根手指勾住隐形的扳机，拉开了一支幻影步枪的枪栓。然后他摸了摸自己的嘴，把手往下拉。朱明低头看了看手里的书。这代表远离邪恶。

哈泽尔也在比画手语,她的手优雅地动着,做出每一个动作。她把手攥成拳头,重重地摔在一张看不见的桌子上。这代表权力。男孩的手动了一下,好像在敬礼。这表示荣耀。他们的手一起举起来,缓缓向前移动,手指来回晃动。这表示永远。

阿门。

"阿门。"领班喃喃地说。

有一会儿,除了淅淅沥沥的雨声,四下里一片寂静。

"我很熟悉《主祷文》。"先知说,"那些话里蕴含着一种奇异的力量,而这种力量在手势中就更加奇异了。"他空洞的眼睛定格在远方,"即使那种力量是人们看不见的。"

"这本小书你留着吧。"领班说,"我也用不着了。"

朱明啪的一声把书合上,塞进包里。"谢谢。"他瞥了哈泽尔一眼,"你也会手语。"他说,"我从没见过你对他打手语。"

"你只是没留意而已。"她笑着说,"人根本注意不到自己不知道的事。"

暮色四合,天变得很冷,快到温尼马卡的时候,雨又大了起来。他们赶上了风暴的中心。当他们终于再次到达洪堡河时,只见河水暴涨,眼瞅着就要漫过河岸了。在雨水浸透的昏暗光线中,河水闪着乳白色的光。他们往下游走了大约两英里,遇到了一座可以过河的桥,这时天已经黑得伸手不见五指了。头顶上方暴风雨肆虐,闪电不断地劈下来,可怕极了。只有马还能看见路。

在温尼马卡郊外,戈麦斯和诺塔冒着大雨,费了很大的力气搭起了帐篷,他们搭得很慢,手里的绳子滑溜溜的,湿透的巨大帆布像铅一样沉重。最后,他们总算把表演帐篷支好了,诺塔提着灯笼绕了过来,照亮了下面泥泞的地面,帆布则在他们头顶上闪闪发光。朱明伸出手,用一根手指拨动一条帐篷牵绳,牵绳发出嗡的一声,抖掉了一缕细雨。

"我们明天表演,"领班说,"你们都去睡觉吧。至于你,"他转身对朱明说,"你躲起来,什么时候需要你了,你再露面。"

"暴力会找上这个界外之人。"先知徐徐地说,"无论是这里还是其他地方,无论是隐藏还是暴露。他像磁石一样牵引着世界。一场战斗就要找上你了,我的孩子。很快。"

"什么意思?"领班说,"今晚吗?"

"不出几个小时。"老人答。

领班停下来考虑这个问题。"那么,朱先生,"他说,"战斗结束后,进城找我们。"

"正合我意。"朱明带着惯有的冷漠说。他数了数左轮手枪里的弹药,整了整帽子,便离开了。

28

朱明独自坐在昏暗的酒馆里，第三杯酒喝到一半时，一个高大的身影走近他的桌前。朱明放下酒杯，抬头看了一眼。那人穿着一件皮大衣，戴着一顶宽边牛仔帽。在昏暗的酒馆里，一只空的腋下手枪套在灯光下若隐若现。

"我可以坐下吗？"那人说。

"已经有人了。"朱明答。

那人还是坐了下来。"你是朱明吧？"

朱明放下酒杯，小心翼翼地打量着那个人。毫无疑问，这就是老人预言的战斗。"你找错人了。"他说。

那人扬起眉毛。"华人，没留辫子，不仅受到警方通缉，连中太平洋公司也在悬赏缉拿。你杀了人，还擅离职守。"他得意地笑了笑，"我看就是你。"

朱明一时没有说话。酒馆的声音大得足以把他们的谈话淹没。"不是我。"他咆哮道，他的手滑到桌子下面，伸向枪套。

那人咂咂嘴。"别动。"他厉声说。

朱明听出桌子底下传来拨开击锤的咔嗒声,于是不再寄希望于自己拔枪的速度快过不速之客。"你现在指着我的,不是柯尔特1860陆军型左轮手枪吧?"他迎着那人的目光说。对方的表情没有改变。"是联邦,还是邦联?"①他眯着眼睛问。

那人扬起一边眉毛。"邦联。"

"你来温尼马卡,是为了再输一场战争?"朱明干笑着说。

"别说了。你是通缉犯,约翰。要是能抓活的,赏金更多……"他对朱明露出狡黠的笑容,"但你是死是活,我都要抓你。反正对我来说也无所谓。"那人扫视了一下酒馆。

"你一个人吗?"朱明问,"没有朋友帮忙?"

"我都叫你住口了。"陌生人厉声道。他又扫视了一眼酒馆。"我不想和别人平分赏金。"他眯起眼睛看着朱明。"我在巴特尔山见过你,你和魔术团的人在一起。于是我想到该去温尼马卡截住你,然后带你沿铁路北上,去收赏钱。"

那人命令朱明把枪慢慢地放在地上,朱明照办了。他仍然把左轮手枪对准朱明,另一只手则放在桌上。有一段绳子系在他的手腕上,另一端是一个松散的环。

"把手腕伸进去,把绳结扎紧。"陌生人命令道。朱明向上

---

① 编者注:此处原文为"Union or Confederate?"意指美国南北战争时期的交战双方,Union 即联邦军队,Confederate 即南部邦联军队。故有下文"你来温尼马卡,是为了再输一场战争?"

拉起衬衫袖子，把绳子紧紧系在手腕上。"现在站起来。"那人说。两人都从座位上站起来，那人把朱明拉到身边，把他们绑在一起的手腕放到朱明背后，接着用枪管戳了戳朱明的腰。"跟我一起走。"

他们肩并肩地离开了酒馆，脚步古怪而急促。似乎没有人注意。雨依然下个不停，他们沿着大路走了一会儿，跟着拐进了一条小巷。

"治安官就在那边。"朱明说。

"我们不去找治安官。"

"那上哪儿去？"

"车站。"

他们沿着小巷又走了一会儿。朱明停住脚步，在雨中眨了眨眼睛，看着40码外昏暗的街灯。

"走吧，中国佬，"那人说，"没人知道你在这儿。"

朱明露出灿烂的笑容。"那正好。"

他猛地转过身来面对那人，手臂从背后伸开。那人把枪顶到朱明的肋骨下，扣动了扳机。突然传来一声闷响，那是火帽撞击到哑火火药的声音。原来是旋转弹膛进水了。朱明一抢手肘，击中那人的下巴，趁着他脚步踉跄的当儿，朱明伸出被绑着的手腕从他身边滑过，那人被拉得身体一转，倒在了他身边。陌生人的枪早就掉在了泥里，他伸手去掏腰带上的刀，朱明趁机把绑着的手腕扫过那人的胸口，向上一扯，开始用自己的胳膊搂住对方的脖子。转眼间,朱明拔出道钉,一遍又一遍地深深刺进陌生人的胸膛。暴雨如注,到处都是烂泥,什么都看不清,当闪光的钢刀划过他们捆绑在一起的手腕时,朱明才意识到那人拔出了刀。

两个人分开,纷纷摔在泥里。朱明翻身站了起来,陌生人手里拿着刀,也费力地站了起来,血从他身上的几个窟窿里向外流,朱明的道钉依然穿透衬衫,插在他的胸口。陌生人猛扑过来,朱明想躲闪,但他突然在泥里滑了一跤,摔了个仰面朝天,刀插进了他的肚子,直没刀柄。那人在泥泞中奋力向朱明爬去,朱明痛得几乎睁不开眼睛,他站起来,从肚子里拔出了陌生人的刀。朱明一把揪住那人的头发,把他的脑袋往后一拽,利落地割断了他的喉咙。那人发出一声可怕的声音,接着两眼一翻,身体不动了。

朱明丢掉手中的刀,捂住自己肚子上的伤口。天很黑,又下着雨,他看不出自己流了多少血。他俯下身去,把道钉从死人身上拔出来,痛得差点晕了过去。他离魔术表演的地方不远。他可以撑到那里。世界开始变得灰暗。他跟跟跄跄走了十几步,便重重地摔倒在泥里,喘着粗气。他费了九牛二虎之力才抬起头,去看被刺伤的伤口,却什么也看不见。他模模糊糊地想起自己的左轮手枪还丢在那家破酒馆的地板上,不禁闭了一会儿眼睛。温热的鲜血流淌在他的手指上,倾泻而下的雨水却是那么冰冷。他的嘴里也有血,那是一种金属的味道,混合着味道辛辣的沙砾。魔术表演就在不远处,他可以到那里,但他太累了。他再次睁开眼睛,但周围的世界并没有改变,他不确定自己的眼睛到底有没有睁开。指间的鲜血是炽热的。他需要休息。他要躺下休息。

29

朱明躺在床上，艾达在他身边，一头秀发散发着薰衣草的香味。他拿起一绺头发在手上，在手指间捻了捻。他轻声念着她的名字，以免吵醒她，但她还是醒了过来，他松开她的头发，看着她下床走开，他知道自己不能跟着她。

书房的窗户透出无限的光亮，他可以清楚地看到窗外广阔的荒原。艾达就在房子里，但在别的房间。他坐在窗边，竖起耳朵听着她在地板上踏来踏去的脚步声。一把步枪横放在他的腿上，他下意识地用手指拨弄着这支燧发枪，指甲在金银丝装饰的凹槽上划过。有一件事他必须做，但他不记得是什么事了，只感觉到自己抛弃了责任，那种重压压在他身上，模糊而又难以释怀：他居然忘记了一件很重要的事。他放下步枪，从窗边站起来，大声叫她，可是她没有回应，于是他上楼去，可是当他打开房门的时候，她却不在里面。他听见她轻轻的脚步声在他身后远去，便猛地转过身来，却依然没有见到她的倩影。他又走下楼梯，回到书房，步枪横放在窗边的空椅子上。树根和蔓生的藤蔓开始缠绕门框和窗玻璃。一个熟悉的声音在他耳边响起，呼唤着他的名字。一个黑影从门口闪过，朱明抓起步枪跑出去追，但那里没有人。那抹熟悉的声音仍在他耳边呼唤着他的名字。远处尘土漫天，有很多人过来了。

他又进了屋，走上楼梯，拐了一个又一个弯，回到了卧室。窗外不知怎的黑了下来，夜色突然降临，他看见自己躺在床上抱着艾达，两个人都睡着了。窗外，有人骑着马，手里拿着奇怪而残忍的武器，高举着火把沿着大路向他们驰骋而来，眼瞅着就要到了，绝望的情绪在他的喉咙里涌起，朱明跌跌撞撞地跑到床前，想大喊大叫，把那对恋人叫醒。当有靴子咚咚咚地上楼梯时，他自己也躺在了床上，他的思绪在一定程度上苏醒过来。他掀开被子，伸手去叫醒艾达，提醒她，但她那一侧的床是空的，床单还留有余温，好像还记得她身体的热度。他飞快地跑向门口，看到她的身影穿过门槛，进入了黑暗的走廊，仿佛她要冲进入侵者之间。其中一个男人抱住她，她哭着喊着叫她的父亲，其他人则手持棍棒在他周围挥舞，朱明准备好挨揍，这时，他脚下的地板沿着木板的裂缝裂开，吞没了他。

现在他又来到了外面，站在敞开的门边，骑马的人在远处，他不知道他们是尚未到来还是已经走了。他回到窗边坐下，发现房间完全变成了一个青翠的花园。满是灰尘的窗玻璃飘在半空中。椅子还在窗边，只是拉开了一段距离，于是他坐在上面，凝视着东方的荒原犹如一股巨大的潮水掠过大地,在他眼前形成了峡谷。他觉得自己很老了,仿佛已经在这里坐了十万年,还要再坐十万年。这时艾达走进房间,他看着她,他知道自己爱她,却记不得为什么会爱上她。她握住他的手,他望着她那模糊的容颜,她对他说她很抱歉,她爱他,她非常非常抱歉。出于他不知道也不能问的原因,他的喉咙、舌头和嘴唇全都变成了麻木的石头。他会记得她的名字吗? 她问。他回答不出来。她久久地注视着他,最后摇了摇头,她美丽的脸上掠过一丝悲伤的微笑:"对不起,对不起,对不起。"

30

朱明惊醒过来，发现自己身处一间昏暗、满是灰尘的房间里。雨已经停了。猩红的阳光从高高的小窗户斜射进来。他的身体一侧隐隐作痛，但腹部被刺的地方只有一道细长的伤疤。他用指尖碰了碰。已经愈合了。他的嘴里似乎充满了灰尘，有淡淡的金属或花朵的味道，脖子和肩膀都疼得厉害。那种淡淡的责任感在思绪的边缘徘徊，在很久很久以前，在一个遥远的地方，他有件事要做，但这件事却被它自身需要的漫长阴影吞噬了。他努力回忆那个可怕的夜晚，脚步声咚咚地走上楼梯，他转身去叫醒艾达，不过他似乎还记得她的臀部压着他的手，但事实上，他已不能确定那天晚上她父亲带着雇来的打手把她带走时，她是否躺在自己的身边。

一个轻柔的声音把他从往事中拉了回来。"明。"

是哈泽尔，她坐在他旁边，眼睛里写满了担心。她问他感觉如何，他想说话，却发不出声音。他的喉咙干透了。

"喝点水吧。"她说着,递过一个水袋。

朱明接过来,深深地喝了一大口。他咳嗽了一声,感到身体一侧被狠狠地戳了一下。他往下一看,惊恐地发现枪套里是空的。

"放松。"哈泽尔把水袋拿回去放下。她说,两天前的晚上,先知来到她的门前,告诉她朱明快死了。老人还交代了该去哪里接朱明。有人在酒馆的地板上发现了他的枪,交给了酒吧老板。就中间人报酬进行了一番讨价还价后,酒吧老板把枪交给了领班。哈泽尔从座位上站起来,走到房门前,敲了敲,然后回到朱明的床边。

不一会儿,门开了,一位华人老人走了进来,扬起了眉毛。"这么说,病人已经醒了。"他关上身后的门,转向朱明。"我是孙世厚医生。我和你,我们有一个共同的伙伴,就是那个盲眼的老人。"医生指了指朱明的腹部。"可以检查一下你的伤口吗?"

"是的。"朱明用沙哑的声音说。他的喉咙依然感觉火烧火燎的。

"很好。"医生低声说,弯下腰看了看伤疤,"痊愈得很好。"

"是你给我缝合了伤口。"朱明沙哑地说,"我怎么痊愈得这么快?"

"是鸦片酊。"医生说。

"我一直在做梦,医生。说出来你也不会相信的。"他咳嗽起来，吐了口唾沫。"我以前吃过鸦片酊。那不是鸦片酊。"

医生盯着朱明看了一会儿。"你说得对。"他说。他从口袋里掏出一小瓶黑色液体，塞进朱明手里。"给你。老人说你有用得上的时候。你能告诉老人，我的债已经还清了吗？"

"当然。"哈泽尔回答说。

"太棒了。再见，朱先生，女士。"医生微微鞠了一躬就走了。

他们静静地坐了一会儿。

"你说梦话了。"终于，哈泽尔说。

"是的。"

"你一直在喊一个名字：艾达。"她注视着朱明的脸，等着看他作何反应。

"艾达。"他干脆地重复道。

"她是谁？"哈泽尔问。

"我的妻子。"朱明说。

"她就是你去加州要找的人吗？"

朱明说是的。

哈泽尔把椅子又往他的床边拉了拉，把他的手握在自己手里。"给我讲讲她吧。"

朱明盯着哈泽尔看了良久。最后，他深深地叹了口气。"我们结婚才两个月。我们在丘陵地带有一所小房子。"

"她离开你了吗？"

朱明笑了笑，感到肋部的刀口突然传来一阵隐隐的疼痛。他眉头紧皱，摇了摇头，尽他所能地解释了这个故事。他们坠入了爱河，于是他向她父亲求婚。他拒绝了，还嘲笑朱明。他说他的女儿不可能嫁给一个华人，况且这个华人还是个罪犯。另外，他告诉朱明，她已经名花有主了。就这样，他们私奔了。她父亲发现后，大发雷霆。一天晚上，他们正在睡觉时，他带着雇来的打手闯入了他们的家，也就是波特兄弟吉迪恩和亚伯。他们把朱明从床上拖起来，当着她的面狠狠臭揍了他一顿。要不是艾达求她父亲饶了他，他们当时就已经要了他的小命。所以，艾达的父亲没有一枪打死朱明，而是让副治安官查尔斯·迪克森逮捕了他，并指控他异族通婚。艾达的父亲把她接走后，认为需要让她在上帝和法律两个层面上都变得纯洁。法官耶利米·凯利表示同意，裁定他们的婚姻无效。朱明确信她父亲收买了这位法官，还吩咐他为朱明犯下的最可恶的罪行施加最特别的惩罚。凯利照办了。

"在中太平洋铁路工作十年。"朱明说，"随着铁路线穿越内华达山脉，横贯盐碱荒原。"他把水袋里的最后一点水喝干，用衬衫袖子擦了擦嘴。

哈泽尔问他为什么不跑。

朱明说，关键在于他们抓住了塞拉斯·鲁特的小辫子。波特兄弟不知怎么弄到了一箱文件，里面记录的是所有雇塞拉斯·鲁特杀人的雇主的资料。他们还拿到了另一箱证据，证明塞拉斯和朱明所杀过的人确实都死在了他们的手里。塞拉斯那时年纪很大了。他们说，只要朱明逃跑，他们就会把塞拉斯吊死。"他不是圣人。"朱明说着艰难地咽了口唾沫，"但他不该落得如此下场。于是我就去修铁路了。我到那儿的第一天，发现那个老人坐在那儿，好像他一直都坐在那里似的，预言人们的死亡。你知道的，他这是给他们时间思考，好让他们做准备。"

"界外之人。"哈泽尔喃喃地说，像是在自言自语。

"界外之人。"朱明重复道，"那儿除了我、先知和狗娘养的工头，就没人会说英语了。我每天都问他塞拉斯·鲁特是否还活着。每天都是同样的答案。后来有一天答案变了。"朱明的眼睛闪着泪光，他别开了脸。"我就是那天离开的。"

"迪克森和波特兄弟。"哈泽尔一边掰着手指，一边数着名字，"还有凯利法官。你要杀死这四个人报仇。"

"是的。"朱明说，"迪克森在尤宁维尔，他现在是那里的治安官。照我估计，是他们派他去尤宁维尔看守铁路的，只要看到我，就去通知他们。但他没自己以为的那么聪明。我打赌，等了我这么久，他一定放松了警惕。波特兄弟在加州。就为了找凯利，我才和你们一起去里诺。"

他难道不想也把艾达的父亲杀死吗？哈泽尔问道。

"我不会这样对艾达的。"朱明说。

"你还爱她吗？"

"是的，"他说，"她是我的妻子。"

他们安静了一会儿。

"我也结过婚,"哈泽尔说,"那是很久以前的事了。"

"你还记得?"朱明问。

哈泽尔笑了。"我知道你向领班打听过我。"她说,"是的。是的,我记得。"

"他告诉我诺塔抹去了那些记忆。"朱明说。

"的确如此,但他并没有拿走所有的记忆。"她举起左手,"我有个习惯。我喜欢转动手指上的结婚戒指,就像这样……"她转动着手指上一枚看不见的戒指,"这样,我就能把注意力转移开。他去世后,我几乎每天都这么做,尽管我已经不戴戒指了。"她双手交叉放在膝上。"你的先知说得没错。"她说,"肉体不会忘记。渐渐地,回忆回来了。那天晚上我在埃尔科第一次见到你的时候,你看起来那么眼熟。"

"我当时以为你长得跟她一模一样。"朱明气喘吁吁地说。

"不,"哈泽尔笑着说,"是她长得跟我一模一样。"

朱明一脸茫然。

"你说得对,我们以前见过,"她说,"上辈子见过。"她凑过去吻了吻他。"疼吗?"

"伤口?"

"是的,"她温柔地说,爬上了朱明的床。她把一条腿跨过他的腰,跨坐在他身上,屁股贴着自己的脚后跟。"疼吗?"她又问。

朱明把一只手按在身侧。他摇了摇头,抬头看着她。"不疼。"

"好。"哈泽尔低声说。她脱下了朱明的裤子,用手握住他下面,然后他们一起动,双腿交缠,他手里攥着一把她的头发。老天,握拳可真疼。除了他们,全世界都安静了下来。

31

傍晚,他们回到了帐篷。斜阳在地上投下了长长的影子。戈麦斯和诺塔坐在马车顶上,眯着眼睛望着西边。普罗透斯在笼子里沉思。领班和先知从他们坐着谈话的地方站起来,走过去和他们两个打招呼。

"洛克伍德女士,"领班一本正经地说,"还有朱先生。下午好。"他从胸袋里掏出朱明的枪,交还给满心感激的朱明。"我建议你以后更妥善地保管自己的东西,朱先生。"

"谢谢。"朱明把武器装进枪套,向先知说话,"那个医生是你的朋友吗,老头儿?"

"他欠了一笔债,"先知答,"这是人与人之间的义务。"他把失明的眼睛转向哈泽尔。"现在他的债还清了。"

"这些谜语说够了。"领班插话道。他上下打量着朱明。"想必已经恢复战斗状态了吧?"

"是奇怪的鸦片治好了我。"朱明说着掀开衬衫,露出了身上的新伤疤。"我们最好去拉夫洛克，我想治安官已经派人来抓我了。"

"确实是这样。"领班说，"在发现你杀了那个人之后，治安官为了找你，几乎把整个镇子翻了个底朝天。他找到了一个华人。那个可怜的家伙长得和你一模一样。昨天下午，他就给那倒霉蛋戴上镣铐，傍晚就把他吊死了。"他拍了拍朱明的肩膀，咧开嘴笑了，"对所有人来说，朱先生，你已经被绞死了。"

他被自己的笑话逗乐了，不过别人都没笑，然后他吩咐两个小工准备好马车。两个人像一对无声的影子一样从马车上跳下来，照着吩咐行事。

一行人穿过小镇，朝前几晚过河的那座桥走去。经过镇广场时，哈泽尔捂住亨特的眼睛，叫他不要看。其他人也移开了目光，唯有马车嘎嘎吱吱地驶过坚硬的道路。朱明却忍不住盯着看。被绞死的人吊在孤零零矗立在那里的绞架上，脖子上套着吊索，双手被绑在背后，头歪成不自然的角度，脸颊凹陷。朱明现在才看清，那人还是个孩子，最多不超过17岁。他们绞死了一个孩子来代替他。

"朱先生，"领班在前面10码处喊道，"跟上。"

"朱？"另一个低沉的声音传来，声音里夹杂着不可置信的语气。一个戴着宽檐帽的男人从绞刑架下的阴影里偷偷走了出来。一颗黄铜星在他的翻领上闪闪发光。"真见鬼。"治安官说，"我在这儿坐了一天，就盼着别出什么意外。"

领班看到治安官,低声骂了一句,然后朝朱明的马走去。

"那么,挂在那儿的不是朱明,对吗?"治安官说。

"不是。"朱明承认。

治安官鼓捣了一会儿枪套,才掏出了枪。他把枪对准朱明的胸口。朱明没有动。

"你们先走吧。"朱明对领班说,"我会去追你们的。过了桥,向南走。我会跟着你们的痕迹走的。"

领班没有动。"别杀那个治安官,孩子。"

"走吧。"朱明说,声音里透着一丝冷酷,"带其他人离开这里。"

"从马上下来,中国佬。"治安官说。

"是。"朱明冷冷道。

领班转身走开了。

"嘿,"治安官叫道,眼睛瞟了瞟领班,"哪里也不能去。你协助逃犯,与其同谋,现在被捕了。而你,"他说,目光落在朱明身上,"你杀了人,也要被抓起来。"

朱明翻身下马。"他与此事无关。让他走。"

"我不相信。"治安官说。

"相信我,治安官,"朱明说,"我现在就可以杀了他。"

他拔出左轮手枪,把一颗弹丸射入了距离领班脚趾6英寸的地上。治安官畏缩了一下,朱明上好击锤,又开了一枪,这次打在治安官所站的地方。治安官跳了起来,眼睛里充满了恐惧，差点把自己的枪掉在地上。这时领班已经走了，只剩下他们两个人，被吊死的华人沉默而冰冷，在微风中轻轻摇晃。

"你还是个新手。"朱明说，"难道没人教过你，别人朝你开枪，你得开枪还击吗？"他向治安官走了一步。

治安官用双手紧握住枪，好把枪握稳，可瞄准朱明的时候，他还是哆哆嗦嗦的，枪管随着他的恐惧而来回晃动。"别再靠近了！"

"你把你的枪收起来，"朱明说，"我把我的也收起来。我们好好谈谈，像个成年人一样解决这件事。"他把双手举过头顶，枪在手指间晃来晃去。"看到了吗？"

治安官没有放下枪。

"治安官，我知道你是个新手。"朱明说，"所以你才吊死了那个可怜的华人。"他朝吊在绞刑架上的死人歪了一下头。"我想这是个无心之失。反正华人都是一个样，对吧？"他顿了顿，目光变得冷酷无情。"也可能你是个懦夫，治安官。"

"我不是懦夫，约翰。"治安官结结巴巴地说。

"把枪放下，我不会开枪的。"朱明说，"我发誓。"

治安官的眼睛瞪得老大，写满了惊恐，但他犹豫了一下，还是放下了枪。

"谢谢。"朱明说，他流畅地一甩手，把枪转了一下，重新握在手里，啪啪两枪打在治安官的腹部，枪声过后，治安官开始倒地。

武器从治安官手里滑落，他扑通一声摔在地上。朱明走到他倒下翻滚的地方，抬脚一扫，把治安官的枪踢得远远的。他把治安官翻过来，用一只穿着靴子的脚踏在他的胸口上，然后弯下腰看着他。那人的眼睛瞪得大大的，含糊不清地说着什么。

"仔细听好了，治安官，"他对呻吟不停的治安官说，"我来教教你怎么当好治安官。"朱明用一只有力的手抓住治安官的下巴，直视着他的眼睛。"第一，永远不要相信罪犯。"他说。

治安官的呼吸非常急促，眼睛里燃烧着怒火，他无力地朝朱明的脸吐了口唾沫，吐出来的既有血也有唾液。朱明转过头，把脸擦干净。他靠在膝盖上，凝视了一会儿地平线，靴子仍然把治安官紧紧踩在地上。周围一个人也没有。

"喂，治安官，大家都到哪儿去了？"

治安官咯咯地笑了，双手抓着朱明的靴子。

"对了。"朱明低头看着他说，"今天是礼拜天，对吧？"他自顾自地点点头。"大家都休息了。"他站起来，把靴子从治安官身上拿开。那人翻了个身，咳嗽起来，血从嘴里喷出来。"我有个主意。"朱明说，"你有刀吗？"朱明拍拍治安官的裤子，掏出一把鲍伊猎刀。他吹了声口哨。"好人。"他说。他抓住治安官的手腕，把他拖到绞刑架下，一直拖到被吊死的人的正下方。"在这儿等着。"他对垂死的治安官说。他抬起手，把猎刀插进活板门的铰链，直到刀刃卡住，足以承受他的体重。"我马上回来，治安官。"他说着爬上了绞架平台。

朱明拔出刀，站起来，与被绞死的人面对面。死者的眼睛睁得大大的，布满血丝，从脑壳里凸出来，随着尸体在微风中轻轻摇晃，缠绕在他脖子上的绳子发出嘎吱的声响。

"归去吧。"朱明低声说道。然后，他用刀子快速地砍了几下，把男孩头顶上的绳子砍断。尸体从开着的活板门掉了下来，砰的一声落在治安官身边。接着传来一声短促而惊恐的尖叫。朱明俯身向活板门，盯着那两个在地上皱成一团的人。死去华人的双手仍被紧紧地绑在背后，他的尸体坠到地上，四肢的关节都断了。治安官被压在男孩的尸体下，他虚弱得甚至无法将尸体移开。

"第二，治安官，"朱明向下喊道，"不要绞死没有犯罪的人。"

治安官用仅余的气息再次尖叫起来，徒劳地推了推尸体。

朱明下了绞架的小台阶，骑上马。"再见，治安官。"他说，装出一副殷勤的样子，向他轻轻地抬了抬帽子致意，然后策马奔向马车所走的方向。

32

朱明骑马向南,太阳在天空中逐渐西沉,脚下的大地吸满了雨水,看起来依然黑乎乎的。山上一道道光亮的痕迹是这场风暴留下的另一个迹象,而古老的印第安小径在这场突如其来的暴雨中几乎都被擦去了,现在,无数条满是淤泥和沙子的线路纵横交错,印第安人的痕迹基本上已经无从辨认了。但是,马车穿过这些小径,留下了深而闪光的车辙,朱明便沿着这些痕迹蜿蜒而下,进入了广阔的荒原。

他穿过索诺马峰和西部无名山脉之间层层叠叠的宽阔山谷。他前面时而出现不到一英寸深的巨大浅水坑,里面的水晶莹剔透,遇到这种地方,车辙就消失了,过了水坑再度出现,仿佛马车、驮马和所有人都像鹅卵石一样从水面上滑了过去。

他不由自主地琢磨,肚子上被打出两个血窟窿的新手治安官现在怎么样了。要是他能在一个钟头内找到人帮他,那他或许还有救。一个人中了枪,到底能不能活,向来都没有定数。

朱明回忆起多年前他为塞拉斯杀过的一个人，那时塞拉斯还没有踩着朱明为他解决掉的对手的尸体，爬到掌权位置。那时候还没有人低声骂他是塞拉斯·鲁特的狗，人人都道他是幽灵中国佬，找上蠢货和受诅咒的人，给他们带去死亡。

那次刺杀的目标是一名律师，也许是一名检察官。他记不清了。他只记得第二天塞拉斯差点儿把他的房门撞开，他勃然大怒，大喊那个人凌晨跑去了诊所，神志不清，只剩下了半口气。朱明朝他的腹部开了六枪。这当然足以杀死他。他还记得，当得知那个人终于因为高烧不退而死时，他不禁长出了一口气。这么看来，肉体可能存活，也可能消逝。

朱明专心地注视着周围的风景，沉浸在富于节奏的颤动的马蹄声中。要是年轻几岁，他肯定会把那个治安官大卸八块，把他的脚踝绑在马身上，将他拖过这片地方，活活拖死。以眼还眼，以牙还牙。但现在，他的膝盖开始隐隐作痛，早上手指还会变得僵硬。他虽是界外之人，却依然是凡人肉胎。被他们在广场上吊死的那个人太年轻了。也许他会问问先知那个治安官死了没有。但此时问什么都晚了。

或许他不会问。

等他赶上其他人的时候，天已经黑了。他是发现了营火的微光，才找到他们的。他驱马上前，突然听到步枪上击锤的声音。是戈麦斯，他手里拿着一把亨利步枪，正注视着瞄准器。

"放松，"朱明叫道，"是我。"

他下了马,来到篝火旁,与其他人会合。戈麦斯把步枪放在一边,递给他一份咸牛肉和饼干。

"你杀了他?"领班说。

"我想是的。"朱明答,"不过,请注意,我离开他的时候,他还没有死。"他掰下一块牛肉啃了起来。

"你对他做了什么?"哈泽尔问道。

"给了他两枪。"

"他没有还击?"戈麦斯说。

"他还是个新手。估计当治安官还不到一个月。被他绞死的那个可怜鬼长得一点也不像我。"朱明把剩下的食物塞进嘴里,用水壶里剩下的水冲了下去。他咽了口唾沫,清了清嗓子。"好吧。"他宣布,"明天还有很长的路要走。光是上山的山路就有7英里,还要穿过山口。"

"然后呢?"领班问。

"见鬼。"普罗透斯插话道。他面无表情地脱下帽子,快要熄灭的火光照亮了他的脸,从某些角度来看很诡异。

"去丹格伦,"朱明说,"那里是个采银矿的小镇。"

"我们还以为要避开城镇呢。"普罗透斯说。

朱明往沙子里吐了口唾沫,擦了擦嘴。"周围好几英里都没有水,但他们在丹格伦打了井。"

"你有没有把那个坏治安官修理得号啕大哭?"普罗透斯脱口而出。

"这跟你有什么关系?"朱明说。

"难道我们不配听听故事吗?"他微笑着说,环顾四周,好像在等待其他人的附和。而其他人似乎都不想听。

朱明把身后地上的鹅卵石拨开,展开铺盖。"我不会讲故事。"他说。他二话没说就躺下,很快便沉沉睡去,一夜无梦。

33

第二天早晨,阳光明媚,空气非常清新,在蒸发的露水中,他们继续赶路。他们向西前进了两个小时,进入了山里,沿着一条废弃的印第安小道穿过山峰,现在只有疯狂的银矿勘探者才会到峰顶来。这条小路在山脚下曲折延伸,最后逐渐收窄,如同岩壁上一条锋利的线,宽度勉强够马车通过。

他们在狭窄的小路上只走了一小会儿,哈泽尔就招呼其他人停下。亨特在马车里呜咽着。在阴影重重的车厢里,领班俯下身体,低头向他比画着手语,男孩呼吸急促,一副怯生生的样子。他们聊了一会儿,最后领班点点头,向大家宣布亨特是害怕马车从小径边掉下去,该死,他简直吓得魂不附体了。

"他不能下来走走吗?"普罗透斯说,"还要走多远?"

"7英里。"朱明说,"其中5英里都是上山的路。"他指了指那条蜿蜒穿过山口的小路。

"不太远。"普罗透斯说,"让他下来走。"

"他只是个孩子。"哈泽尔责备道。

"那就让他待在马车里吧。"异教徒说,"真搞不懂有什么好大惊小怪的。"

他们安静了一会儿,只听到男孩轻轻的抽泣声。

"我有个主意。"朱明说,他问哈泽尔会不会骑马。

"会。"她说。

"没有马鞍也行?"他补充道。

她点了点头。"是的。"

"很好。你和那孩子一起骑马。来这里。"朱明抬腿跨过马背,下了马。他解开马鞍上的搭扣,把马鞍从马身上取了下来。哈泽尔和男孩沿着小路侧身经过马车,走到他身边,经阳光暴晒,男孩的眼泪成了一道道盐渍。他现在笑了。领班似乎被逗乐了。

"给你。"朱明交叉着手指说,"我来帮你上马。"

哈泽尔笑着挥挥手,示意没这个必要。她一把抓住马鬃毛,身体腾空,跨坐在了马背上。马向前迈了一小步,竖起耳朵。她把散乱的头发往后一拢,低头朝朱明咧嘴一笑。亨特抬头盯着他们。哈泽尔向他打了手语。"把他抬上来。"她对朱明说。

他照办了,哈泽尔伸手把男孩拉上了马。亨特似乎吓坏了。

"看来他从没骑过马。"朱明说。他对男孩露出一个温暖的微笑。

"谢谢你,朱先生。"男孩用他那奇怪的腹语说。

"你没有帽子吗?"朱明对男孩说,紧接着便住了口。他瞥了哈泽尔一眼。"他没帽子?"

男孩不解地盯着他。朱明做了个戴帽子的动作,还徒劳地指了指男孩。男孩眨了眨眼睛。你有帽子吗? 帽子。朱明指了指自己的帽子,又指了指男孩的脑袋。你有帽子吗?

"没有,先生。"男孩说。

"嗯,那可不好。"朱明若有所思地说,"不出一个小时,你就会被活活烤熟了。"他想了一会儿,就把自己的帽子递给了男孩,后者敬畏地盯着他手里的帽子。"告诉他把帽子戴上。"朱明对哈泽尔说。

她从亨特手里夺过帽子,戴在他头上。太大了。帽檐从他的头上垂下来,遮住了他的鼻子。

哈泽尔哈哈大笑。多么动听的笑声啊! 她把帽子向后拉了拉,让男孩能视物。"看起来有点傻。"她笑着说。

"很像牛仔。"朱明一本正经地说。

男孩转过身来面对着哈泽尔,帽子差点儿从他的头上掉下来。他飞快地抬起一只小手,按住了帽子。"朱先生不需要帽子了吗?"他说。

朱明摇了摇头。"不用了。"他说,"告诉他,他戴起来更好看。"他转向在他们后面等着的其他人。"走吧。"他说。

他们排成窄窄一队,继续沿着小径行进,朱明和两个骑着马的人走在一起,先知骑着他的花斑马,马车在后面,领班赶着驮马，另一个他坐在他旁边，无精打采，脸色苍白。诺塔和戈麦斯走在最后。天越来越热，炽热的光线径直照射下来。山上连一点阴凉的地方都没有。这条小路蜿蜒进入两座无名山峰之间的一个光秃秃的风坳，他们在那里停下来吃午饭，计划后面该怎么走。此时是中午。驮马汗流浃背，喘气时鼻孔张得老大。西边，绵延无尽的干旱盆地将他们脚下这座山脉和下一座山脉分隔开来，在那之外，天地间笼罩着淡淡的灰色雾霾，那是远处的火焰产生的烟雾，这片山脉的下方是一片青翠的绿色。那里便是拉夫洛克及其绿洲。参差的暴风云随意地散布在广阔的大地上，阳光穿透乌云，像柱子一样照在阴影斑驳的荒原上。

在正午火烧似的酷热中，他们穿过风坳，从另一边下山，逐渐接近丹格伦，那里有一片人类活动的痕迹，四处尘土飞扬。他们沿着弯弯曲曲的小路往前走，人类活动的痕迹变得越来越大，最后他们被其吞没，人、马和马车，从上到下被螺旋羽状的黄色尘埃包围了。

34

"自从我们来到这里,我还没见过基督徒呢。"领班靠在马车上,抽着烟斗。他慢慢地吸了一口。"我估计这个镇上有两三百名你的同胞。"

他们周围有几十个华人矿工,在镇广场上走来走去,不说话,样子疲惫不堪,工具在腰间叮当作响。

"他们不是我的同胞。"朱明放下从井里捞上来的一桶水,把打开的水壶浸在水里,看着气泡往上冒,感觉它在手里越来越沉。

"他们是中国佬,不是吗?"领班说。

朱明冷冷地看了他一眼。"是。"他终于说。水壶装满后,他塞上瓶塞,装进背包里。然后,他把水桶放下来喂马。

"外邦人在哪里?"领班说,一边拿着烟斗指着城里各处,"基督徒呢? 伟大美国的虔诚信徒呢?"

"你是说白人。"诺塔说。

"就是白人。"领班说,"他们在哪儿?"

"他们走了。"先知插嘴说。

领班看着他。"走了?"

"走了。"先知弯下腰捏了一把尘土,尝了尝。"因为这些山里没有埋着银子。"

"那么,这些中国佬在挖什么?"领班问。

"石头。"先知说。他站起来,让手里的尘土落下。"很快,连石头也会消失的。"

"那到时候矿工们怎么办?"说话的是哈泽尔,她目不转睛地盯着先知,看着他瞎了的眼睛扫视着四周。

"到那时,这个小镇就会消失,被大地掩埋。"老人说,"假以时日,建筑将被尘封。假以时日,野草将在道路上生根,融雪将填满空空荡荡的矿区。假以时日,什么都不会剩下,只有时间在流逝。"

他们陷入了沉默。只有很多双脚经过的踏踏声,鹤嘴锄和岩锤碰撞在一起的叮当声。

"这里太凄凉了,老头儿。"普罗透斯说。

领班大声嚷嚷着把他的烟斗在马车轮子上磕了两下,余烬掉进了苍白的沙地里。他用靴尖把它们踩碎。"我们今晚给他们表演一场好吗?"

戈麦斯和诺塔点点头,开始从马车上卸帆布。

领班挥手示意没这个必要。"今晚不需要支表演帐篷了。拉上舞台侧翼的帘子,再搭个小帐篷给洛克伍德女士表演完奇迹换衣服就行了。"他朝哈泽尔眨了眨眼。

众人忙活了起来。普罗透斯爬回他的笼子,刹那间又恢复了异教徒的模样。没有人理睬他。太阳已经降到地平线了,暮色正聚集在小木屋的屋檐上,聚集在水井里。领班一边点灯,一边轻声吹着口哨,在原始的舞台上围着灯打转。矿工们开始在灯光边缘徘徊,盯着井边的这群陌生人。

"让他们知道我们有演出,好吗,朱先生?"领班叫道。

"我们现在要表演。"朱明对着人群重复道。他们的神情很茫然。

"用中文说。"领班说。

"我不会说中文。"朱明道。

领班摇了摇头,难以置信地咯咯笑着。"当然。我真荒唐,居然以为你会说中文。你呢,老头儿?"领班对先知说。

"不会。"先知说。

"你在内华达山脉就说得够好了。"朱明道。

"以前确实是。"先知说。他把失明的目光转向领班。"可是我忘了。"

"好吧。"领班说,"我自己来。"他向聚集在光池外的一小群矿工示意。"你们坐下,"他说,"你们坐下。"没有人动。"来看看,看看,看看。"他咯咯地说。

还是没有人动。

"朱先生，"领班说，"你为什么不坐下来，给这些人示范一下应该怎么看魔术表演。"

"你还没有打开座位呢。"朱明说。

"那好吧，"领班说，"我想你只能坐在该死的泥土上了。"

朱明盯着领班看了一会儿。最后，他用靴子把脚边一块地方扫干净，坐了下来。

领班夸张地挥舞手杖，咔嗒咔嗒地敲打着离他最近的马车车轮的辐条。他再次向矿工们伸出双臂，他们羞怯地走了过来，眼睛在黑暗中闪闪发光，脸上很脏，蹭着一道道泥土。他们匆忙地坐在了硬邦邦的泥土地上。

"第一个奇迹！"领班宣布道。

舞台小工拖出普罗透斯的笼子，接着便退到一边。观众中爆发出一阵陌生的语言。矿工们向前探着身子，注视着蹲在笼子里的普罗透斯。在矿工们的注视下，他挺直身体，矿工们都往后退。

"明，"领班叫道，"到这里来。我们需要一位志愿者，向诸位先生们展示普罗透斯的本领。"

朱明站起来，掸去裤子上的灰尘。他穿过人群，走到充作舞台的小空地上，走近关在笼子里的普罗透斯。在昏暗的灯光下，异教徒的眼睛显得又大又黑。

"看！"领班大声对观众说。然后，他又说起了乱七八糟的语言："看他。"然后指着普罗透斯，朝朱明咧嘴一笑。

朱明面对着普罗透斯，慢慢抬起手臂。刺青异教徒的粗壮手臂也同样抬了起来。一个人把手放在下巴上，动了动下巴，另一个也照做。朱明眨了眨眼睛，普罗透斯变成了一个华人。观众之中出现了一阵骚动。朱明眯起眼。普罗透斯的外形和他完全不一样。朱明与他对视一眼，迅速而克制地摇了摇头。普罗透斯也做了同样的动作，瞬间他又变了，这次变成了另一个华人的模样，依然和朱明一点也不像。普罗透斯再次变化，还是毫无相似之处的复制品。矿工们开始窃窃私语。

"那不是我。"朱明脱口而出。

领班大步走到笼子前，朝里面看了看那个赤身裸体站在笼子里的小个子华人。"普罗透斯。"领班恶狠狠地低声说，"你的本事丢了吗？"

笼子里的华人摇摇头，再度变化，这一次变成了一个身材瘦长的华人，背上搭着一条编得紧紧的辫子。

"老天，伙计，"领班嘟囔着，"那还差得远呢。"

朱明从笼子边上走开，笼子里的人看着他走开。

领班站在朱明的位置上，盯着异教徒。普罗透斯没有动。"变！"领班咆哮着，用手杖敲打着铁栏杆。

普罗透斯痛苦地弯下身子，倒在地板上，他的身体闪过了许多形态，最后恢复了原形。他喘着粗气，抬头看了看站在一边的领班。终于，他的呼吸放缓，他又站了起来。

"变。"领班命令道，声音冷冰冰的。

矿工们沉默不语。普罗透斯把一只满是文身的胳膊伸出铁栅栏,手心朝上。领班把手杖递到他的左手,然后用右手紧紧地握着异教徒的手。普罗透斯打了个寒战,又变了身,这次变成了领班的模样。这两个人站了一会儿,就像一个人在盯着自己离奇的倒影。领班松手,普罗透斯摇摇晃晃地后退了半步,瘫倒在笼子的角落,精疲力竭。诺塔和戈麦斯从黑暗中走出来,把笼子拉回到灯光以外。四周一片寂静,只有沉重的铁笼在泥土上滑动的刺耳声音。

"你们中国佬不知道什么时候该鼓掌吗?"领班一时失去了镇静,咆哮道。他勉强笑了笑,向朱明做了个手势,并拍了几下掌,似乎是为了证明,这种声音在夜晚听来是多么奇怪而空洞。"朱先生,你的同胞们似乎无动于衷。也许他们会喜欢下一个节目。"他示意朱明坐下。"好了。"他说,右手又拿起手杖,大步走向舞台中央。亨特走上了舞台,看起来有点胆怯。领班用手杖指着男孩,用他那乱七八糟的混杂语言对人群讲话。"看哪! 第二个奇迹!"

"我叫亨特·里德。"男孩说。观众的脑袋扭来扭去,想找出男孩声音的来源,但没有找到。"我小时候得了疟疾,"男孩继续说,"我的父母准备埋葬我。"

领班拍了拍亨特的肩膀,向他做了个手势,示意跟矿工们说英语没用,他们听不懂。于是,男孩又转过身来,面对着观众,开始用清脆而微弱的声音唱起歌来。他的嘴唇没有动。坐在朱明面前的人转过身来,问了朱明一个他听不懂的问题。朱明不解地瞪着他。那人重复了一遍问题,指指朱明,又指指站在舞台侧翼的先知,但见先知沉默不语,沉浸在黑暗中。那人又说了几句中文,他的话是升调,可知他是在提问。朱明摇了摇头。他估摸每个人的脑子里都像他一样,充满了男孩的歌声。离朱明不远的一名矿工用中文喊了亨特一声,可惜男孩既听不到声音,也听不懂中文。

领班捂住耳朵,做着不发声就能说话的手势,还指着自己的嘴。"他听不见,也不会说话。"

亨特唱完歌,微微鞠了一躬。领班再次鼓掌。其他人却没有。领班对着矿工们愤怒地摇了摇头。哈泽尔徘徊在灯光明亮的舞台边缘,等待提示上场。

"我们的节目到此结束。"领班宣布,挥手示意哈泽尔不必上台。"我们表演完了。"他说,他五官扭曲,形成了一种残忍和嘲讽的表情。矿工们没有动。"演完了!"领班喊道。

最后,观众们开始起身离去。很快,镇广场上就空无一人,只有朱明和魔术团了。

"不演第三个奇迹了?"朱明问。他仍然坐着。

领班一挥手,指了指走开的矿工。"给这些天神表演,简直就是浪费煤油。"

"随你的便。"朱明说。他站起来,伸展了一下蜷缩的四肢。"先休息一会儿,然后把东西装车,我们趁夜上路。现在白天太热，不适合赶路。"

领班考虑了一下，同意了，其他人都躺在铺盖上休息。很快就只剩下先知、朱明和领班还醒着。朱明向他道了晚安，招呼老人跟他到马车那里去取他们的铺盖。

"没想到你居然不愿意在这里过夜，朱先生，"领班在他身后喊道，"毕竟这里都是你的同胞。"

朱明停下来，让先知先去。他走回领班站着的地方，盯着他的脸。就像抱起一只刚出生的小猫一样，朱明一个闪身，用手揪住领班的后脖颈，强迫他弯下身子，手指用力压着领班头盖骨底部脆弱的神经。他弯下腰，对着领班的耳朵说话。"你给了我一大笔钱，让我把你们安全送到里诺。"他轻声说，"我一定会做到。不过我还不至于为了那笔钱什么都能忍，你听到了吗？"他把领班拉起来，手仍然紧紧地掐着他的后脖颈，以至于领班喉咙上的纤薄皮肤绷得很紧，他都快要窒息了。"我要去尤宁维尔找一个人算账，但我不介意先杀了你，如果你还满嘴胡言的话。所以好好听我说，伙计。别再说那些华人是我的同胞了。"朱明低吼道，"愿上帝帮助你，愿上帝帮助你，别再让我听到你这么说了。明白了吗？"

"是的。"领班哽咽着说。

"很好。"他放开领班，后退了几步。那人咳嗽起来，用手揉着后颈。朱明笑了笑，用力拍了一下他的肩膀，差点把他撞倒。"很高兴我们能相互理解。"

领班的脸上浮现出一种奇怪的表情。有一会儿两人都没说话。最后,领班迎着朱明的目光,突然笑了。"朱先生,"他说,"我欣赏有话直说的人。"

35

在一轮圆月下，诺塔把一桶桶水绑在马车上，他们又出发了。他们穿过丹格伦干燥的峡谷，走到闪闪发光的盆地里。这里没有树木或巨石的阻挡，风不停地刮着，风声充满了他们的耳朵。夜里寒意逼人，哈泽尔让男孩睡在马车上，自己陪着朱明一起走，先知骑着花斑马跟在后面。朱明准备下马，让哈泽尔骑在马上，但她摆摆手，示意没这个必要，让他留在马鞍上。她愿意活动一下腿脚。这次交流后，他们默默地走了一会儿，夜色在他们面前展开，风拂去了他们在坚硬的盐碱地上留下的脚印。

众所周知，在月光下，世界呈现出一种次要的角色，它的声音低得人们甚至都无法听到。马车发出的嘎嘎声时高时低。脚下的小径像一条无头蛇，盘绕又散开。光线一直都很昏暗，空洞的世界在重叠的层次感中闪烁，阴影摞着阴影。大地将自己遗忘了。

在这样的地形中穿行，可谓一次朝圣之旅。人朝着西方的地平线前进，越走，那片地平线就越在无限后退。在某些日子里，感觉像是在穿梭于一个已经废弃的世界，无论是色彩，还是气息，通通都减弱了。这片由石头和灰尘组成的贫瘠的大地让人难以理解，犹如一座座丰碑，却脱离了创造它们的记忆。若是处在合适的角度，当光线即将消失时，行者会忽然顿悟：他所穿越的这个世界，只是某个苍老、早已消逝的神明的返祖现象，是某种巨大、超然、最终化为乌有的努力渐行渐远的回声。

最终只剩下这片荒原，处在无穷无尽的匮乏之中。

"你还爱你丈夫吗？"朱明开门见山地说。

"是的。"她毫不犹豫地说。

"他叫什么名字？"

她苦笑了一下。"不记得了。"

"看来诺塔干得不错。"

"是的。"她说，拍了拍自己的头，"纳瓦霍人所做的谈不上完美，但他确实夺走了他的名字。"

"我很遗憾。"

"我也是。"

好长一段时间两人都没有说话。月亮已经越过了天顶，呈弧形向地面下滑。

"跟一个杀人犯在一起，你一点也不觉得困扰吗？"朱明问。

哈泽尔大笑两声。"一点也不。"

朱明张开嘴想说话，又决定不这么做。告诉她也没用。

但哈泽尔还是凭直觉猜到了。"这让她很困扰，"她说，"你的妻子。"

"确实如此。"朱明说，"但这并不全是她的责任。我以为我可以不告诉她，她也不必知道。后来她还是知道了，见鬼……"记忆让他难以承受，他的声音低了下去：那天艾达在挂画，是画着花朵图案的小幅水彩画。她的锤子敲在假墙上，声音很空洞，敲在真墙上，声音则很坚实。他早该知道的。她是那么聪明，她一直是那么聪明，这是他喜欢她的原因之一。她只花了一个下午，就想明白了通过隐蔽的铰链，就能打开密室的墙，就这样，他的秘密暴露了。他回到家，发现原本塞在木框架间细小缝隙里的钱都被拿了出来。艾达坐在地板上，面无表情，周围是散落的钞票、文件和小纪念品，是他做了那么多工作、干掉那么多人积攒起来的。太多了，她说。

朱明凝视着朦胧的地平线。"她说也许她根本就不了解我，说我骗了她。她还说了其他很多话，其实应该说是在尖叫才对。"

两人沉默了一会儿。

"我应该告诉她的。"他像是自言自语地说。他清了清嗓子，把目光转向西边。"艾达对我为塞拉斯所做的事略知一二。她父亲没让她插手他的生意，这一点他做得很好。在他第一次带她出来露面之前,甚至都没人知道他有个女儿,而那时她已经被许配给吉迪恩了。"

他不由自主地想起了多年前第一次见到艾达父亲的情景,那时还不曾有人想到要修铁路。那时,他只是个孩子,还在用气步枪射击铸铁板,在果园的一排排果树之间徘徊,而不是潜入别人的院子。艾达的父亲来牧场见塞拉斯,想雇他在萨克拉门托干几件生意。就在他们面谈的时候,朱明跑进了塞拉斯的办公室:他的气枪卡住了,他需要塞拉斯帮忙重新装填气罐。但他意识到自己打断了他们的谈话,便红着脸躲到塞拉斯后面道歉。随后,塞拉斯介绍了他。塞拉斯教过朱明在见客户时该怎么说,他照着说了。艾达的父亲带着不满和好奇的目光看着他,然后对塞拉斯说,他的狗学东西很快,英语说得比他想象的还好。接下来发生的事,是朱明记得的为数不多的几次看到塞拉斯发脾气。塞拉斯拒绝接下艾达父亲的生意,还把他赶了出去。在你自己家里,没人可以这么跟你说话,孩子。许多年后,朱明和艾达在一起,才再次见到那个男人。

"他是干什么的?"哈泽尔问,把他从沉思中拉了回来。

"捞钱。"朱明说,"还能干什么呢。"他指了指荒原另一边的黑暗地平线。"他们说铁路里的油水是你根本想象不到的。建造、铺设、爆炸,这样一动,钱就来了。修建铁路的土地以及周边的土地,都是钱。唯一没有钱的就是华人的口袋。对这一点,波特兄弟最清楚了。艾达的父亲知道,中太平洋也知道,他们雇他就是为了让他知道这一点。和他比起来,塞拉斯在萨克拉门托经营的生意就算不得什么了。多出很多个零呢。但他总是保护艾达,不让她看到较为丑恶的一面。所以她才对我的所作所为耿耿于怀。他说我是凶手,是魔鬼。"

"你知道吗,你也是和一个杀人犯在一起。"哈泽尔说。

"什么?"朱明问。

她曾经杀过一个人,哈泽尔这样说。那是很久以前的事了,在奥马哈。当时是深夜。表演结束后,她丈夫去了酒吧,她在计算晚上的收入。有个醉汉朝她冲过来,一把抓住了她的手腕。那天晚上早些时候,这个人来看过她的表演,他现在是来告诉她,他想再看看她穿着烧焦裙子的裸体。然后他把一瓶威士忌全倒在她头上,跟着解开腰带,把裤子脱到脚踝。哈泽尔说着,厌恶地做了个鬼脸,打了个寒战。那个男人让她到火边去,把衣服重新点燃,这样他就能看到她的裸体了。就这样,她把他拉进了火里,按住他不放,就这么足足烧了两三分钟。那人已经烂醉如泥,根本叫不出来。哈泽尔按住他的后脑勺,把他的脸按在炭火上。

她现在用手势学做那个动作。"那种声音怪怪的。"她说,"我告诉治安官,事情发生时我不在场。治安官看着那个男人,他的脸在火坑里烧黑了,起了很多水泡,他摇了摇头,说,醉汉常常掉进火坑里,这只能怪他们自己。"哈泽尔抬头看了朱明一眼。"把水壶递给我,好吗?"她说,"我渴死了。"

朱明解开水壶的皮带扣,递给哈泽尔。她喝了口水,擦擦嘴,把水壶还给了他。

"在那之前或之后,你还有没有杀过人?"朱明问。

"没有。"她说,"只有这一个。没你杀得多。"

他低头看着她。在青色的朦胧月光中,她的表情令人难以捉摸。"200。"他低声说。他眯起眼睛继续盯着黑暗,但无济于事。"照我估计,我杀了200来个人。"他能辨认出她的头顶在他的马镫旁晃动。这会儿,她抬头看着他,双眸在月光下闪闪发光。"你不觉得这是个困扰吗?"

"你是个好人,明。"哈泽尔说。

"我不是。"

"我一眼就能认出谁是好人。"她说,"你就是个好人。在这个世界上,有很多事情比人类的生存和死亡更糟糕。"

36

太阳升起后不久，一行人到达了尤宁维尔，天地万物褪去了青色，崭新的一天开始了。在小镇郊区的一家小酒馆里，领班付钱租了房间，还买了早餐。

朱明没有吃。他盘腿坐在房间的地板上做准备工作。首先是左轮手枪。这是一支很耐用的小雷明顿左轮手枪，泥巴、雨水、鲜血和火药，它都经历过。有一会儿，他只是把枪握在手里，对着它惊叹不已。他读着枪筒上磨损的铭文。1858年9月14日获得专利。铣床和车床制作。这支枪是塞拉斯·鲁特花20美元从一个北方联邦逃兵那里买来给他的，那个逃兵骑马来到萨克拉门托，口袋里没有别的东西，只带了这把枪。比他之前用的那把总出毛病的沃克·柯尔特好使得多。那把该死的枪很重，光是砸在人的脑袋上，就能把人砸死。更不用说用它杀人了。用那把枪，可以在5码开外把一个人的脑袋轰掉，包括头骨在内，什么都不剩，只剩下自己的耳朵被震得嗡嗡响。它的威力太大了，在一次任务中，那把沃克枪自己炸成了碎片，还在朱明的手背上留下了闪动着光泽的烧伤痕迹。他当时痛得紧咬牙关，用左手干掉了那个混蛋，他笨拙地用刀砍对方，平时握枪的手攥成拳头举在胸口，血流满了地板。他把雷明顿左轮手枪放下来，检查沃克·柯尔特枪那天在他的指关节上留下的紧绷伤痕。塞拉斯给了他一种臭烘烘的膏药，让他涂在烧伤处，说这样可以防止他的手发黑，整个烂掉。他是对的。朱明紧握着自己的手。握紧拳头仍然很痛。他又拿起雷明顿手枪。现在，这东西就是一块铁，是他非常熟悉的一件武器。它救过他的命，也夺走过许多人的命。是把好枪。

朱明松开装填杆，向前滑动旋转弹膛释放销，在旋转弹膛落下时将其抓在手里。他用一块抹布的一角蘸上煤油，把弹膛擦干净，闪动着光泽。光线从高高的窗户斜射进来。他把枪全部拆开，直到最后一颗螺丝钉，动作缓慢，有条不紊。他将较小的零件浸泡在一个浅罐的煤油中。至于大的零件，他均一一擦拭干净。清理完毕，他把枪组装好，将旋转弹膛滑回，把枪装入枪套。他站起来练习了几次掏枪。都是熟悉的动作。朱明坐回去，小心翼翼地把每个弹膛都装满弹药，用装填杆把每个弹丸都压紧。细小的铅屑飘到了地板上。做完这些，他在每个火门上都装了黄铜火帽，然后把枪举到耳边，转动旋转弹膛，轮流听六发子弹的金属碰撞声。只有上好油的机械通过制动器的声音。枪准备好了。

第二部分　旅

他把枪装进枪套，拔出了道钉。他拔道钉的动作仿佛它是被弹簧弹出来的，他的手每次都在空间的同一点上移动，将道钉的尖端滑过磨刀石。他每次磨道钉，它就变短一点。他估计这件武器以前大概有五又四分之三英寸长，现在则只有五英寸半了。他放在一边的那根细蜡烛慢慢地燃烧到了他握着的烛身部分。他不知道是否应该用生皮捆扎住道钉的上半部分，以便于抓握，不过在这个鸟不拉屎的小镇上，天知道能在哪里找到生皮。

道钉在阳光下闪闪发光，他把粗糙的铁表面磨得银光闪闪。他用手掂了掂，在空中抛起来又接住。

人若信任自己的工具，便是一种快乐。

他躺在光秃秃的木地板上，闭上眼睛休息。过了几个钟头，他醒来时，窗外暮色渐浓，先知也来到房间里，一动不动地坐在他身边。朱明问他迪克森的大限到了没有，老人断言说到了。然后他问自己是否可以拼尽全力去战斗。

先知没有回答。朱明盯着他那张苍老的脸看了很久，想再问一遍，但他知道不会得到答案了。有那么一会儿，他想把道钉尖放在先知的鼻孔下，看看他是否还有呼吸。然后他站起来感谢老人。

当朱明走下楼梯准备离开时，他听到身后响起一阵急促的脚步声。

"等等！"一个声音在他的脑海里响起。原来是亨特，一手高举着朱明的帽子。他追上朱明,把帽子按在胸前。朱明拿回帽子戴在头上,还揉了揉男孩的头发。他谢过亨特,便走开了。他发现外面的夏夜很凉爽,四下里非常静谧。

朱明准备好了。

37

朱明打听到治安官正在镇东的一家酒馆吃晚饭。他把帽子拉下来遮住眼睛,走了进去。

酒保跟他打招呼,看了一眼他腰上的枪。"这里不能带武器。"他说,"把那把铁器交给我保管吧。"

"我不会待太久的。"朱明说。

"那不关我的事。"酒保说,"这里不能佩带武器。没有例外。"

朱明大步走到吧台前,把一张5美元的钞票放在柜台上,滑过去给酒保。"我不会待太久的。你就不能对这种轻率的行为睁一只眼闭一只眼吗?"

酒保盯着钱看了一会儿,又仔细端详着朱明,想把他模糊的五官看得更清楚些。"好吧。"他终于说,"至少摘下帽子,让大家看看你是谁。"

"好吧。"朱明说着摘下帽子,同时别开了脸。他低着头,希望没人认出他的脸。

酒馆里光线昏暗，尘土飞扬。在另一头，他看到治安官在桌边喝着一杯威士忌。

"迪克森。"朱明低声说。

坐在桌边的人抬起头来。"我能帮你吗，伙计？"他抱怨道。

"我想是的。"朱明说着，在治安官对面坐了下来。

查尔斯·迪克森警惕地看着他。"你不是离家远游了吗，约翰？"

"我不叫约翰，迪克森。"朱明拔出枪放在桌上。

迪克森盯着枪看了一会儿，然后抬头看着朱明，疑窦越来越深。他的目光不稳，有些犹豫。朱明猜到他手里的酒肯定不是第一杯。

"你不应该把它放在这里。"治安官说着晃了晃酒杯里的威士忌，把剩下的酒倒进喉咙，双目一直盯着枪。这会儿，他用手背擦了擦嘴，舒舒服服地坐到座位上。"告诉你吧，中国佬。"他说，"要是你再给我拿一杯酒来，我就当没看见。"他的舌头都短了，说起话来有些含糊不清。也许再喝几杯酒，他就该从座位上摔下来了。这个人放松了警惕。

"你不配拥有那枚徽章。"朱明说着，朝别在他衣领上的铜星点了点头，"我想如果尤宁维尔的良民知道你干过什么，一定会把它从你的衣服上扯下来。"

迪克森俯身向前，用手搓了搓脸，让自己清醒过来。他端详着朱明的脸。"小子，你到底是谁？"他咆哮道。

"别装了。"朱明责备道。

突然，治安官脸色发白，脸上掠过一丝恐惧。"不可能。"他低声说，"塞拉斯·鲁特的狗。几个礼拜前，他们在温尼马卡已经把你绞死了。"

"他们吊起来的人不是我。"朱明说，脸上露出一丝微笑。"你好，迪克森。"

治安官的目光瞟向朱明放在桌子上的手枪。

"我建议你不要打我那支枪的主意。"朱明说。

治安官还是冲过去夺枪，电光石火之间，朱明拔出了道钉，向下划过一道凶狠的弧线，把治安官的手钉在了桌面上，离他的枪只有几英寸远。治安官发出一声怒吼。

"我警告过你了，迪克森。"朱明的声音是那么轻松。人们纷纷跑出了酒吧。治安官满脸通红，在座位上扭来扭去，痛得疯狂地眨着眼睛。

酒保把手伸到柜台下面，掏出一把猎枪。"治安官！"他大声喊道，"我该怎么办？"

"我收到了可靠的消息，我今天不会死。"朱明告诉迪克森。他这是虚张声势，但治安官并不知情。

"开枪打死他！"迪克森大喊道。

酒保开了枪，这一枪威力巨大，铅弹打穿了镶木板的墙壁。

朱明的笑容变成了凶狠的狞笑。"我告诉过你了。"他说，然后拿起枪，对准酒保的喉咙开了一枪。

　　猎枪从那人手中滑落，啪嗒一声掉在地上。他跟跟跄跄地后退了几步，瘫倒在地，双手扫向自己中枪的部位，好像他认为只要捡起血和肌腱填回被打断的脖子，他就能活下来。

　　朱明抓住道钉，把它从桌子和治安官的手上拔出来，治安官又一次尖叫起来。"你错怪我了，迪克森。"朱明在喧嚣声中说。

　　"去死吧，中国佬。"治安官吐了口唾沫，轻抚着他被刺伤的手。他喘了一会儿粗气，然后猛扑过去。

　　朱明一跃离开座位，甩掉了治安官的手，把道钉刺进了他的后背，治安官整个人扑倒在桌上。

　　如果现在能得到老头儿的指导，他愿意付出任何代价。

　　他一把抓住迪克森的衬衫，把他拖到地上，从治安官背上拔下道钉，在他的裤子上擦了擦。"你从萨克拉门托远道而来，是不是？"朱明绕过桌子，一脚踢在迪克森身上，让他仰面躺在地上，抬起穿着靴子的脚踩在他的胸口上。治安官喘着粗气。血从他背上的洞里流了出来，在他的肩膀附近聚集起来。

　　"你这个混蛋。"朱明咆哮道，"狗娘养的。你不知道我一定会回来找她的吗？"

　　迪克森脖子上的血管鼓了起来，愤怒的眼睛睁得老大。朱明使劲儿用靴子后跟踩着治安官的胸口，他疼得呻吟不止，黑色的血从嘴角流出。

　　"你不知道她一直在等我吗？"

有那么一会儿，治安官停止了挣扎，浑浊的眼睛慢慢地有了焦点。他那血淋淋的脸上露出了疯狂的微笑。从他的双唇之间传来一阵干涩刺耳的咳嗽声，那咯咯声很轻，很有节奏。小滴的血落在朱明依然踩在治安官胸口的靴子尖上。治安官大笑起来。

一阵狂热的愤怒袭上了朱明的心头。"你他妈的笑什么？"他咆哮道。

然而，治安官依旧大笑不止。他的眼神很狂乱，笑得眼角都起了皱纹。朱明用道钉的末端狠狠地戳过他的脸，在他的脸颊上留下了一道锯齿状的伤口。血开始流向他的耳朵，但他的笑声没有停止。

"你还没听说呢。"治安官喘着气说，血从他的鼻子和嘴里喷涌出来。即便已经血肉模糊，那疯狂的笑容也没有减少分毫，被烟草熏黄的牙齿依然露在外面。"你这个可怜的混蛋，你还没听说呢。"

朱明一直死死盯着治安官，同时把手伸回去，把钉子深深扎进了他的大腿。那人尖叫一声，伸手去抓朱明的靴子。"我没听说什么？"朱明厉声道。

治安官的腿一直踢个不停，越来越无力，他在垂死挣扎，疼得双眼直冒亮光，却还是咧开嘴直笑。"你的女人现在是艾达·波特了。"治安官得意地说。

"什么时候的事？"朱明说，声音低沉而冰冷。

"他居然问这是什么时候的事。"治安官嘲笑道。他咳嗽了两声,声音很低,带着呛血的声音,接着,他喷出一口血,又把朱明的靴子弄脏了。"我们把你送走后没多久。妈的,她和吉迪恩……"他又咳嗽了几声,"不久之前,他们的孩子刚出生。"他的笑容更加狰狞了。"她从来没有爱过你,你这个该死的傻瓜。中国……狗娘养的……"治安官声音微弱,吐字却很清晰,他的呼吸太过急促,他根本无法把呼吸放缓。他使出剩下的力气,又开始大笑,笑着笑着,浓稠发黑的鲜血从他嘴里涌出来,就像新开采的油井里冒出的油一样。

朱明盯着被压在靴子下的人。"真是这样吗?"

治安官幸灾乐祸,两眼直放光,他费了好大劲才把嘴里的血凝聚起来,吐了出来。"中国佬,你很痛心吧。"他费力地说。

朱明把靴子从治安官胸前抬起来,那人一翻身侧躺着,又咳出了一口血,他用那只被道钉刺穿的手紧紧揪着胸口,轻声呻吟着。朱明弯下腰,从治安官的大腿上拔出道钉,在那人的衬衫上擦干净。然后他走到桌边,拿起枪,把击锤上好。治安官的眼睛闪着亮光,透着幸灾乐祸和残忍,他的视线直勾勾的,越过血迹斑斑的地板,眼睛一眨不眨,<u>丝毫不显得畏惧</u>。

"听到这个消息我很难过。"朱明说完,对着治安官的耳朵开了一枪,打穿了他的脑袋。

酒馆里一片寂静,只有朱明的脑海里响着逐渐减弱的嗡嗡声。其他顾客无疑都跑去求助了。

艾达·波特。还有了孩子。

他不知道他们究竟使出了什么手段来折磨他心爱的女人，才把她逼到了如此田地。毫无疑问，她曾像所有生灵一样反抗过他们。现在还有了孩子。他心中涌起一阵怒火。肉体为了生存，做了必须做的事。他摇了摇头，似乎想要理清思路，接着，他用衬衫袖子擦了把脸。过了一会儿，他站起来，低头看着死去的治安官。血从那人耳朵上方的洞里流出来，但他的侧脸却异常完整，即使死了也显得傲慢自大。

"坚持住。"朱明喃喃地说，既是在自言自语，也是在对着寂静说。

他知道，等他终于回去，她一定会狂奔过来迎接他，他一定会告诉她，他很抱歉自己离开了这么久。但是孩子呢？他能把那孩子当成自己的孩子抚养吗？她会抛下那孩子吗？这倒是更有可能。各种思绪在他的脑海里翻来覆去，手里的枪依然留有余温。过了一会儿，他意识到自己仍然站在空荡荡的酒馆里，跨在治安官那具缩成一团的尸体上。以后有的是时间去计划，去做梦。但此时此刻，他还有任务没有完成。

他收枪入套，弯下腰去搜治安官的口袋。一小把零钱。几张折叠着的逮捕令，其中一张正是朱明的逮捕令。几颗子弹。朱明把钱和子弹装进了口袋，把逮捕令扔进了壁炉的火里。然后他离开了。

回到其他人休息的旅店,他们在那里住的时间还没到一夜,朱明就把魔术团的成员召集起来,让他们收拾一下赶紧上路。

领班看到朱明笑了笑,递给他一小块抹布。"把靴子上的血擦掉吧。"他说着转向舞台小工,指了指马车。"继续前进,先生们。继续前进。"

38

一行人现在沿着干旱的山脉向南进发，边上是盐碱盆地。在他们身后漆黑的地平线上，尤宁维尔逐渐变成一片灰色的薄雾。他们像一群孤独的影子，在黑暗中穿行了好几个钟头，等待月亮升起。马匹步伐稳健，在布满山艾树和落石的地形中慢跑，像是在穿过陷阱。人们则跟在它们后面，踩着它们模糊的蹄印，马车吱嘎响，听起来好像就快要在小路上解体了。

等月亮升到地平线上的时候，他们已经绕过山脉一角，山脉消失了，只剩下一块块荒凉的岩石和玻璃光泽的大圆石。在冰冷的光线下，朱明把他的笔记本靠在马鞍一角上，划掉了查尔斯·迪克森的名字。天太黑了，他看不清名单上剩下的名字，不过也没有这个必要。他把他们记在心里了：耶利米·凯利。亚伯·波特。吉迪恩·波特。

解决掉这些人，他就可以再把她拥在怀里了，她也将抛弃在那段可憎婚姻里生下的孩子，他们终将摆脱痛苦的过去，自由自在地生活。然而，当他想象自己凯旋的时候，他却感到她已不再属于他了。他试着想象亲吻她的情景，捏着她的下巴将她的头向后仰，可她的五官是那么模糊，如同笼罩在阴影当中，他的思想变得僵硬而愚蠢。当他试着想象那个孩子的样子时，他意识到自己什么也想象不出来。

领班大声问他们脚下是什么，就此打断了他的胡思乱想。先知毫不犹豫地回答说，地下的泥土中含有无数纵横交错的矿脉，有金，有银，还有铜，都是人们梦寐以求的财富。听了这话，领班笑了笑，把手杖插进地里，半开玩笑地宣称这些宝贝都属于他。

拉夫洛克在西南方。洪堡河在旁边蜿蜒流动。即使从这么远的地方，也能看到富饶的沼泽地：方圆3英里都是青翠草地，河水漫漫无尽，是这片干旱大地上闪闪发光的辉煌生命。月亮低悬在西边的地平线上，天空一点点变亮，准备迎接早晨的到来。该扎营了。诺塔用山艾树的小嫩枝和黑肉叶刺茎藜灌木生了一堆冒烟的火，他们围着摇曳的火光坐下来，吃饼干和咸牛肉当晚餐。其他人铺好铺盖，把帽子拉下来遮住眼睛，尽可能地拖延被太阳晒醒的时间。朱明不累。他坐在铺盖上，看着巨大的红色太阳从东方升起，在闪烁的空中呈锯齿状。鸟儿开始歌唱。他向后躺下，闭上了眼睛。

直到被一阵剧烈的咳嗽惊醒，他才意识到自己睡着了。咳嗽声既没有停止也没有减轻。是领班。他侧着身子蜷曲着躺着，拳头抵着嘴，身体被勉强抑制的咳嗽折磨着。

朱明站起来，走到他身边。其他人都没醒。"你没事吧？"他低声说着，弯下腰摇了摇领班的肩膀。"你没事吧？"他重复道。

领班用力地点点头，张开嘴想说话，却又咳嗽起来，他的眼睛因为用力而鼓了起来。他的嗓子里发出呼哧呼哧的声音，咳得浑身发抖，夹杂着浓痰。领班摇了摇头，使劲咽了口唾液。他颤抖着深深地吸了几口气，一只大手摊开放在胸前，眼神空洞，眼睛里噙满了泪水。他松开拳头，抬头看着朱明。他的手上有一些带血的痰斑，像是一颗颗红色的小眼睛。一抹衰弱的浅笑在他的脸上绽开。

"肺结核，"领班终于说道，"我有肺结核。"

他在衬衫上把拳头擦干净，仰面朝天躺着，喘着粗气。他抬头望着黎明的天空，喘了一会儿气。朱明坐在他旁边。领班用胳膊肘撑起身体，拍了拍铺盖卷找出水壶。他打开瓶塞喝了几口水，又急促地咳嗽了几声，清了清嗓子。是余波。他的手又沾上了血，他再次在衬衫上擦掉。

"三年了，"领班说，"我是遵照医嘱才到西部来的。他告诉我，山上的空气和广阔的土地对我有好处。"领班指了指他们面前延伸的巨大盆地，在旭日的照耀下逐渐发白。"这对我真有好处啊。"他轻轻地笑了起来。"有一段时间，我甚至以为我已经痊愈了。可现在一点点地又开始复发了。"他粗重地吸了一口气,急促而断续地咳嗽起来,那声音在他的胸腔深处回响着。他靠在铺盖边上,吐了一口唾沫。"越来越严重了。"

朱明想了一会儿。"那我们分开走吧。"他说,"到了拉夫洛克就各走各的。你们坐火车去里诺,不过一天的车程,去那里看医生。我和那老头我们两个独自上路也没问题。"

领班摇了摇头。他坐直身子,用拳头捶着胸口,又吐了一口唾沫。"在你送我们到里诺之前,朱先生,我们不可以分开。"

"你知道我不能坐火车。"朱明说。

"我知道。"领班又从水壶里喝了些水,把水喝光了。他把它扔到铺盖卷上,尖端潮湿的软木塞打着转。"我们就按你说的走。先去皮拉米德湖,然后向南到里诺。"

"随你。"

领班摆摆手,示意事实并非如此。"这不是随我怎么说。"他把头歪向几码外熟睡的先知。"是他说的。你在温尼马卡养伤那会儿,我问过他我什么时候死。"

"然后呢?"

"一开始那个老东西不肯告诉我。我只好从他嘴里逼问出来。他说,凡人在自己的大限到来之前,最好对此一无所知,不然会被逼疯。"他笑了笑,"当然,他的原话更有哲理。"

"他也这么对我说过。"

领班用一根有点歪的手指指着朱明的胸口。"你是界外之人。"他模仿着先知苍老的声音说。他把手放下。"好吧,最后老人说出了真相。"领班把脸转向天空，茫然地凝视着。过了一段时间，他再次面对朱明。"我将死在皮拉米德湖畔，"他说，"就在八天后。我的身体被慢性肺结核拖垮了。"他捡起松动的软木塞，重新塞进水壶嘴里。他的铺盖上有几滴水珠在闪闪发光，他伸手擦去水珠，然后把水壶放回背包里。"到时候一切都结束了。"

"这不是一成不变的，"朱明说，"你也可能是个界外之人。"

"我和你，我们不一样，"领班说，"这是先知告诉我的。"他把一只手放在朱明的肩上。"你不肯依从你的大限，是因为你还没准备好离开。"他缩回手放在自己的胸前，"而我……好吧。"他叹了口气。"我想我已经准备好离开了，朱先生。"

"你不是要到里诺去吗？"朱明问。

领班摇了摇头。"也许以前想去。"他说，"很久以前是的。"他又咳嗽了一声，但这阵咳嗽在加剧成最初引起朱明注意的那种剧烈颤抖的咳嗽之前，便减弱了。领班吐了一口唾沫在地上。"我走到哪里都能尝到血的味道，"他说，"血和盐。我准备好了。"

"那演出呢？"

"这些人能照顾好自己。他们会没事的。至于洛克伍德女士……"领班朝朱明眨了眨眼睛，"……我觉得会有人照顾好她的。"

"我不会带她去加州的。"朱明说。

领班扬起眉毛，思索着这句话。"没关系，"他说，"我想你准备好了，可以再去找她。"他停顿了一下，"能不能帮我个忙，不把这件事告诉别人？"他问道，"就当是男人之间的秘密吧。"

"当然。"

"很好。"领班站起来，开始收拾铺盖。"还有一件事，朱先生。"他说着伸出手，要将朱明扶起来。朱明拉住他的手，站了起来。"你会得到报酬的。我钱包里有足够的钱来履行我们的协议。等我不再需要钱了，你就收起来吧。"

"你是说等你死了。"朱明道。

领班咯咯笑了。"是的，朱先生。"朱明开始收拾铺盖卷，领班在他身后喊他。"快点把其他人叫起来吧。再过几个小时月亮就落了，没有多少时间赶夜路了。我还要去皮拉米德湖赴约呢。"

39

到那天下午,他们沿铁路线前行,与其相隔几百码,烈日炎炎,铁轨闪着光。不时有一辆火车头驶过,车上装满了煤、铁轨、枕木和道钉,烟囱喷出翻腾的烟雾。他们停下来,就着马车的阴凉吃午饭。太热了,他们没有生火。

"我想等铁路修好了,"戈麦斯指着一辆驶远的火车头说,"这个旧东西就派不上用场了。"他说着伸手拍了拍马车的车厢。"见鬼,到时候我们坐火车,想去哪里就去哪里。我在报纸上看到了公告。一周后从加州到芝加哥通车。对不对,老板?"

领班正全神贯注地抽着烟斗,只是点了点头。

火车头越来越小,最后消失了。朱明估计很快就会完工的。

"人行了何等大事?"先知说。他坐在马车的影子之外,闭着眼睛,仰着脸对着太阳。最后,他睁开眼睛,垂下浑浊的目光。

"这话出自《圣经·民数记》第23章第23节。"领班有点惊讶地说,"你引用的经文不太准确,老头儿,不过改得倒是不错。

看来你对那本好书很熟悉。"他笑了,"我还以为你不是基督徒呢。"

"我的确不是。"先知说。

"那么,"领班说,"我来说说你引用的那句经文正确的是什么。"他伸出一根纤细的手指。"论及雅各和以色列,必有人说:神行了何等大事。"

"是的。"先知说,"但论及铁轨和修筑铁路的劳工,必有人说:人行了何等大事。"

"假如你是基督徒,"领班说,"我一定会说你这是在亵渎神灵。"

"也许吧。"先知道,脸上带着晦涩难懂的微笑。

"上帝不是人,第23章第19节。"哈泽尔说。

"说得好,洛克伍德女士。"领班轻声笑着说。他饶有兴味地环顾众人,"我都不知道自己是在神学院。"

"这条铁路不是上帝造的,对吧?"哈泽尔说,"是人设定坡度,在山中炸出路来。"她朝先知一歪头,"老人是对的。人到底行了何等大事。"

"谁告诉你这个的?"普罗透斯插嘴道,"那个中国佬?永远不要相信华人,离他们越远越好。"

领班手腕一挥,用手杖柄打了普罗透斯的下巴一下。普罗透斯惊讶地眨了眨眼睛,脸上闪过愤怒的光芒,任性地发起了脾气。

"你到底为什么这么做？"他揉着下巴说。

"朱先生是我们的熟人。"领班责备道，"他不是中国佬。"他飞快地瞥了朱明一眼，眨了眨眼。"好了，"他转向普罗透斯说，"再问洛克伍德小姐一次。"

异教徒瞪了朱明一眼，又看着哈泽尔。"是朱先生告诉你的吗？"他说。

"是先知说的。"她回答，声音很冷。

"我认为那老头说得对，"领班说，"我想铁轨不是上帝建造的。"他的烟斗熄灭了，他划了根火柴重新点燃。"人行了何等大事。"他喃喃地说。

他站起来，掸去身上的灰尘，突然咳得直不起腰来。普罗透斯惊恐地看着他，站起来走到他身边。领班挥手让他走开。

"都怪那该死的烟斗。"他一边咳嗽一边说。他深深地吸了几口气，往地上吐了一口唾沫，那一小块粉色的唾液里夹着血丝，他立即用靴子尖把它踹进泥土里。

他打开水壶的瓶塞喝了几口水。"继续赶路吧。"他说。

第二天晚上，他们到达了拉夫洛克，太阳太大，又起了风，他们的行进速度减慢了。两个小工立刻搭起了帐篷，很快他们就开始招徕过路人来看演出。奇迹魔术表演，他们说，奇迹魔术表演。快来看呀。

领班站在那里，看着座位逐渐坐满，脸上带着奇怪的表情，他的烟斗燃尽了，他却不记得，只是将其拿在手里握着。"11

年来，我一直经营着这个魔术团，只是有时会变换个方式。"他对站在身边的朱明说，"11年啊。"他深吸一口气，叹了口气。"这将是我的最后一场演出了。"

朱明问这是否让他感到困扰，领班却没有回答。他似乎注意到了手里已经变得冰冷的烟斗，于是拍拍口袋找火柴。他找到一根，在靴子后跟上擦亮，点燃了烟斗。香甜浓郁的烟从他的嘴角喷了出来。他从嘴里取出烟斗，端详着斗钵里燃烧的烟草。余烬追逐着余烬，犹如火焰和灰烬组成的衔尾蛇。

他沉默了良久。"11年前，我发现自己在奥马哈，"终于他说道，"身边有一袋子衣服和1000块钱。当然，还有不少金子。"他对朱明眨了眨眼，吸了一口烟斗。一缕缕的烟笼罩着他的脸。太阳已经消失在广袤荒原的另一边，深蓝色的天空里弥漫着金色的光芒。灯光照在他的脸上，就像盲人的手指来回摸索，看能否将他认出来。

朱明没有说话，只是看着领班抽烟。

"我见过不属于凡人的东西，"领班说，"只有神的眼睛才能看到，而神俯视的是远古时代。"他又吸了一口烟斗，一面吐出烟雾，一面说话，仿佛他说的话都是用烟铸成的。"我曾看到一望无际的平原在燃烧，燃烧了一个礼拜，日夜不停，烟雾甚至遮住了太阳。火大到你根本想象不出来。"

他看向越聚越多的观众，然后退到黑暗的舞台侧翼，示意朱明到他身边去。领班的目光盯着那些在舞台前转来转去的人，他的心思却在别的地方。

"在平原上，我见过一头水牛两天之内就只剩下了一堆骨头。"他说。他的声音很轻，听来是那样寂寥，"秃鹰、土狼和甲虫把它啃得干干净净。还有暴风雨，老天呐，暴风雨。闪电划过天空，雨水从上面和下面抽打着你。然后向西，经过平原和落基山脉，就是一望无际的沙漠，到处尘土飞扬。人脱水致死，被大地吐出来，哪怕是从东部逃来的奴隶和杀人犯，也是如此。我见过妓女比国王更富有，而国王比最卑微的人还穷，不论那些人是活是死。所有的一切都被这无尽大陆的巨大骚动吞没了。这片土地是人类无法理解的。"

朱明等了一会儿，不知道领班的独白是否已经结束。"是的。"他最后说。

"等铁轨修好了，"领班说，"火车就将直接穿过这片土地，铁皮上冒着蒸汽。"

"是的。"

"上帝不是人。"他说，然后，仿佛突然想起了朱明的存在，领班问他看到了什么。"你觉得这片土地怎么样？"他一边说，一边用烟斗指着观众后面，指着洪堡河畔广袤沼泽的另一边，指向东边和西边。

朱明沉默了一会儿。"我看到了只有凡人才能看到的东西。"他说，"我没见过只有神才能看到的东西。"

"什么意思，朱先生？"

"我见过人们死去。"朱明说,"战战兢兢,吓得魂不附体。我见过人们被崩落的岩石砸成两半,尸体散落在山间。我见过成年男子血流成河,哭喊着呼唤他们的母亲。"他盯着领班。"我不认为有神明看到了这些。"

"我想你说得对。"领班说。

"大限到来的时候,"朱明说,"并没人准备好迎接死亡。"

领班咯咯笑了。"好吧,"他说,"我只是个无名小卒。"

干燥的地面上传来一阵轻柔的沙沙脚步声。是戈麦斯,他的眼睛在黑暗中闪闪发光。"先生,"他说,"他们准备好了。"

领班抬起靴子,把烟斗在上面敲了两下,将烟丝磕了出来,接着抬脚踩灭迸发出的火花。他谢过戈麦斯,戈麦斯点点头,又消失了。领班把帽子固定好,拿起靠在帐篷杆上的手杖,在泥土地上利落地敲了敲。一种新的能量注入了他的行动。他对朱明咧嘴一笑。"身体准备好了,就是准备好了。"他凶狠地低声说,说完就大步走上了舞台。

40

演出结束后,他们围坐在萧萧的火堆旁,传着喝一瓶威士忌。当瓶子第三次传过来的时候,领班打开他随身小酒壶的瓶塞,把大瓶里的酒倒满小酒壶,细细的涓流在火光的照耀下闪闪发光。除了往小酒壶里倒酒的声音,火焰的噼啪声是唯一的声响。威士忌溢了出来,洒在领班的手指上,他连忙放下酒瓶,对着小酒壶喝了一小口,接着把酒瓶递给左边的哈泽尔。

她仰起头喝了几口威士忌,放下酒瓶后用手背把嘴擦干净,忍不住做了个鬼脸,开始咳嗽。"劣等酒。"她一边咳嗽一边哽咽着说。她往火里啐了一口,把瓶子递给诺塔,诺塔喝了一小口,皱着眉头咽了下去。

"我喝过更糟糕的。"领班道。他从小酒壶里又喝了一口,突然转过头来,嘴对着肩膀剧烈地咳嗽起来,随着每一声呼哧呼哧的低沉咳嗽,他的身体也在颤抖。最后,他把脸从肩膀上挪开,清了清嗓子,眼睛里流着眼泪。他淡淡地笑了笑,在面前挥了挥小酒壶,好像在解释什么。他想说话,却又咳嗽起来。"劣等酒。"他强挤出这几个字,朝哈泽尔的方向点了点头。

"你没事吧,先生?"亨特的问题在每个人的脑海里响起。

领班摆摆手,示意不要紧。"是威士忌太烈了。"他说,然后朝男孩比画了手语。

领班的衬衫上沾着一团深色的血痰。朱明看了他一眼,掸了掸自己的肩膀。

领班看了一眼衬衫上的血点,微微点了点头。他伸手擦掉。"我们明天就走。"他沙哑地说。他又清了清嗓子,朝火里啐了口唾沫。"往西到皮拉米德湖,再从那里往南到里诺。"他拿出一张该地区的地图,铺在地上。其他人聚在一起看地图。"为什么不给我们指一下路线呢,朱先生?"领班说。

朱明看了看地图。"这是一幅铁路测绘图,"他说,"你从哪儿弄来的?"

"一个朋友那里。"领班含混其词地回答,"非常详细吧?"

"的确。"朱明低声说。细细的等高线蔓延整张地图,把地图上的山脉和盆地都勾勒了出来。朱明全神贯注地盯着地图,眉头皱成了一个疙瘩。一条路线在他的脑海中形成了。他用手指指出了山脉和盆地之间的一条线,随着手指掠过,他在昏暗的火光中念出每个地方的名字。他们会向西到隆山,再从那里改道向南,然后向西北穿过丘陵地带。朱明敲了一个小符号,那代表水井。第二天晚上他们将在那里宿营。他圈出一片低矮的山脉，也就是特里尼蒂岭，说第二天他们要穿过这片山脉里的一个山口，向西进发，天黑时会来到另一口井边。他敲了敲一个相同的符号，在那个地方他们可能找到水。在第三天和第四天，他们要走的是平地，他们可以加快速度，特里尼蒂岭一直在他们的东边，他们将在一处泉水边扎营，然后在第四天向西南进发，走到萨赫波山脉分裂成一个个孤立的小山峰的地方。第五天的跋涉将是最艰苦的，就像一次疯狂的冲刺，日出时从萨赫波山脉的南部出发，穿过温尼马卡湖的泥泞平原，到达特拉基山脉的东侧，然后在第六天日出时抵达皮拉米德湖，这会儿，他的手指划过地图，正好落在这条路线的终点上。

领班问要走多远，朱明把拇指按在刻度上，沿着这条路线逐渐移动，低声数着。他估计有六七十英里。领班说，天气这么热，坡度又这么高，马匹可能会累死。对此，朱明没有异议。

在摇曳火焰周围的人之间，只有普罗透斯提出了反对。他变成领班的样子，弓着背，盘腿坐在那里，伸出一根弯曲的手指指着朱明。"我不会再到荒原里去了，除非有必要。我没有义务这样做。"他把大拇指从肩上方弯向火车站。"我们就不能坐火车吗？那样两天后就能到里诺了。"

"胡说，"领班斥责道，"你肯定还记得，朱先生不能坐火车。"

"他犯罪了。"普罗透斯道，"我记得！"

"我们需要他的保护，"领班说，"你的提议被否决了。"

"我们没有理由跟着他到天涯海角。我认为你对他有好感,真搞不懂这是为什么,但我不需要知道为什么,假如我们坐火车,就不需要他的保护了。"普罗透斯站起来,指着身后隐现的马车,"只要两天!"他说,"只要两天,我们就能到里诺了。还能甩掉那个该死的……"他突然住了口,"……还能甩掉朱先生。"他看了看火边的其他人,"你们不同意吗?"

"不。"哈泽尔断然说。

"你当然不同意。"普罗透斯厉声说。他转向领班。"行啦,伙计,"他说,"我们没必要非得穿过皮拉米德湖去里诺。"他讥讽地指着朱明。"我们也没必要非得跟他一起上路。"

"够了。"领班说,他的声音尖锐而冷酷。他站起身,盯着普罗透斯,目光与另一个他平视。"我们明天动身去皮拉米德湖。"

"但为什么?"普罗透斯问。

"因为先知说这是命中注定的!"领班怒吼道。他的表情十分骇人。

老人沉默不语,不过朱明似乎看到他苍老的脸上滑过了会心的微笑。

普罗透斯被领班看得有些退缩。大家沉默了一会儿。

"先生,"普罗透斯终于结结巴巴地说,"我只是想弄清楚,仅此而已。"他张开嘴想说话,却突然咳嗽起来,逼得他直不起腰来。他大声咳嗽,捶着胸口,喘着粗气。他朝两脚之间的地上吐了一口唾沫，突然弯下腰去细看。接着，他抬头看着领班。"有血。"他说。他用一根手指划过他吐的痰，举到火光下看。"你咳血。"

"肯定是因为昨晚我打了你。"领班说。

"不是我。"普罗透斯说，"是你。"

"什么事也没有。"

"什么事也没有。"哈泽尔重复道，声音清晰。"好了。"她说着站了起来，又伸手把亨特拉起来。"很晚了。"她瞥了领班一眼就离开了。朱明看着她走开。

"明早见，伙计们。"领班简短地说。他轻扣帽子行了个礼，也走了。

其他人一个接一个地离开了。只有朱明和异教徒留在火堆旁。

普罗透斯侧身躺着，面对着火焰，他的呼吸缓慢而深沉，一只手按着胸前。他盯着朱明。"是你杀了他。"他低声说。

"不是这样的。"朱明说。

普罗透斯翻了个身，仰面躺下，他的身形变长，回到了原本异教徒的模样。他坐起来，小心翼翼地吸了几口气，布满文身的胸膛上下起伏。他用舌头舔了舔牙齿，吸了口唾液吐了出来。没有血。他怒视了朱明良久，什么也没说。最后，他躺回坚硬的泥土上睡着了。

41

　　太阳还没有升起，他们就出发了，拉夫洛克郁郁葱葱的沼泽在他们身后渐渐远去。黎明前天气凉爽，他们在平坦的地面上走得很顺利，几个小时就走了10英里。接着，天气开始酷热，人和兽都被吸干了水分。到中午他们停下来吃午饭的时候，马的速度不比人走路快。他们吃的咸牛肉又干又脆，一咬就在嘴里化为了碎片，饼干则要放到水里泡软才能吃。吃完东西，他们再度启程，驮马拉着马车缓慢前进。阳光耀眼无比。朱明骑马在队伍的最前面，哈泽尔步行走在他边上。

　　"他要死了，是吗？"哈泽尔说，她的声音平淡而遥远。

　　朱明从马鞍上眯起眼睛看着她，帽檐遮着他的眼睛。她直视着前方。他整了整帽子，把目光转向地平线，没有说话。

　　"是吗？"哈泽尔说。

　　这会儿，她看着他，朱明迎上了她坚决的目光。

　　"是的。"朱明说，"肺结核。"

"我在温尼马卡就听到他咳嗽。"她说,"在奥马哈也是。"

"先知说他将在五天后死去,"朱明道,"在皮拉米德湖。"

他的马在行进中踢起了一团灰尘,马车穿过这团灰尘,车身上积聚了一层薄灰。领班坐在马车上,双脚从脚踏板悬下来,帽子放在膝盖上,他眯着眼睛望着太阳,注意到朱明在看着自己后,便笑了笑。朱明点点头,目光回到了小路上。

"那之后我们怎么办呢?"哈泽尔说,"他死后,你还会和我们在一起吗?"

"我会把你送到里诺,"朱明说,"我答应过。"

"然后呢?"

朱明低头看着哈泽尔,在正午的阳光下,她的影子很短。"去加州。"

"你认为你能把她找回来吗?"

"我从未想过这一点。"他摸着缰绳,拇指在生皮上滑过。他把迪克森说的事给她讲了一遍:艾达嫁给了吉迪恩·波特,现在还和他有了一个孩子。他凝视着远方的地平线。"即便我想带她回去,我却不再肯定她会跟我走。但也许迪克森是在撒谎。"他在马鞍上转过身,望着远远落在后面的先知骑马跟在马车边上。他知道,向老人确认迪克森说的是不是真话,其实并没有用。他转过身,面对着西边的地平线。"我想,除非我见到她,否则什么也说不准。"

"老天,"哈泽尔说,"我很抱歉,明。"

接着是一片寂静,只有踏在尘土上的蹄声嘚嘚响着。

"明。"哈泽尔平静地说。她眯起眼睛在阳光下看着他,"和我一起留在里诺吧。"

"我不能。"他的声音很坚定。

"为什么?"

"我欠艾达的。不管那个奸诈的法官怎么说,她仍然是我的妻子。"他低头看着哈泽尔。"也许她不再是以前的她了,也许迪克森没有说谎,她真的从没有爱过我。但我得试试。这是我欠她的。"

"你还爱她吗?"哈泽尔问。

"你不是问过我吗?"朱明说。

"是的。但我想你现在知道了吉迪恩和那孩子的事,可能会改变心意。"

"见鬼,"他说,"这又有什么关系呢?"

他们沿着干燥的平原前进,进入低矮的山麓地带。历经了千年的风吹雨打,这片土地变得平整而和缓。地平线上隐约出现了逐渐变得险峻的青色山脉和云层,太阳直射下来。

随着夜幕降临,他们停下脚步,吃了晚饭,用仙人掌生起了火,火焰散发着热气和光芒,烟像蛇一样袅袅升起。曾经是古老河流的一条条石膏小径在低垂的月光下闪闪发光。普罗透斯盯着火堆,看着舞台小工在火堆边上忙活着。白天赶了一天的路,他们都精疲力竭了。大家都没怎么说话。夜幕降临,先知站了起来,把他乳白色的目光投向西方,脸上浮现出奇怪的微笑,他说他们终于来到了边界地带。

42

第二天一大早,他们就沿着蜿蜒的山路来到了特里尼蒂岭,行进的速度非常快。朱明独自骑马走在队伍前面,走着走着,身后传来一个声音。是领班。朱明在马鞍上转过身,飞快地拉了一下缰绳。他等着领班轻轻地握着手杖走上来。

正午阳光闪耀,看不出帽子下面那个人的面色如何。他喘了口气,心不在焉地咳嗽了几声,每次咳嗽,都伴随着粗重的呼吸。最后,他清了清嗓子,用手背抹去脸上的黏痰。"我想和你单独谈谈。"他说,又咳嗽了一声,吐了一口痰。他用靴子的后跟把血踩进沙子里,示意朱明再往前走,后者照做了。

朱明没有说话。他直视前方,仔细留意着。周围的风景在变化,在移动。一块块的泥土从土壤中剥离出来,一层层的岩石在永恒的阳光下璀璨发光。小路变得又弯又窄。

领班在背包里翻找出小酒壶,拿着喝了几口威士忌。他清了清嗓子,把小酒壶递给朱明,后者摇了摇头。"信不信由你,"

领班说,"这对肺结核有好处。是医嘱。"他咯咯地笑了笑,把酒壶收起来,然后偷偷地瞥了他们身后,看看其他人离他们有多远。他似乎很满意,便继续说下去。"朱先生,我死后……"

"我会把他们带到里诺,"朱明说,"这是承诺。"

"你真是个大好人。"领班说,"尽管你把每一个靠近你的男人、女人和孩子都杀了,还偷走他们的东西,我依然一直认为你是个诚实的人。"

"我从来没有偷过女人的东西,"朱明说,"我也没偷过孩子的东西。"

"那么你比我想象的还要诚实。"领班说,"哈泽尔告诉我,一旦你把所有人都带到里诺,你就会去加州。想必是为了一个姑娘吧?"

"确实。"朱明说。

他们穿过山口,小路又开始向下倾斜。朱明和领班并肩前行,远处的地平线似乎一点也没有靠近。

"戈麦斯和诺塔能照顾好自己,"领班说,"普罗透斯也是,只要他能保持冷静。"

"那哈泽尔呢?"

"洛克伍德女士很能干。"领班回答说,"至于那孩子,我就不太肯定了。我照顾他已经快四年了,那时候他还不会说话。我想他现在也不能说话,不过你明白我的意思吧。"他又看了看身后的马车,笼罩在它自己溅起的团团灰尘之中。

"他和哈泽尔在一起,"朱明说,"不会有事的。"

"洛克伍德女士喜欢上你了。"领班说。

"看来是这样。"朱明说。

"你也喜欢她。"

"应该是。"

"朱先生,"领班严肃地说,"好好照顾她和那个男孩。你要保护他们的安全。"

朱明答应了。

领班看了他一会儿,微微点了点头。"很好。"他说,谈话到此为止。

刺眼的太阳挂在西边群山的上空,大地沐浴在奇异的金色和棕色之中。一层薄雾从最后还在开放的金花矮灌木上升起,他们在雾中走了一会儿,前面的小路变得平坦了。领班与朱明并排走着。他们默默地前进了几英里。

"我活了很久,"领班说,他的声音陌生而遥远,"太久了,朱先生。"他把手杖夹在一只胳膊下,双手平摊在身前,左左右右地转动着,检查着皮肤上的无数皱纹和伤疤。晨露在蒸腾,阳光越来越灼热。领班皱起眉头,把手放回到身体两侧。"太久了。"他重复道,不过像是在自言自语。

"你活得还不够久,伙计。"朱明嘲笑道,"你活了50年?还是60年?"

领班笑了。"11年。"他说,"这个轮回,我活了11年。"

朱明低头看了他一眼。"什么意思？"

"这个轮回，我活了11年。"领班轻声重复道。他伸手轻拍朱明的膝盖。"下来吧。"他说，"和我一起走一会儿。"

"为什么？"

"我是一个走向死亡的老人，"领班说，"你就迁就我一下吧。下来。"

朱明伸腿跨过马鞍，纵身跳了下来，马身还在动。他下马时一手穿过缰绳，落地后把缰绳松松地握在手里，牵着马走在领班身边。朱明、领班和马并排向前走。

"我们这里的人都是奇人奇迹。"领班说。

"我知道。"

"我也是。"

"你也是？"

领班深深地吸了一口气，他的肺部发出一种像是远处密集炮火的声音。"我不知道自己为什么到现在才告诉你，"领班说，"但我已经活了无数个轮回了。"他的声音很低。"没错，我将在四天后死去，但我死过无数次了。每次都一样。我总是于1858年在奥马哈的一间寄宿公寓里醒来，身体染着肺结核，背包里有1000块钱。"他凝视着大地。"这是我到过的最远的地方。"领班笑着拍了拍朱明的肩膀。"所以我很感谢你。"他说完，便回了其他人身边。

43

当第二天早晨的露珠蒸腾殆尽,天空逐渐漂白,变成雪花石膏青色时,队伍在一棵被无情狂风侵蚀得干干净净的古老山艾树的残荫下停下来吃午饭。他们现在正沿着特里尼蒂岭的西侧向南走,阳光持续不断地暴晒,天气太热,根本无法生火。领班几乎没怎么吃东西。

"先生。"普罗透斯说。他又变成了领班的样子,只说了两个字就剧烈地咳嗽起来。待到喘匀呼吸,他朝地上啐了一口黏痰,用手掌根将其搓入土里。地上依然留有淡粉红色的条纹。他先是指了指地上有痰的地方,又指了指领班。"告诉我这不是真的。"

领班盯着逐渐变干的血迹和唾液看了一会儿。"恐怕这是真的,老朋友。"

"你快死了。"诺塔说。他似乎是第一次发现这一点。

"我想差不多是时候了。"领班说。

"是他杀了你。"普罗透斯说着,用弯曲的手指着朱明。

"不是这样的。"领班坚定地说,转身面对先知。"什么时候?"他问。

"三天后的日出之时。"先知吟诵道。

第二天,他们继续赶路,天气酷热,阳光刺目,这种气候将大地漂白成了雪花石膏一样的颜色。午饭后没多久,他们发现地面上隆起了一道缓坡,乍一看似乎是一块露出地面的石头。破碎的线条和曲线点缀在地平线上。走近一看,朱明才发现那是古老的骨头,呈现出淡奶油色和灰色,有肋骨和脊椎骨,还有一个巨大头骨的残骸,已经凹陷,还带着牙齿,所有的骨头都半掩埋在坚硬的泥土中。朱明跪下,擦去脊椎骨上的灰尘,指甲划过古老遗骨的脊槽。他拽了拽埋在泥土里的脊椎骨,但拔不出来,便用道钉挖了起来。

"肋骨。"领班说。

"不只是肋骨。"朱明说。他用道钉的尖端把脊椎骨从土里撬出,起身后拂去表面松散的泥土。那块骨头比他想象的要重,他把它从一只手扔到另一只手,熟悉它的重量。他用它指了指地面。"这里有一整具骨架。"

脊椎骨的线条从朱明挖的地方继续延伸,逐渐变宽,有一截消失在地下,在几码外再次出现,到处都是肋骨,大部分已经断裂,其中一些完好无损地从地下伸出来,比朱明见过的任何一个人都要高出一头。这就像是一座由骨头建成的大教堂。

朱明扶先知下马，领他到肋骨中央。老人的脚在土里的脊椎骨上来回晃动。他把一只干瘪的手放在一根肋骨上，闭上双眼。

"是个大家伙。"戈麦斯沉思道。他的手指拂过一根弧形的肋骨，然后，他擦了擦手指间的灰尘。"你认为是什么？"

"一条大鱼。"领班说，"就是吞噬约拿的那种。你是上帝的子民，戈麦斯，不是吗？"

"是的，"戈麦斯答，"但这和我钓过的鱼不一样。"他走到在泥土里被压碎了的巨大头骨所在的地方，挖出一颗看起来非常凶狠的长牙。他把它抛向空中又接住，举到太阳下仔细端详了一会儿。觉得满意了，他就把牙齿塞进口袋，还拍了拍。

一行人继续向萨赫波山脉南端进发，领班问先知那是个什么生物，老人回答说，就像领班所估计的那样，它确实是一条大鱼，但就像戈麦斯所观察到的那样，它与现在依然在腾跃和游动的鱼都不一样。先知说它是上古时代的生物，很久以前，阳光普照，它在40英寻①深的海里畅游。他还说，这片土地曾经在别的地方，事实上所有的土地曾经都在别的地方，地球在不停地转来转去，没有界限，无穷无尽。先知又谈起了他最喜欢的话题：时间之外的时间。他说，古老的眼睛眨了一下的工夫，山脉就化为了齑粉，砂岩上出现了无数裂口。他说，我们的世界，不过是由岩石和水巧妙拼凑出来的，海底则蕴藏着火焰和

....

① 英美制计量水深的单位，1英寻等于6英尺，合1.828米。

岩石。

那天晚上,朱明梦见自己骑马穿越一个不停转呀转呀、将自己转得四分五裂的世界。他梦见自己紧握着缰绳,身下的世界剧烈地摇晃,令人作呕,这便是时间之外的时间。

到第二天日落,他们已经走完了去皮拉米德湖剩下路程的一半。月亮高高地挂在头顶上,随着光线的细微变化,月亮渐渐变得真实,每一刻都变得更为坚实。脚下的小路蜿蜒穿过纵横交错的支线,沿山坡继续向上延伸,到达山口。马匹走起来速度缓慢,脚步很稳。

朱明独自在前面带路,每走出100码,他都停下来听听是否有人或野兽的声音。什么都没有。只有低吟的风没完没了地吹过巍峨的山峰。领班命不久长这件事,对他而言并不构成困扰。他见过一些人明明在走向死亡,可直到最后一刻到来前,他们依然相信自己能活下去,他还见过人们号啕大叫着,像铁轨枕木一样滚下陡峭的花岗岩斜坡。

他也听到过这样的号叫声。有一次在内华达山脉,分量很足的火药提前爆炸了,无数的岩石接连滚落,像水一样倾泻而下,夺走了20条人命。他们大声尖叫,被压在石头下面后,叫声便被蒙住了,听来十分遥远。雪下了整整一夜,到了第二天早晨,岩崩的地方都被雪掩埋了,白茫茫的,很光滑。然而,他们依然能听到被埋在下面的人发出的微弱呻吟声。外面的人花了三天清理废墟。一铲又一铲,移走积雪和碎裂的岩石。汗珠从他们的脸上淌下来。虽然不急,但进度很快。他们把石头和雪挖走,好把斜坡清理干净以铺设铁轨,而不是为了把里面的人救出来。天快黑的时候,朱明的呼吸结成了冰霜,挂在他的胡子和衣领上。如果不是下了暴风雨,他们只用一天就能完工,无情的暴风雨每晚都给他们的工作设置障碍。到了第三天,他们铲掉最后一块崩落的岩石,找到了尸体。有些人支离破碎,只剩下血肉模糊的尸块,僵硬得像横梁,关节都冻住了。另一些人似乎只是睡着了。被他们的身体热量融化的雪水粘在他们的脸上,冻成了半透明的死亡面具。无人生还。他们的脸扭曲骇人,脸上带着惊恐的古怪表情。

这会儿,朱明不受控地战栗着。月亮在他前面,他把双手举到一臂的距离,手指叠在地平线上。地平线到月亮有六指的距离。这意味着还有一个半小时的月光。他不知道马是否能在一片漆黑中看清东西。

尸体终于被从岩石滑坡的地点挖出,用很薄的包布裹着,埋在了旁边的填料里:五千吨的岩石、沙子和碎石,用来在一座朱明所见过的最美丽的峡谷里架起桥梁,而里面掩埋了20个人。

在特拉基山脉山口的最高处,朱明停了下来,眯起眼睛看着脚下青色的大地。马车和其他人在后面几码远的地方。远处是波光粼粼的皮拉米德湖。他测量了月亮和地平线之间的距离。四根手指。还有一小时的月光。风在耳边隆隆地刮着,没完没了。他突然意识到，湖那边的群山正是内华达山脉。在银色月光的衬托下，它们在地平线上呈现出参差不齐又十分相似的剪影。一种奇怪的宽慰感袭上朱明的心头。内华达山脉的另一边就是加利福尼亚，加利福尼亚的另一边则是咸腥的深海。他不由自主地笑了笑，呼出了一口气，他没有意识到自己一直在屏住呼吸。古老的土地，神圣的土地。他很快就要到了。

从山口向下的小径非常陡峭，好在并不长。当他们赶着马车来到低矮的盆地，地平线上方到月亮的距离还不到一根手指宽。再过15分钟，月光就要消失了。但他们此时处在较为低矮的地势，很可能还不到15分钟。由于没有弯道和斜坡，他们走得更快了，不过地面是潮湿的，含有盐碱，马车开始在松软的土地上留下越来越深的车辙。快到皮拉米德湖的时候，他们遇到了一场大规模战争遗留下来的残迹。箭深埋地下，只露出尾翼。生皮做的包被流动的泥浆吞没了一半。

朱明策马向前，仔细巡视小路。他穿过一片布满骸骨的地方，或者说，那些东西看起来像骨头，他让马放慢速度，慢慢走着。这是古代大屠杀的遗迹，布片散落在表面龟裂的土地上，步枪无疑是从突然失灵的手中掉下来的。朱明的马小心翼翼地穿过这个地方。死者的尸体早已溶解，只剩下无数被屠杀者的头颅分散在100多英亩的土地上，就像一场巨大的抓子游戏的碎片。风吹雨打，再加上四处游荡的食腐动物，这些骨头被胡乱地散落在各处，曾经可以辨认的人形尸骨分解成了杂乱无章的肋骨和牙齿。朱明让马停下,他下了马。其他人远远落在后面。他等着他们过来。

在昏暗的月光下,一个银色的东西映入了他的眼帘,他蹲下来仔细端详,只见一根细细的大腿骨从地上伸出来,半埋在泥土里,这根大腿骨是从20码外已经腐蚀的骨盆上脱落下来的。他把那根骨头从地上拔出,掸去附着在它末端的草皮。骨头很轻,比他们先前碰到的被时间磨成化石的大鱼骨头轻得多。他把大腿骨末端翻过来接住。

其他人还隔着很远一段距离。他开始绕着坐骑踱来踱去,漫不经心地沿着长长的弧线摆动大腿骨,重演着这片被遗忘的土地上曾经发生过的暴力事件。无数死去的非利士人的魂魄在这里游荡。过了一会儿,他提着骨头走累了,就弯下腰,把骨头的一头抵在一块小石头上,用靴子的后跟猛踩骨头,将它劈成两半。粉尘从碎骨里扬出,就像骨髓一样。他使出浑身力气把手里还拿着的那一半扔了出去,那根骨头旋转着飞到了很远的地方。

朱明又跨上马鞍,掉转马头,面向东方,面向其他人。他们快到了。月亮藏在内华达山脉的后面,月光朦胧,朱明几乎看不清他们的脸。

"前面有情况吗?"领班叫道。

问题来得让朱明有些措手不及。这是一段时间以来他第一次听到有人说话,或许他只是忘记了领班的声音变得这么刺耳。

朱明摇了摇头,动作在刚刚笼罩下来的黑暗中几乎看不出来,他说没有危险。

"那就继续赶路吧。"领班挥舞着手杖说,手杖上的金条在仍然悬在空中的昏暗月光下亮晶晶的。

朱明掉转马头,又出发了。皮拉米德湖的湖水在灰蒙景色的映衬下闪着墨色的光芒。他们就快到了。

44

凌晨时分,人与兽都会迷失方向。黄昏和黎明就如同一对双胞胎,可以互换。时间的流逝只能从西边淡淡的红色和东边渐渐升起的光亮看出来。在云层之下,什么也看不到。时间没有规律,丝毫不起眼。所有的一切都在等待时间自行显现出来,等待天空或者变黑,或者变成无色的白昼。但在凌晨这几个钟头里,时间忘记了自己。

在黎明前的昏暗中,他们到达了皮拉米德湖的岸边。朱明下了马,走到水边,用手指蘸水尝了一下,水是温热的,只是微微有点咸,人和马都可以喝。他把水壶装满,塞上软木塞,在裤子上擦干手。马车停了下来,一些人影在它周围移动,在微弱的光线下,他们的容貌模糊不清,无从分辨。离日出不到半小时了。

领班朝朱明走来,他每走一步,手杖都会插进软泥里。他不停地低声咳嗽,呼哧呼哧喘着粗气。毫无疑问,事实将再度证明先知是正确的。领班的死期就在眼前。一阵剧烈的咳嗽使他像胎儿一样弓起背,低着头,眼睛鼓起来,血淋淋的黏液流出嘴里。诺塔试图把领班的手臂搭在自己的肩膀上,搀扶他站起来,但领班挥手让他走开。过了一会儿,他喘匀呼吸,直起身子,继续向湖岸走去。

哈泽尔和男孩坐在马车的脚踏板上。天空开始变亮了,朝阳投下缕缕光线,朱明几乎可以辨认出哈泽尔的五官。她的神情异常平静,视线越过朱明,望着闪烁着点点光华的湖水。亨特看起来忧心忡忡,眼睛半睁半闭,手里把玩着一个苍白的小东西。是一小段脊椎骨。

领班跌跌撞撞走完最后几步,松开手杖,跪倒在水边。朱明走到他跪着的地方。

"我不需要帮忙。"领班坚持说。

"我知道。我不会帮你的。"

领班抬起头,苦笑了一下,他的牙齿上沾满了血。"那你能干什么?"他说,接着又一阵咳嗽声打断了他的话。他用裸露的前臂擦了擦嘴,皮肤上留下一道长长的血迹。

"临终祈祷。"朱明说。

"别把我当傻瓜,"领班喋喋不休地说,"你是个好人,朱先生,但你不是虔诚的基督徒。"他捶打着自己的胸膛,又吐出了一团带血的黏痰。夹杂着粉红色的白色黏液从他的嘴角垂下来。他又擦了一把脸,胳膊上又留下一道血痕。细小的波浪从湖面涌来，把他面前的泥土冲刷得干干净净。他的声音粗哑不已，领班吩咐朱明把其他人都叫过来。

朱明向他们打了个招呼，很快他们就都到了跪倒在地的男人身边，站在那儿，双手深深插在口袋里。领班蹲坐着，眼睛紧闭，嘴巴微微张开，呼吸发出空洞的咯咯声。

"他们来了。"朱明平静地说。

领班睁开眼睛，仰起头来。他好不容易才把目光集中在聚在一起的面孔上。"普罗透斯，变形。"他说。

那异教徒还保持着领班的样子，在越来越亮的晨光下，他的皮肤显得苍白而病态。他皱起眉头，咬紧牙关，闪过许多形态，可没有一个是他自己。只有他的眼睛还是老样子。最后，一连串刺耳的咳嗽打断了他没完没了的变化。他又变成了领班的样子。

"变形。"领班再次低声说。

"我做不到。"普罗透斯用领班的声音说。

领班闭上眼睛，低着头。"不然你会死的。"他喃喃地说。

异教徒摇了摇头。"不会的，先生，"他说，"我不会的。"

"这是你自己的生死，"领班说，"随便你。"他使劲向后靠，伸直双腿，躺在地上，两脚朝西，对着水。他又说话了，眼睛却没有睁开。"先知。"老人弯下身子贴近领班，把一只苍老的手放在他的胸前。领班把手指交叉在一起，放在肚子上，手随着吃力的呼吸起伏。"太阳就要出来了，老伙计。"领班说，他的额头上满是汗珠,仿佛每一个字都是从深海平原升起来的。

"是的。"老人回答说。

"你不是基督教的先知,"领班说,"但你毕竟是个先知。"他睁开眼睛,擦干了眼睛边缘的眼泪,又想说话,但又止不住地咳嗽起来。他的身体太弱了,无法再承受剧烈的咳嗽,在早晨的阳光下,他的咳嗽声是那么微弱。他张开嘴又闭上,就这样来回了几次,再也发不出声音了。他伸出一只摸索的手,发现先知的手放在他的胸前,便绝望地敲了敲。

在远处的湖岸,一道光线穿过山顶,开始向他们缓慢地移动过来。

"临终祈祷。"朱明说,"他想让你为他做临终祈祷。"

先知沉思了一会儿。然后,他庄严地点点头,站起身,干瘪的手划过领班的身体轮廓。"归去吧。"先知吟诵道。

突然之间,天空各个角落里的紫色和红色都漂白了,变成了一片空旷无边的蓝色。也许这样的情况每天都会出现,只是朱明现在才注意到而已。他们站在那里,在温暖的阳光下眨着眼睛,注视着沙滩上的领班。他的眼睛变得浑浊,一缕逐渐变干的唾沫在他的胡子上闪闪发光。

朱明想象着11年前,这个死去的人在奥马哈的一间寄宿公寓里再次醒来,身边有1000块钱和一箱子衣服。也许他此时已经在那里了。"安息吧。"他用一种连自己都觉得陌生的声音大声说。

其他人看着朱明，哈泽尔问怎么处理领班的尸体。

朱明看着脚边的死者。"还是把他埋了吧。"他最后说。

他和两个小工一起在软泥中挖了一个坑。挖完之后，他们从坑里爬出来，领班的身体已经开始僵硬了，脖子上的肌腱感觉就像皮肤下的骨头。诺塔走过去合上他的眼睛，他的眼睑却纹丝不动。众人将领班滚进坑中，随着一声闷响，他的身体落在坑底。他的眼睛一眨不眨地盯着白炽的天空，众人把一铲铲潮湿的沙子撒到他身上。朱明倒是一点也不介意，但领班那了无生气的目光让戈麦斯感到不安，于是他把铲子扔到一边，让其他人停下来。他从袖子上撕下一条布条，跳进坑里，嘴里念叨着西班牙语的咒语，然后用布条把领班的眼睛蒙上。朱明把他的铲子柄朝下伸进坟墓，把戈麦斯拉了回来。

"好了，"墨西哥人说，"现在他准备好了。"

他们迅速填埋了墓穴，用铁锹的背面把地面夯实，把泥土整成一个低矮的土堆。完成之后，两个小工开始重新装马车。朱明把一大块长方形的玄武岩放在墓头，退后一步观察效果。坟墓似乎太小了，又短又窄，根本装不下一具尸体。他临时立的墓碑与周围的景色相形见绌。他想着可以为领班建造一座小小的石冢，可想想还是作罢。也许曾几何时，他会为把一个人埋葬却不为他立碑而感到不安。可现在不会了。人们在坟墓上做记号，是为了有朝一日再回来。可谁又会手捧一束野花，回到这片荒芜而被遗忘的湖滩上呢？

从他身后传来颤抖的咳嗽声。是普罗透斯,他倚在一块巨石上,身体痛苦地蜷缩着,手摊开放在胸前。他还是领班的样子,皮肤苍白无比。咳嗽平息后,朱明走过去站在他身边。

"他的大限快到了。"先知宣布。

"老天。"普罗透斯咆哮道,"没人能让这老头儿闭嘴吗?"他猛地抬起头,用空洞的目光盯着朱明,他的脸因厌恶而变得丑陋。异教徒一跃而起,把朱明打倒在地,两个人倒在泥里。"是你杀了他!"普罗透斯咆哮着,摇摇晃晃地站了起来。"现在你也要杀了我,你这个该死的中国佬。"带血的唾沫从他嘴里喷涌出来。

朱明像猫一样翻了个身,随即跃起,眨眼间就拔出枪,上好了击锤,但普罗透斯又向他扑来,尖叫着要杀了他,一拳一拳打在朱明的头上。枪被撞到一边,朱明用胳膊捂住脸,瞥见枪就在地上,他知道普罗透斯也看见了。异教徒猛扑到一边,伸出双手去抓枪,就在他的手指握住枪的时候,一道闪光的弧线向他袭来,接着响起钢铁击碎骨头的声音,听来令人作呕,普罗透斯的身体痉挛一下,瘫软地倒在了地上。

哈泽尔扔下铁锹,把普罗透斯从朱明身上拽下来。他的脑袋还在嗡嗡作响,他颤抖着拉住哈泽尔的手站起来。其他人在一旁看着。朱明喘了口气,掸了掸身上的灰尘。哈泽尔用靴子尖把普罗透斯翻过来,让他仰面躺在地上。血从他颈后一道很深的伤口滴落,他的脸,也就是领班的脸,看起来很平静。

"他没有变回原来的样子。"亨特在他们的脑海里说，声音清晰而冰冷。

诺塔捡起哈泽尔掉在地上的铲子，挎在肩上。他轻蔑地盯着普罗透斯的尸体看了一会儿，脸上的表情难以捉摸。最后他转向哈泽尔，点了点头。"该走了。"他说。

马不安地四处走动，也许是闻到了空气中的死亡气息。

戈麦斯走向马车，坐在一块脚踏板上。"我不会埋葬同一个人两次。"他宣布，"我们走吧。"他对诺塔打了个响指。"伙计，把铲子收起来。"

诺塔来到马车旁，把铁锹扔给戈麦斯，戈麦斯接住铁锹，把它绑在了脚踏板上。

朱明站在普罗透斯的尸体旁，哈泽尔和男孩看着他。

"你和我们一起走吗，先生？"男孩问。

"是的。"朱明说。

哈泽尔舔舔拇指，擦掉了朱明额头上的什么东西。她伸出手给他看。是血。

"他的还是我的？"朱明问，伸手去摸自己的额头。一触即疼。他把手缩回来时，发现手上有一块明亮的血迹。

"看起来是你的。"哈泽尔说。她在衬衫上把大拇指擦干净。"你还在出血。"

"很快就会愈合。"朱明说，但他的头疼得厉害。"去和其他人一块吧。"他告诉哈泽尔和男孩。他走过不长的湖岸，跪在水边,微小的波浪在他周围打转。他身体前倾,用手舀了一点水,泼在脸上,水碰到伤口,他疼得直皱眉。血从他的脸上往下流,从他的下巴坠落,血水滴像水母一样在清澈的水中旋转,分散开来。他用袖子擦干脸,站了起来,膝盖上全湿了。

先知已经骑上花斑马了。戈麦斯坐在马车前面,一手握着鞭子,一手拿着一堆缰绳。哈泽尔和男孩坐在车厢里。

"准备好了吗?"诺塔倚在马车的阴影处问道,双臂交叉在胸前。

"是的。"朱明道。

诺塔爬上马车,轻轻地坐到戈麦斯旁边的座位上。

朱明骑上马,转身面向西边。"我们去里诺。"他说。

45

他们沿着小路绕过湖的南角，向西面的群山进发。天气很热，呼吸很不顺畅。过了这片大山，就是内华达山脉了。他们现在的移动速度快了很多。戈麦斯和诺塔解开了关普罗透斯的大铁笼，笼子掉在地上，笼身很重，半埋在了污泥中，他们将其留在了那里，没有带走。戈麦斯估计笼子一定有四五百磅重。减负后的马车嘎吱嘎吱地驶过地面压实的小道，速度快得足以和朱明的马并驾齐驱。傍晚，他们到达了通往里诺的最后一个山口，弗吉尼亚山脉这边是皮拉米德湖，另一边是辽阔起伏的山谷，翻过去就是里诺了。

傍晚天气凉爽，众人在湖西岸扎营，他们用砍下的山艾树和浮木碎片生起了一堆冒着大量烟雾的火。成群的蚊子在他们周围飞来飞去，横冲直撞，在他们耳朵边上嗡嗡叫。他们逐渐靠近火堆，最后几乎挨着火焰，可蚊子仍然徘徊不去。哈泽尔把手伸进火里，掏出一把余烬。她盘腿坐着，把余烬在脸周围和头发之间挥来挥去,又把余烬放在膝盖上。蚊子只离她一个人远远的。

"明天……"朱明开口说,却突然住了口。他从早上起就没说过话,对自己的声音感到惊讶。其他人都期待地看着他。他清了清嗓子,又试了一次。他指着旁边那大片阴影重重的山脉说,明天他们要翻过这片山脉,顺着山谷向南走到里诺。只要出发得够早,天黑前就能到那儿。

"然后呢?"哈泽尔说。

"那之后,我们就分道扬镳。"朱明说,没有看她的眼睛,"我有一些事要处理,然后我最好尽快离开里诺。"

一只蚊子落在他的手臂上,他把手臂举在面前,看着火焰映衬下那只昆虫的轮廓。这种生物有一种几乎像鸟一样的奇异之美。他一把拍在蚊子所落的地方,在裤子上擦去被压扁的尸体。他的手臂上有一块血迹。

"你要去杀人,"诺塔实事求是地说,"你要杀谁?"

朱明抓了抓蚊子咬过的地方。"一个叫耶利米·凯利的人。"他说,"他是个法官。"

戈麦斯吹了声口哨。"有人想杀法官!"他说,"祝你好运。"

"杀法官并不比杀其他人难多少,"朱明笑着说,"子弹都能把他们打死。"

听到这话,诺塔和戈麦斯都笑了。纳瓦霍人从口袋里掏出一个东西,从火堆上方扔给朱明。是领班的钱包。"我相信那个人欠你一些钱。"诺塔说,"把属于你的拿走。"

朱明打开钱包,拿出一沓钞票,数出400元,摇摇头,又把钞票放了回去。他把钱包扔回给诺塔,后者惊讶地接住了。

"现在还不是时候。"朱明说,"预付一半,完成后再给另一半。交易是这样的。"他用头指指周围,"还不算完成,暂时还不是。"

"你认为明天我们会有麻烦吗?"哈泽尔问道。

"不知道。"朱明说。

"没有。"先知插嘴说。他闭着眼睛,不时哼着不成调子的小曲。这会儿,他睁开眼睛,它们似乎在火光中闪闪发亮,只是和往常一样不能视物。

"老人说没有,那就是没有。"诺塔说着,把一只蚊子从脸边赶走。见朱明无意要回领班的钱包,他便把它放回了自己的口袋。"随便你。"

"来吧,"先知说,"我们坐下,一起缅怀死者。"

他开始哼唱,朱明听出这是几个礼拜前他们路过一个镇子时老人唱过的挽歌。这首歌既没有旋律,也没有歌词,然而当它低沉的和声在先知瘦弱的胸膛上产生共鸣,朱明感到一种深刻的疲倦在自己的骨骼中蔓延开来,呼应着老人的歌声。这是一种声音和沉默的模式,是节奏最基本的轮廓。

最后,先知的哼唱声停了。他说,这是一种标记时间的方式,因此也是一种记忆的方式。

诺塔喃喃地说，他本来就不怎么喜欢普罗透斯。听了这话，老人闭上眼睛，想了一会儿，接着告诉诺塔，他不记得纳瓦霍人提到的普罗透斯是谁了。

他们在火周围睡着了，由着火自行熄灭。天有些冷，烟能熏走一些蚊子。朱明躺在铺盖上，望着天上的星星，开始做梦：他在荒原里，走在一条没有尽头的路上，可无论他走到哪里，脚下的路都在旋转，他把枪装了又卸，卸了又装。他梦见自己一次又一次地杀死同一个人，然后把那人埋了一遍又一遍，他挖了成千上万的坟墓，坟茔排成一排，无穷无尽。

46

第二天早上醒来时，朱明的皮肤和头发都散发着烟味。亨特已经醒了，拿着很久以前找到的那根肋骨，在火坑里挖着最后的灰烬，骨头的尖端粘着木榴油，已经发黑。细小的灰烬碎片在朦胧的黎明中飘向空中，落在戈麦斯的脸上，把他吵醒了。墨西哥人坐起来，用手擦了擦脸，一时不清楚自己身在何方。然后，看到亨特在火坑边捣鼓，灰烬在空中飘浮，他俯下身，一巴掌拍飞男孩的肋骨，把一把沙子扔到他挖出来的余烬上。他注意到朱明在看他，就咕哝着打了个招呼。

"早上好，戈麦斯。"朱明用胳膊肘撑着身体，从铺盖上说。他话音刚落，哈泽尔动了动，在温暖的光线下，他忍不住盯着她的脸。他伸手拍拍她的肩膀，她醒了过来。先知也动了动，醒了过来，稳稳地坐起，眨着一对瞎眼，迎接温暖的一天。

诺塔是最后一个站起来的，他伸伸懒腰，呻吟一声，揉了两下眼睛。所幸时间还早，蚊子没有出来活动。把铺盖卷塞进马车里后，他们就出发了。穿过山脉的路途还算平坦，两边的山峰都是黑色的，从地面向上隆起。他们到达了小路上一个和缓的坡顶，接着从另一边下去，湖泊就这样消失在身后倾斜的地平线下了。最后，他们进入了通往里诺的长山谷。云缓缓地从弯曲山峰的上方飘过，打开，投下细小的雨点，雨点刚落下，便在空中蒸发了。光线破碎而柔和。

他们在漫长的下午到达了里诺，行进过程中，太阳把他们的影子像提线木偶一样斜着投射出来。云已经散去，天空从东到西呈现出从青白到红的完美梯度。等他们给马喂水、喂草时，夜幕降临了。等他们付了租金，住进寄宿公寓时，房间肮脏窗户外的世界已是一片漆黑。两个小工同住一间房，另一间给哈泽尔和亨特，第三间给朱明和先知。诺塔从口袋里掏出领班的钱包，数出三个房间一晚的房租。

朱明看了看店老板身后放酒的架子，询问威士忌的价格。

"25美分一杯。"店主说。他转过身，从架子上拿起一只琥珀色的瓶子，打开瓶塞，放在吧台上。"要多少杯？"

"四杯，除非老头儿也想喝一杯。"他瞥了先知一眼，后者谢绝了。"四杯。"

旅店老板拿出四个有刮痕的玻璃杯，斟满了酒。"一块钱。"他说。

朱明从口袋里掏出一把硬币，用拇指把钱数了出来。他们手拿酒杯，在空荡荡的酒吧间里围着一张桌子坐了下来。这群人古怪至极。两个华人,一个杀人不眨眼,一个老迈苍苍。一个纳瓦霍人,长长的黑发披在肩膀上。一个墨西哥人,皮肤晒得黝黑,在昏暗的灯光下似乎还能发光。还有一个身材苗条的白人妇女和一个坐下脚都够不着地的小男孩。

朱明把酒杯举到眼前。"祝我顺利完成了护送任务。"他说。

诺塔微笑着举起酒杯。"是的。"

戈麦斯和哈泽尔也举起酒杯,四个人一起喝酒。亨特假装举起杯子,脸上带着灿烂的笑容,将想象出来的酒杯里的东西一饮而尽。威士忌卡在了朱明的喉咙里,他咳嗽了几声。

"也许你也得了肺结核。"哈泽尔揶揄道,"我想,如果你也死了,后面马旁边就有地方把你埋了。"

朱明摆摆手,喘了口气。他说:"我要是死了,也是这杯威士忌害了我。"

男孩捅了捅哈泽尔,她看着他,他又做了喝酒的动作,这次更夸张了。她比画了手语,他默默地笑了。然后他假装咳嗽。

"他在嘲笑我吗?"朱明装出一副严肃的样子,一边把酒杯举到嘴边,一边指着亨特。"他最好不是。"他把剩下的威士忌一饮而尽,眉头没皱一下就吞了下去。他沾沾自喜地张大嘴看着男孩。都喝下去了。

亨特拍了拍手,脸上露出高兴的笑容。

"护送任务顺利完成。"诺塔打断他说。他把手伸进口袋,掏出领班的钱包,滑过桌子递给朱明。"我问过先知够不够,他说够了。来吧。拿你的报酬吧。"

"100、200、300。"朱明数着钞票说,"400。完成护送,400美元当报酬。"

"钱包里的钱不止这些。"诺塔说,"先知说你应该接受。"

"我也许是个杀人犯,"朱明说,"但我不是小偷。"

"死人要钱也没用。"诺塔道,"不过这事也由不得你。我们昨晚都同意了。我们谁也不会要里面的钱。"

"我们这个小型巡回演出到此结束了。"哈泽尔说。

"我们不会再表演了。"戈麦斯表示同意。

诺塔计划北上到俄勒冈淘金。第二天早晨,他将独自赶着马车出发。至于戈麦斯,他认为他应该在里诺休息一下,坐下来好好琢磨琢磨该怎么办,甚至可能会去赌两把。他把剩下的威士忌一饮而尽。

"你不需要这些钱吗?"朱明问哈泽尔。他举起领班的钱包,里面仍然装满了钞票和硬币。

"这些人赚钱很容易。"先知说,"不必担心。"

"再说了,"哈泽尔补充道,脸上露出腼腆的微笑,"我已经拿到我的那份了。"她把手伸到桌子对面,轻拍老人的胳膊。"先知,"她说,"那我呢? 我赚钱也很容易?"

"我不知道。"老人回答。

"你有时知道,有时不知道,似乎全看当时需要怎么说。说吧,告诉他。"哈泽尔玩笑道。

"你把钱收起来吧。"先知对朱明说,"你比他们更需要。"

"那就听老头儿的吧。"朱明耸了耸肩,把领班的钱包装进了口袋。他把空杯子在桌上一转,看着杯沿贴着桌面,来回舞动,然后,在酒杯倒下前,用搭成帐篷状的手指将其接住。

他们默默地在桌边坐了一会儿,酒精软化了周围的世界。夜越来越深。上楼后,他们各自回到自己的房间。就在朱明要关门的时候,哈泽尔出现了,她把门撑开,说男孩已经在小工的房间里睡着了,她房间里只有她一个人,而这是他们在一起的最后一夜。寄宿公寓里寂静无声。她拉住朱明的手,他则关上他自己的房门,跟着她穿过昏暗的走廊,进了她的房间,他们关上房门锁好,摇曳的灯光划过墙壁。很快,他进入了她的身体,她贴近,在他身上颤抖着,他们炽热的呼吸交融在一起,将他脑海中每一个想法燃烧殆尽,但有一个念头非常清晰,那就是他爱她。这最后的想法无处不在,无休无止,是他的心声。

47

　　第二天早上朱明醒来时,哈泽尔还在他的怀里,暖暖的身体靠得那么近。光线从窗户透进来,空气中弥漫着灰尘的味道。他拨开她脸上的头发,塞到耳后。他的指尖擦过她的皮肤时似乎发出了嗡嗡声。她动了动,醒了过来,她的眼睛仍然有些迷蒙。她对朱明笑了笑,又靠近一些,他伸出胳膊搂住她的香肩,与她头碰着头。

　　"昨晚,"哈泽尔喃喃地说,"你没有问过我今后有什么打算。"

　　朱明把头往后挪了挪,好看清她的脸。"是的。"他说,"我没有。"

　　"为什么?"她说。

　　朱明想了一会儿。"我想我不想知道。"

　　"你真奇怪,朱明。"她说着吻了他。

　　他们穿好衣服,下楼来到酒馆,先知和诺塔、戈麦斯坐在一个隔间里。见哈泽尔和朱明过来,三人向他们打招呼。

"不必问了,男孩还在我们的房间睡觉。"戈麦斯说。

"很好。"哈泽尔道,"他确实需要好好睡一觉。"

"我觉得你们俩也是。"戈麦斯忍着笑说,"昨晚你们好像没怎么睡。"

"确实。"哈泽尔干脆地说。

两个小工交换了一个会意的眼神。

"你们来得正是时候,"诺塔说,"先知正在给我们算命呢。"

"是吗?"朱明说。

"是的。"戈麦斯说,"他刚刚预言了诺塔的命运。"

"北边的山上有金子。"诺塔微笑着说,"只有我才能找到金子。先知是这么说的。"

"要过很久,你的大限才到。"先知说。他只剩眼白的眼睛扫视着未来无尽的纹路,把经线和纬线分开。"要30年。"他沉默了一会儿。

"然后呢?"诺塔追问道。

先知摇了摇头。"我不知道。"他茫然地凝视着诺塔,"未来像河流三角洲一样从现在向外散开。预言明天很容易。预言后天也很容易。但30年呐。我不能说。我只能肯定是30年。"

"轮到我了。"戈麦斯插嘴说,"我呢?"

先知用粗糙的手指摸了摸戈麦斯的前额,然后缩回手,拇指和食指摩擦在一起,好像在盘一串幽灵念珠。他那失明的眼睛开始了熟悉的寻找：苍老的眼珠在眼窝里转动，整张脸如同凹陷的石像。"你将去圣达菲。"先知吟诵道，"在那里，你的大限将会来到。"

戈麦斯皱了皱眉，看起来有些担心。"多久？"他问道。

"26年。"

"如果我永远不去圣达菲呢？"他问道。

先知笑了笑，双手合十。"那我就不知道了。"

"我以我母亲的坟墓发誓，我绝对不会去圣达菲。"戈麦斯发誓说，他的眼中闪着一丝恐慌。他看着朱明。"你以前不是死里逃生过吗？"

"我想是的。"朱明说。

"他这个界外之人是异数，"先知提醒道，"这世界欠他一笔债。"

"债？"戈麦斯说。

"别再问他了。"诺塔把一只手放在戈麦斯的肩膀上说，"26年有一辈子那么长了。"

戈麦斯张开嘴想抗议，但什么也没说。他往后一靠，一副忐忑的样子。

"来吧，"诺塔从座位上站起来说，"别烦他们了。"

戈麦斯点点头，也站了起来。

"去叫醒亨特吧，你们走之前跟他告个别。"哈泽尔说。

"不需要。"戈麦斯答，"昨晚，在他睡觉前，我们就告诉过他了。"

朱明和哈泽尔坐在那里。朱明祝他们好运,并伸出一只手,两人轮流和他握了握手。

诺塔要离开,但突然停住了。"你知道的,你现在不必孤身一人了。见鬼,你现在可以带着哈泽尔和男孩一起走,这世上没有一个活人能找到你。"

"我还要去见一个人。"朱明说。

"作为你的朋友,我可以让你忘掉他们。"纳瓦霍人说。

"谢谢你,诺塔,"朱明说,"但我无意如此。"

"确定?"诺塔问,"最后一次机会,伙计。没必要因为记忆受这么大的困扰。"

朱明迎上了他的目光。"我确定。"

听到这话,诺塔噘起嘴唇,用肘推了推戈麦斯。"我不是告诉过你他会这么说吗?"他戴上帽子,稍稍调整了一下。"祝你好运,顺利杀了那个法官,朱明。"

朱明点点头,再次感谢他。

"也许我会再见到你们俩,"哈泽尔说,"在另一世。"

"也许会,"诺塔说,"也许不会。"他脸上露出狡黠的笑容。"这要看你到时候还记不记得了。"

48

朱明坐在房间的地板上,他那杀人的武器在他周围排成一圈。先知盘腿坐在他旁边,闭着眼睛,低声哼着不协调的曲子。哈泽尔和男孩坐在床沿上,看着朱明干活。房间里又热又静。外面,太阳正在落山。

朱明把道钉的尖头抵在磨刀石上,一阵干涩而有节奏的声音在空气中回荡。亨特看得入了迷。朱明示意男孩过来。"你看。"他说,接着像往常一样,太晚才想起男孩什么也听不见。他一手拿着道钉,一手拿着磨刀石,把道钉闪闪发光的尖头划过磨刀石。每磨一下,他就把道钉转一点,整体都打磨。男孩蹲坐在那里痴痴地看着。过了一会儿,朱明把腰带的一头绕在靴子上拉紧。他把道钉的尖端在皮革上上下移动,磨得干干净净,像镜子一样光亮。完成后,他把柄部朝外,递给男孩。

亨特伸出小手接过道钉,把尖端对着从窗户射进来的微弱阳光,看着道钉上自己扭曲的倒影。"是温热的。"男孩的声音在朱明脑海里响起。

朱明点了点头。他又做出用皮带磨刀的样子。摩擦。男孩把道钉还给了他,他将其装进鞘套。接着,他把拆下来的手枪零件收集起来,重新组装。他逐个装好弹丸,每次都有一小块铅屑掉到地板上,装完弹丸,他收集起碎屑,揉成一个松散的球,递给亨特。

"他喜欢你。"哈泽尔说,仍然坐在床上。

"是呀。"朱明说,"我也喜欢他。"他把左轮手枪的弹药装好,又把枪递给了男孩。男孩把枪在手里翻来覆去地看,脸上露出着迷的神色。

"不是装了弹药了吗?"哈泽尔厉声说。

"不,"朱明说着张开手,露出一小堆火帽,"没有火帽,就开不了枪。"有人不断地拉着他的身体一侧,原来是亨特试图把枪放回枪套里。朱明从男孩手里接过左轮手枪,平稳地装进了皮套。

"你要去杀人吗?"男孩用他奇特的力量问道。

哈泽尔朝男孩点了点头,向他比画了手语。杀坏人。"我不知道法官的手语怎么比。"她向朱明解释说。

"已经够好了。"他说。他站起来,掸去落在衬衫上的火药和铅屑。

先知睁开眼睛站了起来。他们四个现在都站在房间里,一言不发,等待着。

"我能请你帮最后一个忙吗？"朱明对哈泽尔说。

"任何事都可以。"

"今晚，"他说，"等月亮升到最高的时候，把马和先知带到小镇的西端，到法院附近。我在那儿等你们。"

"然后呢？"她说。

"然后我就告别。"

窗外的天空一片漆黑。朱明摸了摸枪，指尖触到金属，那股寒意让他感到安心。

"你还回来吗？"一个声音在他的脑海里响起。是亨特。朱明摇了摇头，见他这样，男孩哭了起来。

"别哭了。"朱明弯下腰面对男孩说，"别哭了。"他用拇指抹去亨特脸上的泪水，却猛地想起磨道钉的铁屑还沾在手指上，可惜已经太迟了。

哈泽尔看到朱明留下的那大片灰色污迹，轻轻笑了一下。

"过来。"朱明说着，用袖子盖住手，擦了擦男孩的脸。"我把脏东西蹭到你脸上了。"擦掉亨特脸上的斑纹后，他托住他的脸颊，与他四目相对。"你会没事的，听到了吗？"他说完咯咯笑了起来，"他当然听不到。"朱明抬头看着哈泽尔。"你能问问他那根肋骨在哪儿吗？"

哈泽尔用手语向亨特比画了这个问题，男孩点点头，从外套口袋里把骨头拿了出来。"给。"他说，把骨头递给朱明。"你要用吗？"

"不是。"朱明说着,从亨特手上抽出肋骨。他又拿出磨刀石,吩咐男孩和他一起坐在地板上。他非常小心地打磨了像长矛一样的肋骨。在磨刀石上磨了几下,骨头上的血迹就消失了,又磨了几下,肋骨的尖端就像尖锥一样锋利了。朱明把肋骨举到眼前,仔细端详,然后做出对它吹气的动作。他把骨头举到男孩的面前。"吹。"他说。亨特照办了,把一团非常细的白色骨粉吹到了空中。朱明把磨刀石收起来,系紧背包,站起来背在肩上。

"再见。"哈泽尔说,她的声音很轻,透着沙哑。

"是的。"他弯下腰,与亨特平视,他的手有些笨拙地比画着他模模糊糊记得的手语。我去杀人。听话。再见。

49

由于年久失修,门上的旧金属门闩生满了铁锈,非常脆弱。朱明撬开门锁,用靴尖把门踢开,门闩只发出一声很轻的嘎吱声,门就开了,干燥的铰链也只是轻轻地响了一声,便没有了动静。朱明贴着外墙蹲伏下来,手里拿着枪,头探过门框,窥视着房子里黑暗的走廊。他蹲在敞开的门边,等了很久。他很久以前就学会了忍耐。监视一所房子,直到最后一盏灯熄灭,然后再等一个钟头。随着时间的推移,意想不到的事情会逐渐发生:所以必须给出时间。在这寂静凉爽的荒原之夜,时间充裕得很。朱明调整了一下握枪的姿势,又等了一会儿。

这时,一个很轻的声音响起,有什么东西在动,他把枪举到眼前,通过枪管上的瞄准器望着黑暗。一小团模糊的东西从他身边飞奔而过,他吓了一跳,差一点就开了枪。那东西跳上一棵白色赤杨的树枝,把两只闪闪发光的眼睛转向朱明。原来是一只猫。朱明呼出一口气,等心跳慢下来。走廊上没人。他从蹲着的地方站起来,跨过门槛。

屋子里,破碎而柔和的月光透过肮脏的窗户照进来,地板上满是灰尘,不管他走到哪里,地板都吱吱作响,他只得慢慢地移动。一阵微风从他身后敞开的门吹进来,轻轻呼啸着吹过屋子。他扭头看了大门一眼。他应该把它关上的,但至少有一线月光从大门透了进来。他的眼睛正在适应黑暗。他小心翼翼地迈出一步又一步,地板吱嘎作响,沉闷地回荡着。通往厨房的门在他的左手边,餐桌上还摆着单人餐具,盘子还没洗。炉灶旁的墙上挂着一盏灯,光线微弱。朱明扫视了一下房间,枪一直捧在眼前,直到确定没人,他才走过门口。

最后,他来到了卧室门口。房门虚掩着。他伸出一只手,摸了摸门靠近合页的部分,这样门就会轻轻地打开,就像是被穿过房屋的风吹开了一样。法官的长袍搭在一把木椅上,旁边是一张空空的书桌。床塞在对面的角落里。朱明悄悄进了房间,他的脚步十分缓慢,以免弄出动静。当他走到床边时,他站起身来,低头看着睡在床上的人。

"耶利米·凯利,"他低声说,"你这个狗娘养的。"

他把枪塞进枪套,抽出道钉。他从未打算用枪了结凯利。枪一响就会惊醒邻居,把守夜人从两扇门外的治安官办公室引来。他不可以出声。他右手牢牢地握着道钉,把左手移到法官脸颊上方几英寸处,距离太近了,他甚至都能感觉到对方的呼吸扑到他的手心。

"凯利。"他大喊道，法官的眼睛猛地睁开了。

朱明把左手向下按去，像钳子一样死死地捂住那人的嘴，把他的下巴合上，让他无法发出哪怕是微弱的尖叫。法官挣扎着从被窝里挣脱出来，朱明把全身重量压在法官的头上，按住他的头，抬起他的下巴，把道钉的尖端对准他的喉结下方，猛刺进法官的喉咙里。法官的身体开始抽搐，双手伸向脖子，鲜血开始从道钉的边缘不断滴落，由于钢铁做的道钉依然插在肉里，才没有大量的鲜血喷涌而出。

朱明弯下身子，让法官看到他。"还记得我吗？"他咆哮道。他从法官的脖子上抽出道钉，血开始喷溅而出，朱明把手从凯利的嘴上拿开。

法官像鱼一样张开又闭上嘴巴，却只是发出一声轻轻的哨声。他的眼睛睁着，搜寻着，充满了困惑。朱明在床脚最后一点干亚麻床单上把道钉擦干净，装进枪套。法官抓着被单，眼睛睁得大大的，拼命想挣脱。这是濒死前的慌乱，是逃避性条件反射。随着一声沉闷的撞击声，他终于摔下床，掉在地板上，腹部着地。黑暗中，地板上的血迹看起来几乎是黑色的，光滑得像漆一样。

朱明冷静地看着法官。他蹲下来，仔细端详了一会儿凯利的脸，然后起身把椅子拉过来，法官的长袍从椅子上掉了下去。朱明坐在裹在亚麻床单里的法官旁边。"现在只剩下波特兄弟了。"他大声说。他瞥了凯利一眼，但在黑暗中，他找不到对方的眼睛。他沉默了很久。"他给了你多少钱把我打发走？"终于，他问道，"1000？ 2000？ 你把钱花在哪儿了？"

法官的眼睛茫然地扫视着，他的手指在粗糙的木地板上无力地弯曲着。他没有回答。

"你这个可恶的狗杂种。"朱明说着站起来，声音几近耳语，"你做的事，不可原谅。"

朱明走到厨房，从墙上取下灯笼，在柜子里找出一瓶煤油，拿着回了卧室，在那里，法官趴在自己越流越多的血泊中。朱明从他身上跨过去，把煤油泼到法官的床上，又泼到墙上、地板上和法官的身上。瓶子空了，房间里弥漫着刺鼻的气味，地板上，煤油和法官的血混合在了一起，朱明把灯笼放在上面。他蹲下身子，取下提灯的挡风盖，把明晃晃的火焰推到法官的床下，火苗烧了起来，木床框开始烧焦发黑。他站起来走了出去。到了卧室门口，他转过身，仿佛期待法官会对他说些什么。地板上的凯利早已咽了气。

"顺便说一句，你的猫跑出去了。"朱明说。一小团火焰顺着床腿往上蹿，碰到煤油和鲜血，突然旺起来，嘶嘶地燃烧着。房间里越来越亮了，烟雾弥漫，有些窒息。朱明大步走到房子的前门，随手关上了门。在月光的映照下，烟开始从屋顶龙骨的缝隙中渗出。他低着头快步走着。法院就在不远处。当他经过治安官办公室的时候，他脚下的地面随着火光照出的野草的影子而起舞。他转过身来,只见法官的房子全被大火吞噬了,每一根木头都冒着火焰。治安官办公室里传来惊慌的喊叫声,接着门猛地打开,守夜人跑了出来,后面跟着一群看上去好像刚醒来的人。

朱明穿过马路,继续往前走,从帽檐下偷偷看了一眼法院旁边的场院。两匹马旁边站着两个模糊的人影。他一直拣有影子的地方走。街上的窗户慢慢地打开了,男男女女都探出头来,夜晚充满了奇怪的低语和越来越高的警报声。朱明来到法院,躲进黑暗中。

"干掉他了吗?"一个低沉的声音传来。是哈泽尔。

"是的。"第二个声音传来,声音比较苍老,很沙哑。是先知。

"那个狗娘养的已经死了。"朱明说。

他抓住先知那匹花斑马的缰绳,在黑暗中找到了他布满皱纹的手,皮肤薄如纸,覆盖在骨头上。他扶老人上马。橙色和红色的光在法院阴影的边界闪烁。空气中弥漫着刺鼻的烟味。朱明的眼睛适应了黑暗,他能辨认出哈泽尔的脸,看到她明亮的眼睛和柔软的嘴唇。他用手托着她的下巴尖,把她的头歪向一边,吻了她。她有一股煤油的味道,甜美而病态,他伸手搂住她的后颈,把她拉得近一些。过了好一会儿,他才分开两人之间的距离,凝视着她,一直握着她的手。

"祝你好运。"她低声说。她的眼睛里闪着泪光,却还是对他笑了笑。

朱明放开她的手，骑上马。他向她道了别，伸手去拿花斑马的缰绳。然后，他从马鞍上弯下身子，再次握住她冰冷的小手，紧紧地捏了一下，他的胃深处突然传来一阵剧痛。

他找准西边，用力一夹马肚子。天空里布满了苍白的星星。

命

朱明
的
千宗罪

The
Thousand Crimes
of
Ming Tsu

第三部分

50

朱明和先知在黑暗中离开里诺，沿铁路向北骑了几英里。周围的地形发生了变化，扭曲，上升，与西边地平线上拔地而起的内华达山脉相接。有些地方的树木扭曲而萎缩，仿佛在躲避荒原的触碰。借着月光，他们看得很清楚，他们的马毫不动摇地在浓密的灌木丛中择出一条路。不久，法官燃烧的家发出的火光就在他们身后的地平线上消失了，朱明停下两匹马，让先知下马。再过几个小时就天亮了。他们铺好铺盖卷，看着星星围绕着他们旋转。

"我的大限快到了。"先知说。

朱明从夜空收回目光，转过头去看先知，先知仰面躺着，双手枕在脑后，眼睛睁得大大的。"多久？"朱明问。

"快了。"先知回答说。他坐起来，似乎在凝视着西边破败的灌木丛和处在阴影中的黑黢山脉。他用拇指和食指捏了捏泥土，揉搓着，观察泥土是如何碎裂的。

朱明也坐了起来，面对着先知。

"明天必有祸端。拼尽全力去战斗吧。"先知说。

"你会被杀吗，老头？"

先知微微一笑。"明天还不是我的大限。但也快了，我的孩子。"

"你昨天对他们撒谎了吗？"朱明说，"我是指诺塔和戈麦斯。"

"我不记得了。"

朱明咯咯笑了。"你当然不记得。"

薄云掠过月球表面。朱明集中焦点，发现可以欺骗自己的视角，将大片的星星缩小到一个平面，让世界翻转过来，这样他就可以让自己相信，他不是在向上看，而是在向下看星星的画布，就好像他紧紧抓住世界的屋脊，看着苍穹在脚下前进。一阵强烈的眩晕席卷他的全身，他举起一只手，或者更确切地说是放下一只手，条件反射般地抓着铺盖旁的草以免摔倒。他摇了摇头，闭上眼睛，眼睛再度睁开时，世界又恢复了正常。他注意到先知正盯着他看。

"如果你要穿过内华达山脉，"老人说，"你应该走一条你还不知道的路。"

"怎么才能找到那条路？"

先知用手指在空中搜寻着，仿佛在寻找着意外事件，然后把它们一一击碎。他停顿了一下。"我不知道。"

"你说话真有趣,老头儿。"

先知笑了笑,他们都沉默了。

"我的大限快到了,"过了很久,他又重复了一遍,"仔细听着,我的孩子。我现在为你做最后一个预言。"他用一根苍老的手指在地上敲了一下,竖起耳朵,听着敲击的声音,接着轻声哼起了小曲。"这片大地虽然很新,却比你所知道的还要古老。"先知说。他似乎是凭一段不可思议的记忆说话的。"很久以前这里有水,很久以后这里也将有水。"他的脸闪闪发光,仿佛在初升的太阳的照耀下。他宣称,一切都将改变。就像天地万物一直都在变化一样。脚下的土地在变化。大地变得低洼,海洋就会没过地面,山峦从裂缝中拔地而起。他说,随着时间的推移,星星会一个接一个地燃尽,月亮会飘走。随着时间的推移,就没有什么可凝望的了,只剩下一个漆黑无星的夜晚,由渐行渐远的月亮照明。水会冲刷大地,火会把大地烧得干干净净。老人伸出双手,在泥土中拖出长长的弧线。他们脚下的土地属于那些按照自己的形象改造它的人,他们在这片土地上一遍又一遍地穿行,了解它的轮廓和特点,以及一天结束后剩下的东西。先知说,土地只记得人们在其上所付出的劳动,即使那些劳动在那些劳动者的头脑中变得灰暗和模糊,土地仍然留有记忆。

无处不在的黑夜寒气逼人。

"没有什么记忆是不请自来的,"老人说,"在我们的脑海中,我们的记忆一直在沉睡,只有在被唤醒后才出现。"他那双只剩眼白的失明眼睛找到了朱明,脸上浮现出悲伤的微笑。"你会记得我吗?"他近乎孩子气地问道。

朱明发誓他会的。

"谢谢你。"老人说。

他们坐在一起,看着月亮慢慢沉入地平线。他们似乎是天地间仅有的人。

"当我的大限来临的时候,"先知终于说,"不要靠近我。"

"为什么?"朱明问。

"到时候就知道了。当我的大限到了,"老人说,他的声音严肃而有力,"你一定要转身就跑,我的孩子。"

51

早上,他们收拾好东西,并肩骑马出发了。这天在风平浪静中过去了。太阳落山,西边的天空泛着红光,突然,他们身后远处传来了马蹄声。朱明在马鞍上转过身,眯起眼睛看到一群人纵马奔驰而来,激起了团团尘土。他看不清他们的容貌,只看见长鞘套在马鞍两侧晃动。毫无疑问,鞘套里装的是步枪。他拉拉先知那匹马的缰绳,又夹了夹他自己那匹马的马刺,让马儿慢跑起来。现在,他们两个在闪着微光的热浪中穿行,一个是杀人犯,另一个是盲人,在马鞍上不住颠簸。他们骑马经过一座低矮的平顶山,绕到山后,躲开了骑手的视线。就在他们绕过平顶山的时候,一个人骑着马突然出现在他们面前,挥舞着一把巨大的霰弹枪开了一枪,但没打中,铅弹嵌入了平顶山的红岩中。朱明的马惊得直立起来,他拉紧缰绳,逼它站稳,马儿惊慌失措,鼻孔和眼睛都张得老大。朱明拔出左轮手枪,瞄准了那个拿着霰弹枪的人,正要开枪,却发现骑马人看到他们，像朱明的马一样惊讶。一种如释重负的神情掠过那人的脸，他把手举过头顶，表示投降。他的头发又黑又乱，长到肩膀，朱明猜他一定有七英尺高。

"搞什么鬼？"朱明咆哮道，枪还稳稳地握在手里。

巨人举起双手大笑起来，摇了摇硕大的脑袋。"对不起，先生。"他说，"对不起。"他放下一只手，把霰弹枪塞回鞘套里，又把手放回头顶。"我们还以为你是来杀我们的呢。"

"我们？"朱明恶狠狠地说。

"是啊。"那人说，"我的手下。假如你允许我把手放下来，我可以把他们喊过来，让你知道我们并没有恶意。"

朱明放低了枪，但一直对准巨人。"叫他们出来吧。"

那人放下双手，松了一口气。"谢谢你。"他说，"伙计们！"他喊道。他把手指插进嘴角，吹起了响亮的口哨。

从平顶山后面更远的地方来了六七个人，他们个个儿面容憔悴，其中一个走起路来一瘸一拐的，大腿上缠着止血带，裤腿上沾着血迹和灰尘。

朱明向自己和那些人之间的地上开了一枪以示警告。"退后。"他说。

"你们听到他说的了。"那人镇定地说。他挥了挥手。"退后。"

"我们这就走。"朱明说着，开始掉转马头。

巨人眯起眼睛瞧着朱明的脸，突然睁大眼睛，认出了他。

朱明瞄准那人的胸膛，让马停下。

"帮我们一个忙。"那人说。

"我从不帮别人的忙。"

"你看见后面那些骑手了吗？"

"他们是什么人？"

"他们是来杀我们的。"巨人说，"我叫赫克斯顿，他们是……"他指了指他身后的那群人，"他们都是我的人。有人悬赏要我们的人头，那些骑手是来拿人头领赏金的。"

"这不关我的事。"朱明说。

"我想是的。"巨人亡命徒的脸上露出了得意的笑容。"看来你别无选择了。伙计们，"他夸张地说，"那个华人杀人犯值多少钱？"

"一万块，头儿。"他后面的一个人说，那是一个枯瘦的黑发男子，看起来像是有好几天没吃过东西了。

"一万。"赫克斯顿重复道。"见鬼。"他对朱明说，"你在这一带可算得上有名了，你知道吗？"

"你认错人了。"朱明说。他不知道身后的骑手还有多远。

"我想我没有。"亡命徒说，"我数了数，我们有七个人，你们只有两个。"他斜靠在马鞍的一边，想看清楚先知。"应该说，你们能打的只有一个。现在我们很想拿到那一万块的赏金，相信我，我们可以……"他拍拍身边的霰弹枪，"但针对我们的悬赏不会撤销。"他交叉双臂，微微一笑。"帮个忙怎么样?"

"你的人受伤了。"朱明指着那个脸色苍白、腿受伤的人说。

"他在里诺挨了治安官一枪。"赫克斯顿说。

追赶者逼近的马蹄声越来越清晰。他们之间也许只有一分钟的距离了。朱明转向老人。"先知?"他说。

"帮助他们。"先知道。

"你听到那个老头说的话了。"赫克斯顿说着,掏出了他的霰弹枪。

他一咂舌,几个手下开始爬上平顶山,他们的背上都背着步枪。那个受伤的人一瘸一拐地爬上岩壁,痛得龇牙咧嘴,他转过身,重重地坐下,从脚踝处皮套里掏出一支单发短筒手枪,靠在石壁上。

巨人抓住马缰绳,上了霰弹枪的击锤。他把枪横放在马鞍上,枪托在他那只巨大的手里显得很小。"现在把枪好好利用起来吧。"他告诉朱明。

骑手们快到平顶山了,朱明听见他们在互相喊话:"挺住,小心点。"他骑马跑到平顶山前,在马鞍上转了个身,瞄准平顶山旁空荡的空间。前方刚一出现模糊的动静,他就瞄准骑手开了一枪,在第一个追赶者的胸口打出了一个血洞。骑手向后一趔趄,从马上栽了下来,一只脚扭曲着缠在马镫上,马疯狂地跳起,拖着他的身体走了一小段路之后,他的脑袋撞在了一块巨石上。现在有更多的骑手飞驰而来,朱明数不清有多少人,可能是四个，也可能是五个，于是他骑马绕了一个小圈，从侧面包抄他们。他身后响起了左轮手枪的急速射击声，原来是赫克斯顿一伙人在骑手们绕过平顶山时从山上向他们扫射。先知平静地坐在花斑马上，一人一马似乎都没有注意到周围的交火。赫克斯顿策马直冲向袭击者，一挥霰弹枪，枪划出一个巨大的弧线，正中其中一名骑手的腹部，将那个人击落下马。亡命徒赫克斯顿追上那个摔倒在地的人，在经过时朝那人的胸口开了一枪。

"趴下。"先知叫道，朱明立即笔直地躺在马鞍上，一颗步枪的铅弹从他的脸上方呼啸而过，只有几英寸的距离。

他坐直身体，找到了子弹的来源：有个人正在转动装填杆，填装新弹药，黄铜弹壳从顶部飞了出来。就在那个人用力向后扳步枪杆时，朱明开了枪，但没有打中。他又开了一枪，这一次打中了那人的脸颊，对方同时也开了一枪，但打偏了，连发枪从他的手中滑落，他在马鞍上往旁边一倒，消失在了翻腾的尘土中，他摔下去时，鲜血从脸上的血洞里喷涌而出。朱明瞄准了另一名骑手，但就在他准备开枪时，那人的脖子突然被打爆，脑袋一耷拉，整个人栽下马去。在平顶山上，赫克斯顿的一个手下得意地欢呼着。

一匹没人骑的马从朱明身边疾驰而过，坠下马的骑手蹲在他面前的地上，当朱明的马靠近时，他把枪对准了朱明。朱明重新上好击锤，猛地拉紧缰绳，马后退直立起来，那人的子弹射进了马肚子,马浑身一震。朱明的马在他身下瘫倒在地。他重重地摔落,马从斜坡上滚了一小段路,身体瘫软,已经断了气。空气中弥漫着灰尘,朱明不得不闭上眼睛。

"开枪!"先知喊道。

朱明虽然什么都看不见,还是扣动了扳机,一个人在他面前几步远的地方摔倒在地。他站起来,眨巴着眼睛抹去眼里的灰尘。被他击中的那个人躺在地上扭动着,朱明走到他身边,又朝他开了一枪,那个人抽动一下,就一动不动了。朱明再次上好左轮手枪的击锤,扫了一眼整个平原,却只看到很多人和马躺在地上,有的已经死了,有的只剩下半口气。在他们身后,没有人骑的马惊恐地奔向远方,像是一个个小黑点。先知泰然自若地坐在马鞍上,哼着小曲。朱明走向他那匹已经死了的马,从马鞍上卸下背包,背在背上。

赫克斯顿骑在马上,手里拿着霰弹枪,穿过一具具尸体。他注意到朱明在看自己,于是对他咧嘴一笑。"干得好,伙计。"他说。他把两根粗大的手指塞进嘴里,朝平顶山吹了一声口哨。"伙计们,"他喊道,"下来吧。"

"斯坦顿死了,头儿。"一个人从平顶山顶上喊道,"眼睛给射穿了。"那个人把同伴血淋淋的脸抬过边缘。"要不要把他扔下去?"

"别管他了,"赫克斯顿说,"没时间埋葬他了。"

那人下了岩壁,后面跟着三个人。腿受伤的黑发瘦削男人还在战斗开始时的位置，坐在平顶山8英尺高处的一块巨石上。他手里还拿着短筒手枪，往后靠着，一只手捂着肚子。

"下来吧，克拉克。"亡命徒对他说。

黑发男子摇了摇头。"下不去了，头儿。我中弹了。"

"哪里中弹了？"赫克斯顿问，"给我看。"

克拉克紧皱眉头，缩回了手。他的衬衫上沾着泥和血，鲜血从他的手指滴下来。他痛苦地呼吸着，眯起眼睛看着赫克斯顿，又把手捂在伤口上，脸上满是汗珠。巨人下了马，大步走向巨石。他的动作异常敏捷，他太高了，几乎可以和克拉克平视。他伸出一只大手，把将死之人的手移到一边，检查了伤口。

"我要完蛋了吧？"克拉克说，声音微弱。

"我想是的。"赫克斯顿说。

克拉克咳嗽了一下，更多的血从他的内脏里流出来。他的头耷拉了下去。

赫克斯顿后退一步，举起霰弹枪，开了一枪。克拉克的头就这样化为了一团血雾。亡命徒面对着聚集在他面前的手下，只剩下四个人了，浑身脏兮兮，蹭满了血迹。"去搜他们的身。"他命令道。

这些人散开，来到追捕者那被踩踏和中弹的尸体边上搜寻，翻找他们的口袋，把背包里的东西倒在地上。

巨人来到了朱明站着的地方。"你给我们帮了大忙，中国佬。加入我们怎么样？"他指了指朱明手里还拿着的枪。"你可真是个神射手。我们需要你这样的人。"

"我要去一个地方。"朱明说。

"是吗?"赫克斯顿扬起眉毛,"是什么地方?"

"加利福尼亚。"朱明说。

亡命徒吹了声口哨。"那要翻过内华达山脉,路还远着呢。很快就要下雪了。你和那个老人都去?"

"是的。"朱明说。他瞥了先知一眼,他仍然骑在马鞍上,闭着眼睛哼着那不和谐的旋律。

赫克斯顿弯下腰,与朱明平视。他脸上带着阴险的表情。"他不是普通的中国佬,对吧?"赫克斯顿低声说。

朱明没有回答。他开始往后退,向坐在花斑马上的先知走去。

"我听见你叫他什么了,你叫他先知。"赫克斯顿怒吼道。

朱明停了下来,冷冷地看着这个高大的家伙。"只是随便一叫。"他说。他已经记不清自己的枪里还剩多少发子弹了,但他知道这些子弹不足以对付赫克斯顿和他的手下。也许他先杀了巨人,其他人就会逃跑。

"什么时候开枪,什么时候躲避,那个老头儿都会提醒你。"赫克斯顿的一个手下说。他洗劫完了尸体,来到亡命徒身边,和赫克斯顿巨大的身躯相比,他看起来几乎像个孩子。那人眯着眼看了看朱明和先知。"要我说,这个华人老头有第三只眼睛。"

赫克斯顿走到朱明面前，把一只巨大的手放在他的肩上。"我想这个老头儿可以和我们一起，中国佬。"他说着一咂舌头，他的同伴随即将左轮手枪上好了击锤，对准朱明的胸口。巨人向坐在花斑马上的先知打了个手势。他们二人平视彼此。"你还有什么预言，老头儿？"他问。

先知睁开眼，盯着赫克斯顿，一对盲眼射出凌厉的目光。朱明感到那只放在他肩膀上的大手惊讶地抽搐了一下。

"这里有一个人叫麦克斯韦。"先知说。

"我是麦克斯韦。"赫克斯顿身边的人说。他的枪一直对准朱明，但他的眼睛紧张地瞟着先知。赫克斯顿没有说话。麦克斯韦终于控制不住自己了。"那么，该死的预言是什么？"他问。

"他会杀了你。"先知对赫克斯顿说。

"谁？"赫克斯顿咆哮道。他的目光转向麦克斯韦。"他吗？"

"不是我。"麦克斯韦结结巴巴地说。他脸色苍白，手里的枪开始颤抖。"头儿，不是我！"

"那老头说是你，不是吗？"赫克斯顿怒吼道。他把手从朱明的肩膀上拿开，十分骇人地向后一甩手臂，一巴掌打在了麦克斯韦的脸上。那人向后飞了出去，枪掉在地上。

巨人转身跟了过去，他一背过身去，朱明立即扑过去捡麦克斯韦掉落的枪。似乎没有人注意他。赫克斯顿的其他几个手下都隐隐露出惧怕的神色，盯着他们的头儿和麦克斯韦。朱明站起身，偷偷地回到先知身边。这时赫克斯顿蹲在麦克斯韦身边，用一只有力的手死死捂住他的脸，不让他发出恐惧的尖叫。

与此同时，朱明双手背在身后，脸上带着难以捉摸的神色，将指尖伸进麦克斯韦那支枪的枪膛，数出还剩五发子弹。那人一定是在交火结束前重新装了弹药。朱明看了先知一眼。"可以拼尽全力去战斗吗？"他低声问，老人非常轻地点了点头。朱明在身后把麦克斯韦的枪扣上击锤，几乎漫不经心地抬起手，把一只手放在先知的鞍角上。

赫克斯顿用一只手掐住麦克斯韦的喉咙，将他抬了起来，然后残忍地把他扔到平顶山的岩壁上。那人的眼睛开始变得浑浊，从斜坡上滚了下来，手肘和膝盖都扭曲在了一起。巨人瞪着朱明和先知，喘着粗气。没有人动一下。"还有什么预言吗，老头儿？"赫克斯顿咆哮着，脸上绽开了疯狂的笑容。

"还有一个。"先知说，他的声音很清晰。

"什么意思？"赫克斯顿怒吼道。

"朱明会杀了你。"先知说着，移动到马鞍后面。

赫克斯顿冲向朱明，朱明一枪打穿了他的眼睛。亡命徒摔在沙地上。其他人连忙去掏枪，想拔出枪来。朱明一跃而起，跳上先知的花斑马，老人稳稳地坐在他身后。他又把麦克斯韦那支枪的击锤扣好，射倒了一个人。然后，他的脚后跟狠狠地踢了一下马肚子，马后腿直立，拔腿就跑。他重新装好击锤，又开了一枪，赫克斯顿那伙人里又有一个倒下了。只剩两发子弹，也只剩两个人了。朱明瞄准，又开了一枪。只剩一发子弹，

第三部分 命

也只剩一个人了。一枚子弹从朱明头上呼啸而过，射入几百码外的泥土里。朱明开了枪，那个人中枪后瘫倒在地上。他又用靴子后跟狠狠地夹了一下马肚子，马就飞快地跑开了。朱明在马鞍上转过身，平顶山开始在地平线上逐渐缩小。

忽然，一个巨大的身影摇摇晃晃地站了起来，手里拿着什么东西。在他们身后20码的地方，子弹激起一阵尘土，接着他们听到一声枪响，枪声的回声一直延伸到远处。朱明咒骂一声。他把麦克斯韦的枪扔到泥土里，拔出他自己的枪，开了一枪，接着重新上好击锤，又开了一枪，这次只听到击锤落在空火帽上的干巴巴的声音。他的枪没有子弹了。

"我要打死他。"他说，低声咒骂着，"我要打死那个混蛋。"

"是的。"先知说，"时间一到，你一定可以了结他。"

突然，先知抽搐一下，歪向了一边，朱明连忙伸出一只手，在老人栽下马之前将他扶住。他那苍老的眼睛在渐渐暗淡的暮色中闪闪发光。过了一会儿，远处传来第二声枪响。先知瘦骨嶙峋的大腿上出现了一道血迹，原来是一枚铅弹擦着他的大腿打了过去。血顺着他的小腿流下，在他们经过时滴在山艾树上。朱明用脚后跟猛戳花斑马，但那匹马的速度已经到了极限。他那匹纯种的枣红马比先知那匹温和的花斑马要快，要不是那混蛋一枪打中了它的肚子，它一定能跑得更快。他真想问问先知，他的马是不是死得很痛苦。等他们到了安全的地方再说吧。他们骑马奔向夕阳的方向，老人的腿摇摇晃晃，他们跑呀跑呀，天空变黑，马儿筋疲力尽，不肯再往前走，他们终于停了下来，扎营休息。他们没有生火，四下里寒意逼人，先知的受伤的腿仍在渗血，染红了他的铺盖。朱明守着老人，手里的枪重新装好了弹药。

52

朱明惊醒过来，枪还在他的手中，摸起来是温热的，天很冷，几乎令人瑟瑟发抖。他一定是睡着了。他睡眼惺忪，在黑暗中摸索着寻找先知，他突然意识到老人不在了，不禁感到一种令人作呕的眩晕感。他用手擦了擦脸，环顾四周，但他知道先知早就走了。从铺盖处开始，沙地上有一条细细的拖曳痕迹，上面有斑斑点点的血迹。

朱明站在那里，目光一直追踪着延伸进黑暗中的痕迹。痕迹一路向东，返回了他们来时的方向。先知的花斑马站在原地睡觉。朱明想着可以跳上马鞍，带着枪再次向东，去寻找赫克斯顿和先知。他可以追踪受了重伤的先知留下的夹杂着血迹的痕迹，翻过平顶孤峰和河谷，在赫克斯顿之前找到他。他还可以骑马南下，进入内华达山脉的丘陵地带，一边走一边用望远镜观察地平线，从侧翼杀了那个亡命徒。然而，即使心里这么想，他知道自己也不会真这么做，他会抛下先知血淋淋的铺盖，再次向西骑行，在那片原始的土地上驰骋。他把背包绑在先知的马鞍上，纵身上了花斑马。那匹马左右摇着头，醒了过来。东方的晨光有些苍白，照耀着沙地。朱明和马的影子在脚下缩短了。他能做什么呢？先知说过他的大限即将来临。朱明已经死过一次了。

界外之人。

他骑马沿着一条满是淤泥的小河向西行进，太阳一直在他的背后。下午三点左右，他骑着先知的花斑马沿着河岸来到一片布满红岩和尘土的小石岬角。他停下，从背包里拿出满是划痕的黄铜望远镜，慢慢地扫视远处的地平线，观察有无动静。一只郊狼穿过灌木丛。几只秃鹫啄食着一具动物尸体。然后，在东面一小片山脉之间的风坳里，他看见一个巨大的黑影正吃力地穿过这片土地，他牵着一匹马，马鞍上坐着一个戴着兜帽的俘虏，双手被绑在背后。他们走的还是前一天他和先知走的那条路。透过望远镜模糊的放大镜，他看不清牵马人的脸，也看不清被囚者和他身下马匹的轮廓。但轮廓与形状在他看来都非常熟悉。通过牵马之人的步态，他分析着那人的意图。

虽然与那两个人之间的地形起伏不定，很难穿越，但朱明估计他们相隔有三英里。他把望远镜放回背包，拿出水壶，喝干了里面的水。他觉得嘴里干渴难耐，喝完后，有几滴水洒在马鞍上，在耀眼的热气中消失在了皮革里。朱明整整帽檐，擦了一下嘴。

第三部分 命

他把水壶放好，抓住先知那匹花斑马的缰绳，策马慢跑起来，马蹄咚咚地踏在他脚下干透了的土地上。不，灰尘太多，他太显眼了。朱明拉了拉缰绳，马减慢速度，只是小跑着。他不清楚赫克斯顿是否也有望远镜。巨人是否也用望远镜观察过他，就像他也用过望远镜观察巨人一样，在这片土地上测量方位，找出路线。他想知道自己在这闪闪发光的热浪中看起来是什么样子。

他骑马向西，开始眯着眼睛做梦，那是一个清醒的梦，在他穿越的沙地上栩栩如生地上演着。他扣动扳机的手指抽搐了一下，他看到一支想象中的枪以正常情况四分之一的速度在他张开的手中弹起，枪管里迸出火花，赫克斯顿的眼睛被打爆，血从空洞的眼窝里流出来。一颗子弹嵌在脑袋里，什么样的人还能摇摇晃晃地站起来？

这会儿，地面上出现了一道缓坡，朝上走的时候，先知花斑马的马蹄声断断续续，变化不定。老人受伤已经整整一天了。太阳正落到了内华达山脉之下。月亮从东方升起，接近满月，侧面缺少了一道细窄的弧形，好像它是一颗铅弹，放在一支隐形的巨大左轮手枪的枪膛里。在寒冷的月光下，朱明沿着丘陵地带向北走去，他先是盼着能找到一条小溪，接下来想着找个渗水的地方也行，最后只要能找到一丝水迹就满足了。可什么都没有。先知的花斑马一直都很无精打采。走着走着，马儿不肯走了，朱明便在原地扎营，把铺盖铺在一块朝东的倾斜巨石上。他倚着巨石,手里拿着望远镜,观察着月光下的风景,寻找赫克斯顿。没有那个人的踪迹,也没有骑在马上的俘虏的踪迹。他好像看到远处有篝火的昏暗光线,但当他用望远镜观察时,却什么也没发现。他并不累。

到了晚上,先知的花斑马弯着膝盖跪了下来,硕大的脑袋耷拉着,鼻孔张得大大的,眼睛很浑浊。它的唇边挂着又长又细的唾液。已经很久没有水喝了。那匹马向边上一歪,翻倒在地,无力地踢着两条腿。

如果不是有人在追赶,朱明一定会用枪口抵住马的额头,把它从痛苦中解脱出来。但是,只要枪声一响,就有可能被发现。"对不起。"他低声说。

马的呼吸缓而粗,它的目光落在朱明的脸上,似乎在要求什么。

"非常对不起。"朱明喃喃地说。

不久,一抹灰色从东方升起,星星被从栖息的地方冲走了。朱明收好铺盖卷,从先知的马鞍上解下背包。花斑马一动不动。它的皮毛在晨光中闪闪发亮,脑袋以怪异的角度扭曲着。它那双大眼睛里已经没有生命了。朱明把背包背在肩上,独自出发了。

他压低身子,迅速地穿过山艾树林,还爬上了内华达山脉前的小山麓。他不时停下来用望远镜观察距离他越来越近的赫克斯顿及其俘虏。昨天晚上,他们行进的速度加快了,到了中午,朱明已经不需要望远镜就能看到他们两个。从他在山坡上越来越高的位置,他可以分辨出他们在山谷中移动的身形。

他刚想暂时忘掉他们,就听到一声枪响从山间传来。朱明转了一圈,疯狂地想找出声音的来源。赫克斯顿和俘虏停在一小块空地上。朱明从背包里拿出望远镜,蹲下来,从地面植被后面观察赫克斯顿。那个人真是个大块头,几乎和他的马一样高,一边脸上还留有干涸的血迹。被打瞎的那只眼黑得像木馏油,在阳光下闪闪发亮。四下里沉寂无声,在一声枪响后的诡异寂静中,朱明能听到那个亡命徒的说话声。赫克斯顿松开缰绳,扫视着山坡。他似乎没有发现朱明的踪迹。

"我知道你就在那儿!"赫克斯顿喊道。

他又朝泥土里开了一枪,不久,声音传到了山上的朱明那里。朱明没有动。

"我找到你的马了。"亡命徒喊道,"出来呀,像个男人一样面对着我!"

朱明还是没有动。他的大腿在蠢蠢欲动,但他一直低低地蹲着,眼睛盯着望远镜里的赫克斯顿。接下来是一段很长时间的沉默。

"没有马了!"赫克斯顿终于叫道,"你在看吗?"亡命徒亮出一把巨大的猎刀,举起来给朱明看。他挥动着大刀,刀锋亮光闪闪,他伸手一把抓住马鬃毛,用力一拉,把马头拉低。只见他一挥手,长刃从马儿巨大的脖子前划过,鲜血立即喷溅到沙地上。

那匹马的嘴巴猛咬着，却什么都没有咬到。它惊恐地瞪大眼睛，脑袋乱晃。蹒跚地向前迈了一步，便摔倒在地，鲜血滴下，周围土地的颜色都变深了。

赫克斯顿收起刀，绕过去，抓住俘虏的胳膊把他拉了起来，俘虏的腿在身下蜷成一团，其中一条腿显然断了。赫克斯顿解开俘虏兜帽上的绳结，将帽兜从俘虏的头上扯开。不过此时朱明已经知道俘虏是谁了。"看呀，中国佬！"赫克斯顿咆哮道，"冒牌的先知！"

朱明咬着嘴唇不让自己哭出来。他知道自己只能看着。先知说过，当他的大限到来之际，不要靠近他。赫克斯顿抓住先知的头发，把他抬离地面。老人的身体像蛇一样扭曲，肩膀起伏着，他挣扎着挣脱束缚，但毫无结果。赫克斯顿用一只大手扯下先知嘴里的布条，把它扔到一边。血和唾沫溅在地上。先知咳嗽得浑身发抖，接着便不出声了。这一切都是朱明透过他那薄铜望远镜看到的。瞎眼的老人，披头散发、穷追不舍的赫克斯顿，死马，还有周围浸血后颜色变深的土地。

"说点什么。"亡命徒命令先知。

"我的大限终于到了。"老人喊道。他的声音清晰而坚定地穿过荒原，传到了悬崖上。它似乎完全来自另一个地方，来自另一个人，没有被绑起来，没有躺在荒原上流血。"界外之人，"他说，"记住，我的孩子，当一切都结束了，你一定要转身就跑。"

赫克斯顿把先知的头往后一仰,用靴子踩在老人的后腰上,低低地哼了一声,迫使先知跪下。他一手揪住一大把先知的头发,又用另一只手再次拔出刀,把刀尖伸向先知的肚脐。他无声无息地向着天空的方向挥动那邪恶的利刃,将先知开膛破肚,内脏鲜血喷溅到地上。赫克斯顿松开了老人的头发,被掏空内脏的先知向前倒下,翻了个身,仰面倒在地上。他以一种奇怪的姿势躺在那里,背弓着,双手仍被绑在身后。血像酒一样从他肚子里流出来。

先知那失明的眼睛掠过发白的天空。他的嘴张开又闭上,神情中透着一丝惊奇。

他扭动着身子,靴子的脚趾处在沙地上划出了一些小小的弧线,但他的脸仍然很安详。

赫克斯顿站在他身边,带着怜悯的神情看着他扭曲的身体。先知笑了,血从他的嘴角流出,顺着他那苍老的颧骨流淌,在眼角的鱼尾纹中淤积。

"中国佬!"赫克斯顿吼叫道,"出来呀,像个男人一样面对着我!"

朱明把望远镜折叠起来,塞进背包。他哭了,热泪模糊了视线。他用又粗又旧的袖子擦干了脸。在他脚下的谷底,赫克斯顿把刀在先知血淋淋的裤子上擦了擦,装进刀套里。他抬起粗大的手指,摸了摸那只受伤的眼睛,又抬头望着斜坡,一定是在眯着眼睛找朱明。过了一会儿，他把目光移开，开始向西走，而朱明就在那个方向。

也许赫克斯顿还没有看见他。亡命徒走得很慢，一只脚在沙地上拖着走。然后他停下来，举起步枪。朱明没有动。突然一声枪响，在离朱明10码远的地方，一棵山艾树被轰成了碎片。赫克斯顿得意的笑声回荡在山坡上。过了一会儿，又一声枪响，一阵尘土从离朱明只有几英尺远的地方炸了起来。亡命徒的笑声残忍而深沉。

朱明转过身，飞奔而逃。

53

山里很冷。朱明躺在一块小空地上，边上有一块悬垂的花岗石用来藏身。他几乎都不敢喘气。他听到远处有人类的脚步声，是赫克斯顿。他拔出枪，等待着。脚步声停了，似乎是在徘徊，然后继续往另一个方向走了。原来是某种动物。他呼出一口气，把枪装进了枪套。

夜色晴朗，万里无云，月光在山坡上投下重重暗影，让那些知道斜坡的人去寻找。朱明用麻木的手指高举着望远镜，注视着坡道的入口。赫克斯顿之前把亨利步枪里的子弹都打进了山坡，整整16发子弹都射进了朱明身后的地上。当时朱明正全速上坡，脚踩在干松针和松散的泥土上直打滑。他跳过风坳，回头看到亡命徒开始爬上斜坡。

朱明想知道赫克斯顿的亨利步枪还剩多少发子弹。他已经快两天没喝水了，嘴里好像满是灰烬。他想吐口水，但什么也吐不出来。再往山上走，他就能找到水。但他的脉搏跳得很快，一闭上眼睛，他就觉得自己的头要炸开了。他沿着斜坡往上看，眼睛扫视着夜间的景色，寻找着水的反光。可惜什么都没有。

到达丘陵的脊部，他坐下来，吸着牙齿上薄薄一层的口水，呼吸非常短促。附近都是被踩碎了的松针，几码外低矮的灌木丛中出现了两只发光的眼睛。大地似乎在发出低沉而持续的隆隆声。朱明伸手拿枪，把手放在枪套上，仔细观察着。从阴影中蹿出一头光滑而闪亮的美洲狮，从头到尾白得像大理石。他的呼吸哽在喉咙里。美洲狮走近，自胸腔里发出低沉的吼声。朱明微微一颔首，美洲狮停下，似乎也在低头向他回礼。他们在月光下对视了一会儿。

"我只是路过。"朱明恭敬地说，"我要去另一边。"

美洲狮蹲下，然后侧身躺着，巨大的爪子上沾着泥土和松针。它的目光跟随着朱明，显得饶有兴趣。

朱明张开嘴想说话，但喉咙太干了，他咳嗽了一下，用肩膀堵住嘴，免得咳嗽出声。他深吸一口气，又试一次。"我需要水。"他带着一丝绝望说。他想知道赫克斯顿在什么地方，肯定就在下面的松林里，而且距离越来越近了。

美洲狮张开嘴打了个呵欠。它镰刀般的牙齿在寒冷的光线下闪着光，大尾巴扫过森林的地面，它站了起来，紧绷的身体蹲伏着，洁白皮毛下的肌肉上下起伏。它又看了朱明一会儿，回过头来，沿着山脊走了起来。美洲狮在前面走了几步，停下，又转向朱明，好像在示意他跟上。朱明起身，尾随着白色大猫，它慢慢地穿过矮树丛,在黄松嶙峋的树干间蜿蜒穿行。朱明低着头紧跟在后面。很快,他听到了流水的声音,而美洲狮跳上一根树枝,朱明向前走到一条清澈的融雪溪流前,只见溪水在泥土地上形成了一条水槽,他跪倒在地,把头深深浸入水中,贪婪地喝着水,感觉冰冷的水顺着下巴往下流。

当他再次抬起头时,美洲狮已经不见了。他用袖子擦了擦嘴,往水壶里灌满了冷水。打完水,他把水壶放进背包,顺着右边的小溪往山下走去。他跟着溪流走,走着走着,水流变宽,开始泥泞不堪,松林融化了。

小溪旁有个山谷,山谷边上有一道沟壑,朱明在里面生了一小堆火。不管赫克斯顿离得多远,他都能看见这火光,循着火光就能追踪到他。但那个亡命徒迟早会找到他的。朱明检查了一下左轮手枪,确认六发弹药都填装好了。他把烟灰涂在脸上和胳膊上,弄得全身都成了灰色,像脚下的土地一样,仿佛是没有生命的东西。他爬进离火堆不远的灌木丛,枪紧紧地握在手里。他瞄准了余烬。

不知过了多久,朱明睡着了,梦见大地是空心的,各大洲在一个星球的表面相互推来推去,这个星球会发出隆隆的响声,永远受到宇宙之锤的击打。他梦见很多巨大的房间,屋顶和墙壁消失在无尽的雾中,他梦见城镇化为了一片废墟,荒凉的树林里杂草丛生。接着他梦见自己摔倒了,眯起眼睛看着狂风从头顶呼啸而过,接着又梦见自己受到了巨大的冲击,然后他醒了过来。枪还在手里。离他只有几码远的地方有一个人影。

是赫克斯顿。他手里拿着刀，蹲在灭了的火边。太阳还没有升起。他并没有看见朱明。一轮满月正在下沉，在朦胧的月光下，朱明又一次看到他确实是个巨人，巨大的身影映衬着暗淡的星光，头发乱蓬蓬的，满是血迹，他一弯腰，头发就沾上了灰尘。他用刀尖翻动火坑里灰白色的木炭块，同时扫视荒凉的景色。他在裤子上把刀擦干净，插入刀鞘，站起身来，目光落在了朱明藏身的地方。有那么一会儿，巨人好像并没看见他。然后，他猛扑了过去。

一枪、两枪、三枪、四枪……朱明一连开了四枪，赫克斯顿才扑到他身上，冲击之下，朱明的头撞在石头上，直撞得眼前金星乱转，唯一的念头就是不能松开手里的枪。他眨了眨眼，把眼睛睁开，正好看到亡命徒把靴子往后一踢，要来踢朱明，于是他给左轮手枪上好击锤，朝赫克斯顿的膝盖开了一枪。亡命徒重重地摔倒在地，朱明一跃而起，可眨眼工夫，赫克斯顿就大手一伸，把朱明拽了下来。亡命徒的脸上闪过一丝疯狂的微笑，他用那只空着的手伸向腰间，去拿猎刀。朱明一甩靴子的后跟，踢在赫克斯顿的脸上，接着用力把刀从亡命徒的手里踢飞，刀沿着干旱皲裂的地面滑出去老远，在离峡谷边缘仅几英寸的地方停了下来。

赫克斯顿弓背跃起，跪在地上扑向那把刀，受伤的腿拖在身后，畸形地扭曲着。朱明死死抱着他的背，活像个杀气腾腾的孩子。他们在黎明前钢铁灰色的光亮中挣扎着，除了靴子滑过干燥的泥土，互相击打彼此身体的沉闷重击声，没有别的声音。两个人谁也没说一句话。朱明忘记了手里的枪，忘记了道钉。他只记得亡命徒的长刀就落在泥土里，在他够不到的地方。剩下的力气正在迅速消失。

赫克斯顿又一次猛扑过去，手指终于抓住了长刀的生皮刀柄。他咧开嘴，凶狠地笑了起来，发出了得意的笑声，牙齿露在外面。没时间了。就在赫克斯顿挥刀攻来的时候，朱明一骨碌，避开了致命的弧线。他们下面的河水声充满了他的耳朵。朱明一把揪住亡命徒的衬衫，向后一倒，坠下了悬崖。他们二人一起从边缘跌了下去。赫克斯顿反射性地伸出双手，想阻止自己的坠落，但没有任何东西供他抓握。在自由落体的过程中，他的眼睛睁得大大的，蓬乱的头发像一圈肮脏的光环在脸周围飘动。然后他们重重地摔在了峡谷的地面上，滚了几下，激起了翻腾的尘雾。云母颗粒在新一天的第一缕阳光中闪闪发光。在30英尺深的山下，两个人无力地躺在河岸上，都一动不动。

54

朱明醒了过来，脑袋一阵阵作痛，嘴里充满了恶心的血腥金属味。他睁开眼睛，凝视着青白色的天空。他蜷缩了一下靴子里的脚趾，两只手无力地握紧拳头。还是全须全尾的。枪还握在他的右手里。他抬不起头去看枪，但能感觉到金属棱角在手掌里，不由得一阵安心。他的眼睛好像肿了。他把目光向上方移动，望着坠落的地方。他不记得自己是怎么掉下来的了。

峡谷表面的沟壑与其他成千上万自然形成的沟壑没有分别，但那是只有在春天融雪时才会流淌的幻影溪流的痕迹。他呻吟着转向一边，面对着亡命徒那张叫人毛骨悚然的脸，他那顶着蓬乱头发的大脑袋半浸在冰冷的溪水里。水流过他那只独眼，那只眼里已经没有了生命，一眨不眨，乱蓬蓬的黑发被水冲刷着，像有生命的东西一样在水流中晃来晃去。这会儿，终于离得近了，又在光天化日之下，朱明总算看到了他打瞎亡命徒的眼睛后在他的脑袋上留下的洞，但见子弹射穿头骨，那块头皮变得鲜血淋漓，头发缠结在一起。他这一枪打得很准，正是他要打的地方。

亡命徒侧倒在地上，浑身瘫软，胳膊弯成不自然的角度，大刀的刀柄还握在手里，刀刃则插在他自己的肋骨之间。干了的血迹在岩石上留下了黑色的痕迹，然后流进了溪水里。朱明久久地盯着水拍打亡命徒的脸。他突然想到，他应该找到自己的背包，重新收拾好东西，做好准备去下一站。

终于，朱明慢慢地坐了起来，这一用力，脑袋更疼了。他把血吐到河里，河水把血卷走了。他用手捧水喝，喝了一口又一口，喉咙里的灼烧感有所减弱。他看到背包在河边几码远的地方，破破烂烂，满是灰尘，但他伤得太重，无法把包捡起来。初升的太阳依然很清冷，照在峡谷边缘，在远处的河岸上投下一道锐利的阴影。朱明跪在河边继续喝水。阳光一点一点地顺着峡谷的影子照过小溪，洒在死者的脑袋上，照亮了他的头发，仿佛一场追授加冕礼。

朱明知道赫克斯顿终于死了。但他也亲眼见到这个男人虽然脑袋上被子弹打了个洞，却还是跟跟跄跄地站了起来。他必须确保万无一失。他浑身都疼，只能咬紧牙关，忍着疼举起手中的左轮手枪，上好击锤。他伸出胳膊，这差不多用尽了他的力气，他几乎要大喊出来。他把枪口对准赫克斯顿的太阳穴，开了最后一枪。溪水立即变成了粉红色，一股黑血从亡命徒的脑袋下方喷涌出来，一缕缕的血在湍急的水流中弥漫开来。朱明喘着粗气,把枪收入枪套,再次抬头望着天空。他躺了很长时间,什么都不做,只是吸气、呼气,身体没有一处不疼。他鼓足力气,咬紧牙关,呻吟着爬向背包,拇指一拨,打开搭扣,手指痛得直打弯。他拼命地翻着,想找到很久以前医生在温尼马卡给他的那瓶奇怪的鸦片酊。最后他找到了。小玻璃瓶居然完好无损地保存了下来。他强忍着疼痛,打开指节发白的紧握着的拳头,疼得额头上都是汗珠。他从背包里掏出玻璃瓶,啪的一声掰断玻璃瓶颈,把里面的东西倒进嘴里。一股金属、花朵和苦根齿苋花的味道立即在嘴里散开,他干呕了一下,才咽了下去。

  他爬到峡谷的底部,靠着布满灰尘的岩壁坐好。炽热的阳光犹如一把利刃,追逐着他。他闭上双目。等眼睛再次睁开,已是黄昏了。接着,夜色笼罩了大地。各个星座在北极星附近摇摆。就这样又过了一个黎明,又迎来一个黄昏。奇怪的鸦片酊发挥了魔力,他体内的痛苦蒸发了,融入了空气中。深夜时分,他终于可以站起来,走到小溪边。他跪在亡命徒腐烂地方的上游,大口大口喝着水,水中的细沙在他的牙齿间嘎吱作响。喝够后,他把水壶装满。接着,他撬开死人僵硬的手,取出刀柄,把刀从死人的身体里拔了出来。空气中弥漫着腐臭味,血液和水从伤口流出。朱明从那人的腰间解下刀鞘,系在自己腰上,又在河里把刀片清洗干净。做完这一切,他开始往下游走,走着走着,峡谷的地面变低,他爬了出去。热气氤氲,高低起伏的丘陵在他面前绵延不绝,仿佛在黑暗中相互低语。

55

也许那奇怪的鸦片酊尽管已经稀释，却还在他的血管里流动，也许是他的脑袋还没有从几天前坠崖的震荡中清醒过来，反正当朱明再次开始向西移动时，他觉得自己被阴影笼罩着，与周围的世界并不同步，就好像他从一个世界掉到那个峡谷里，爬上来的时候，却不知不觉地来到了另一个完全不同的世界。大地感觉不一样了，树木的移动也不一样了。空气在他嘴里留下苦涩的味道。这是一个抗拒用手触碰的世界。他走过破晓，一直走到下午，那感觉依然挥之不去。太阳散发出光和热，但这光和热似乎只在一定程度上穿过他的身体，他只感觉到皮肤微微刺痛。他不止一次地转身查看身后的地面，寻找自己的影子，但当他找到了影子，他并没有感到轻松，而是感到一种奇怪不祥的嗡嗡声。他与大地脱节了。这是一种他无法摆脱的感觉。他不由自主地希望先知还活着。

夜幕降临，这时他离开峡谷已经快一天了，丘陵被甩在后面,他开始沿着一条小路进入内华达山脉。在日落和月出之间的时间里,世界一片漆黑,支离破碎。这几个小时,朱明坐在松林的地面上,摊开背包里的东西,用指尖去"看"。左轮手枪的铁枪管触手冰冷。望远镜的边缘有黄铜轧花。铅锭冷冰冰的,已经变形。破旧的牛角火药筒在手里翻过来时发出像下雨一样的声音。突然,一段记忆涌入他的脑海。雨水滴滴答答落在屋檐上,壁炉里的火噼啪燃烧着,艾达在旁边取暖。

他把火药筒凑到耳边,又翻转了一下,那急速流动的声音再次响起。他闭上眼睛,记忆里只剩下没有完全成形的灰色影子。他再次翻转火药筒,听着雨水急速打在屋檐上的哗哗声。就在深入回忆的时候,他脑海里的房间却消失在了寒冷的空气中。他睁开眼,向寒冷的山夜呼出一团水汽。火药筒还在手里。他把它放下,就在这时,他又听到了那哗哗声,但这次只是火药滚动的声音。

没有记忆会不请自来。

一轮巨大的月亮升了起来,表面布满茶渍一样的斑痕,斜斜地挂在东方。在朦胧的光线中,朱明用手指轻抚着自己的财物,数了数。天还太黑,什么也看不见。他的眼睛一再适应,却以失败告终,他开始看到不真实的东西,眼前尽是幻影树木和石块的边缘和轮廓。这个想象中的世界在不断变换,闪烁着光芒,他闭上眼睛,现在,在更黑暗的色调中,想象中的世界在他面前创造和重塑自身。他机械地擦着枪,手指划过装填杆和旋转弹膛销。这使他感到轻松。他把枪擦干净,上好弹药,装入了枪套。终于,他睁开了眼睛。月亮现在更亮了。他能辨认出树木、石头,以及地上密密麻麻的松针的纹理。

他收拾好自己的东西,装进背包,然后站起来,掸掉裤子上沾着的松针。北极星非常明亮,泛着青光。他的指尖冻得麻木了,连拍几下双手,让血液回流。他一走动,那种不安的感觉又一次袭上心头,压抑而消沉。他的胃里有一种被缓慢啃咬的感觉。他好几天没吃东西了。

第二天下午晚些时候,当他走到最后一个山口的顶端,面对着巍峨的内华达山脉,突然感到精疲力竭。他坐下来喝水壶里的水,喝完后甚至无法站起来。他仰面躺在粗糙的地面上,用前臂遮住眼睛以阻隔阳光。当他闭上眼睛休息,世界的底部突然坍塌,他半醒半睡之间开始在回忆中做梦。回忆来到他面前,既没有秩序,也没有因由,像复活的幽灵一样,一个接一个地出现。

他在山里,手里拿着大锤,詹姆斯·埃利斯在斜坡上踱来踱去,喊着让他们快点干活,他周围无数面目模糊的华人发出有节奏的锤击声,脚步声回荡着。他感觉到了藏在口袋深处的枪的重量,看到了埃利斯残忍的微笑,听到了他的嘲笑,他记得自己放下大锤,假装在口袋里暖手,手指摸着左轮手枪,想象着当埃利斯转过身去时从后面一枪射穿他的脖子。

记忆中那片大山上的积雪融化了,现在他在萨克拉门托以东无边无际的农场里,开枪打死了一个从前门闯入他家的男人。有人从二楼窗户射击,子弹打在他周围的地面上,他抬头看到两个男人在疯狂地朝他开枪,于是转身就跑。他几乎能感觉到子弹落在他身后,他双脚踩着松软的土地,飞快地寻找掩护。他们在一望无际的麦田里追捕他。这是他的记忆,他却觉得自己仿佛进入了另一个人的梦境,在看着另一个人重温过去的时光。他来到一间空屋,在那里躲避枪手的追杀,他躺在地板上,一发又一发子弹射穿墙壁,阳光从弹孔照进来,空气中充满了灰尘。地板木材刺痛了他的胸膛,脉搏在他的耳边轰鸣,枪握在手里是那么沉重,让他感到安心。两个人走了过来,朝彼此喊着什么,脚步声在泥土地上显得很沉闷,很多影子从木头间的缝隙掠过。他从地板上抬起头,透过墙上的弹孔,看到外面世界的倒影如同鬼魅一般。在色彩的包围下,那些枪手拿着枪,身形重叠在一起,像幽灵一样穿过彼此,就像衍射光的幻影。他把头转向一边,把投射在远处黑暗墙壁上的影像正过来,追踪着来抓他的枪手的投影,最后在一个人进门时射中了他的肚子,还有一个人把头探到窗户,他射中了那人的脑袋。

这时小屋的屋顶被掀开了,他仰面躺着,哈泽尔跨在他身上,她的臀部尖端缓慢地划出深深的弧线,她身体上点缀着点点的灯光。他没有忘记自己是在梦中重温这段往事,但他依然伸出手将她拉近,把拇指伸进她的大腿和他的屁股相交处她的身体的弯曲部分，引导她移动到他想要的位置，在他的耳边，她的呼吸炽热而急促，他亲吻着她，接着，这段记忆开始扭曲和消失，于是他更紧地抓住她的身体，恳求她不要离开，而他身下的地面开始提升，小臂压在眼睛上的重量回来了，夜晚的冷风吹过他的皮肤，就像刚才突然进入这半睡半醒的梦境一样，此时他突然醒了过来，独自躺在内华达山脉一处高高的山口上，头顶上方是刚刚黑下来的夜空。

56

在海拔很高的地方,时间的流逝是不同的。太阳还没落,天就黑了,要过很久才能迎来早晨,那时天空已经漂白,变成了青白色。白昼无序,山自有路。朱明翻越这些山坡,所经过的地域并不完全属于他自己。空气稀薄,他的呼吸非常急促,一边爬一边喘着粗气。而他周围的世界在不断地下沉,不断地下沉,雪崩、岩崩,由雷暴引发的肮脏的火山泥流,裹挟着整片森林以雷霆之势滚入下方的山谷。他到处都能看到这种崩落,他感到脚下的石头在滑动。在河流和滚动的岩石之中,看不见的暗流最终把所有的一切都拖进了大海。

朱明赶路的时间与太阳的起落并不同步。他累了就睡觉,不累就一直走。腹中的饥饿不再让他感到疼痛,而是化为了胃口深处一种不断啃咬的感觉,与他形影不离。他不记得最后一次吃东西是什么时候了。他找来一些干净的雪装满水壶,再把水壶塞进胸袋把雪焐化。每次穿过一个风坳,总有另一个风坳出现在前面，就如同一条由花岗岩和冰构成的九头蛇。无数的山坡上有上千条小路，有些是动物留下的，有些是人踩出来的。他不再确定自己在哪里，开始迷失方向，但在极度的疲惫和饥饿中，迷路并没有造成恐慌。他根据大量相同的地标判断方位，穿过纵横交错的山峰和山谷。饥饿感在燃烧。

他登上了一处冰雪覆盖的山坳，先是快速地扫视了眼前的群山，阳光刺眼，他眯着了眼睛，接着，他拿着望远镜和指南针，仔细地观察了一番。然后他感觉到了什么。山谷中有钢铁在闪光，还有一棵松树，松针在初升太阳的照耀下闪着暗淡的光，空气中有冰的味道。刹那间，他清楚地知道自己身在何方。在对面的山坡上，有一条铁轨笔直而真实地穿过花岗岩荒原，黑色的轨道闪动光泽，上面没有积雪。

朱明朝铁轨走去，一段模糊的记忆浮现了出来：他正在看一份勘测员绘制的内华达山脉的地图，食指掠过质地粗糙的地图，风从帆布帐篷的缝隙中呼啸着吹进来，微弱的灯光摇曳不定。先知就在他身边，苍老的眼睛与压实的雪是同一个颜色。小小的太阳在白雪皑皑的山顶上缓缓升起，没有丝毫热度。那时塞拉斯刚死不久。他记得自己打开帆布门，偷偷溜到冰天雪地里，呼出一团团白气。他记得远处山坡上有一棵被冰雪覆盖的松树，松树的针叶在依然漆黑的天空下闪着白色的光。他记得自己找准东方，在那里他可以找到安布罗斯，他还记得当时天寒地冻的，非常冷。

这会儿,他抬起头,望着头顶上方那棵巨大而衰败的黄松,孤零零地耸立在那座无名的山峰上。这就是他得知塞拉斯·鲁特死讯的那天看到的那棵树。他终于知道自己在哪儿了。

横过山谷的铁轨闪闪发光。对地图的记忆将它的线条和坡度深深地刻在了他的脑海中,他第一次想象该走哪条路穿过这片群山。他用望远镜找出了一条路线,这条路线沿山脊一侧向下延伸,与铁路会合。他会沿着铁轨或在铁轨下方前进,一直紧靠铁轨,要是听到有火车驶来,就伏在地上等火车经过。等到能从远处看到加州了,他就跳上火车前往萨克拉门托,在那里完成他的复仇。

他小心地把望远镜放在地上,拔出道钉,从周围凿下一块冰块塞进嘴里,又凿下几块,装进水壶。清晨的太阳在天空中划出一道高高的弧线,阳光洒在依然散落在地面的碎冰上,投射出不同的色彩。朱明拿起一块又冷又重的冰放在手心来回扭动,颜色在他长满老茧的皮肤上流动。冰在他温热的手心里逐渐融化变小,他用闪亮的道钉尖轻轻地把冰块推来推去,发出悦耳的叮当声。冰块快融化了,他把手向前一伸,剩下的冰块从他手中的融水里滑了下去,他把手甩干,在裤子上擦了擦。

道路在他面前伸展,等待着有人把脚踏上去,从而苏醒过来。朱明把东西装进背包,又把道钉装进鞘套。他正把背包背在肩上,突然一阵眩晕迫使他停了下来,眼前只剩下一片灰色。晕眩感过去后,他把背包系在背上,伸出双手搓了搓脸。继续饿下去,他的身体就要垮了。

他沿着山坡往下走,注意到离铁轨几百码的地方有一块被雪覆盖着的奇怪巨石。来到近处,他才看清那竟是一个人,显然已经死了,至于死了多久,朱明就说不清了。尸体冻得硬邦邦的,又是太阳晒,又是冰冻,死人的皮肤变得惨白惨白的。冻着尸体的冰雪一定是最近才融化的。就在朱明看着的时候,一阵风拂过雪堆。

这里是一个由三座山峰围绕而成的盆地。来自太平洋的云层在头顶上方翻腾,蒸发在稀薄的空气中。这名男子脸朝下死在雪地里,冻住的四肢摊开在他最终安息的那块小石头上。朱明蹲在尸体旁看了一会儿,便抓住那人的手腕,把他翻了过来。尸体像大理石一样僵硬冰冷,背朝下来回晃动,双臂和双腿如同抱着一个幽灵,动起来就像一个真人大小的木娃娃。尸体被冻住的样子像个小婴儿,看起来令人不安。

即使死者的脸上没有一点血色,朱明也看得出他是华人。贴在他身上的衣服已经破烂了。食腐动物吃掉了他的眼睛和舌头。他的咽喉部分多年前就被食腐动物啄食得血肉模糊,血还没干就冻住了,一团鲜红色的冰如同焊接在了雪花石膏般的皮肤上。空空的眼窝张着,凝视着内华达山脉一望无际的青山。朱明猜那人还不到20岁。他拂去附近一块石头上的薄雪,坐下来盯着死人。除了风吹过树林的声音,整个世界安静至极。

在斜坡上方,铁轨附近的岩壁曾被埋入炸药和导火线,将花岗岩石炸下来，此时看来岩面还非常新鲜，没有氧化。若按照地质时代来划分，也许可以说这片悬崖是昨天才经过爆破的。朱明不记得自己曾修筑过这段路堑，也不记得这个冻死的华人。然而，他知道那个人一定是在的。于是他重建了一段虚假的记忆。可能需要干上好几天，先在粗糙的斜坡表面钻洞，然后小心地用黑火药把洞填满。引线从山的一侧延伸下来。接下来就会响起爆炸声，周围的山脉之间还会飘荡着爆炸的回声。大量的岩石和雪像水一样滚动下来。雪晶在日光下闪闪发光。结果引发了雪崩，数以千吨的皑皑白雪从山上倾泻而下，撞翻了这个死去的华人，将他卷到了这些孤零零、不断变化的斜坡上，任由他沦为食腐动物的食物，后来又发生了很多次雪崩，将他掩埋在常年不化的积雪下。这段记忆很好，清晰地浮现在他的脑海中。

　　死去的华人在阳光下闪闪发光。朱明决定不了要不要把他埋葬。头顶上方有一只秃鹫懒洋洋地盘旋着。

　　只有付出了辛劳，人们才能记住一切，他想象先知这样告诉他。可是他没有铁锹来挖墓穴，何况这里的土地冻得太硬，铁锹根本挖不动。朱明从他坐的岩石上站起，又沿着他的路线出发了，他穿过斜坡来到铁路旁，可只走了十几步就停住脚步，一种莫名的感觉困扰着他。死者的尸体背朝下，随风轻轻晃动着。

　　朱明转身回到死去的华人身边。"对不起。"他说，被自己的声音吓了一跳。他太久没说过话了。他清了清嗓子。"对不起。"他重复道。"我不知道自己该做什么。"他环顾四周，尽量不去直视死者那张惨不忍睹的脸。"我没有工具，没法给你安葬。"

华人微微摇晃了一下，就不动了。风停了。朱明抓住尸体一只冰冷的脚踝，拖着它向附近松树林的阴影走去。死者脚踝的皮肤在他的紧握下开始解冻，随着一阵恶心的摇晃，朱明觉得那皮肤已经足够软，甚至会脱离脚踝骨，他险些松开了尸体。他摇了摇头，好像是想稳住自己的思绪，然后把那个人拉到一片松林遮蔽的空地上，才颤抖着松开了死者的脚踝。他的手冻僵了，冰雪融化的水从他的手上滴落下来。他弯下腰，用手指捏了一些雪，在手心上搓了搓，把手洗干净。死者被拖拽时，被冻住的脊椎在雪地上刻出了一条浅浅的压痕。然而，死者依然呈现出紧紧抱着记忆中那块巨石的姿势，双臂和双腿被定格在了那死亡拥抱的一瞬间。朱明小心翼翼地用一只手让华人侧躺着，死者的手指伸进了地上这一季来得较早的薄薄的积雪中，露出了下面的矮草。阳光透过大教堂一般的松树林照射下来。

朱明收集了一些落下来的树枝，枝条上的松针都发黄变脆了，他把树枝放在华人的身上。但枝条太少，不够将尸体覆盖住，从缝隙中依然可以看到珍珠白色的皮肤和深红色的血，朱明解开背包放在地上，回到他第一次发现那个人趴在坠落巨石的地方，开始从爆炸留下的碎石堆里收集石头。他抱着满满一怀石头回到尸体旁，把石头堆在死去的华人身上。这还不够。他那恐怖的脸在树枝之间依然清晰可见。朱明需要更多的石头。

他往返了六趟，每次都搬回更多石头，总算足够将尸体完全覆盖住。他抬起穿着靴子的脚，使劲儿踢一棵松树的树干，让血液回流到脚上，又把双手塞进口袋里取暖，一会儿握紧，一会儿松开，冰冷的指尖掐入柔软的手掌。恢复知觉后，他从口袋里掏出双手，盘腿坐在用掉下的树枝和石头掩埋的尸体旁边。这个人的胳膊和腿冻得结结实实，无论他怎么努力都无法移动，也无法使华人冻僵的腿伸直，将他瘦削的手腕交叉放在凹陷的胸膛上。这具尸体就如同用石头雕刻成的一样。

朱明把一根树枝横放在男子的空眼窝上，用剩下的树枝填满了男子四肢之间被巨石压瘪的部分。他开始搭建一个巨大的石冢，把石头与石头堆砌在一起，这个石冢由花岗岩、黑色页岩和灰绿色的蜡质燧石碎片组成。完成的时候，天色已经开始变暗，温度随着时间的流逝而下降，他在越来越深的暮色中凝视着石冢，张开嘴想说些什么，也许是想致敬和告别一番，却不知道如何启齿。他想知道石头下死去的华人是否能理解他。他想知道在大洋彼岸，是否有家人在等待死去华人成功的消息。他还想知道，死去的华人是否会感谢他把他的尸体拖进森林，用石头堆在他身上，感谢他站在他冻僵的尸体旁，沉默而苍白，最后见证了他的死亡。

见证他死在远离家乡的冰冻堤岸上，没人知道他的名字，没人记住他，也没人哀悼他。之前在那片遥远的湖岸上，老人在领班的坟前是怎么说的来着？

在微弱的光线中，朱明伸出冻僵的手放在石冢上，在夜晚寒冷的空气中吐出一团团白气，"归去吧。"他喃喃地说。他一直高举着手，过了一会儿才伸进口袋，暖和过来后，他的手指弥漫着灼痛的感觉。

他从放背包的地方拿起背包，背在背上，用麻木而笨拙的指尖扣好搭扣。半圆形的月亮从东方升起。他颤抖着再次向西出发，几个小时后，步行跋涉产生的热量终于击退了山上的寒意。每走一步，他的体力就多耗尽一分。他已经饿得前胸贴后背了。夜色逐渐褪去，他行走的速度越来越慢，黎明前的几个小时，他的两脚跟跟跄跄，僵直得像木头一样。忽然，他的身体向前栽去，可他没有力气伸出双手，防止自己摔倒，就这样，他倒在了地上，两只胳膊压在身下，一点作用也起不了，冰雪贴着他的脸。他想站起来，但四肢不听使唤。天空开始变亮。鸟儿在树上歌唱。接触到雪的皮肤灼痛不已。他费了很大的劲才翻过身来，仰面躺在地上，两臂瘫软地垂在身体两侧。他的背包戳进了腰部。早晨在成千上万细微的渐变青白色中显现出来。他躺在那里喘着粗气，天寒地冻，呼出的气在他上方聚集，没有重量，透过哈气，他凝视着远处无边无际的天空，思想化为了一片虚无。

"我还没准备好。"他喃喃地说,不过他已经不确定自己是否能说话了。

松林里的鸟鸣声不绝于耳,旋律交织在一起,不和谐与和谐同时出现。他慢慢地闭上眼睛,咕哝一声,强迫自己睁开眼,凝视清晨的天空。一个念头闪过他的脑海。会有人为他建造一个石冢吗?

"我的大限还没到,先生。"他说。他也不知道自己是在对谁说话。

这会儿,他的眼皮沉得像铅一样。他不愿意,但最后还是闭上了眼睛,无力地往下沉,坠入了这个世界的表皮之下。

57

朱明醒了过来，感到一个湿漉又粗糙的东西刮过他的脸，还有呼出的热气扫过。他睁开眼，只见一只通体雪白、眼睛通红的美洲狮蹲坐在地上，正舔着他的脸。很久以前的那天夜里，正是这只美洲狮在黑暗中引导朱明找到了水源，当时他并没有看到它的眼睛居然这么红。

朱明一缩，美洲狮也退开了，似乎见他突然活过来，不由得大吃了一惊。他用仅有的一点力气坐起来，呻吟一声，他的背上沾满了冰和半融化的雪。美洲狮满嘴是血，有那么一会儿，朱明以为自己的一半身体已经被它吃掉了，但仔细一看，发现自己还是全须全尾的。一阵低沉而持续的隆隆声从美洲狮的胸口发出。这只大猫居然在咕噜咕噜叫。它站起来，绕着朱明转了一圈，用头撞撞他的肩膀，把他往前推。他伸出一只摇摆不定的手臂，轻轻地把手放在美洲狮的肩隆上。大猫挺直身体，用背部抵住他的手，他则靠着美洲狮站了起来，等着饥饿和疲劳带来的眩晕消失。

美洲狮咆哮一声,似乎是在开玩笑,从他的手下溜了出去。他又差点儿摔倒,赶紧踉跄地迈出半步,稳住了自己。大猫回头看了他一眼,便朝松树林走了起来。朱明拖着脚走过雪地,跟了上去。人跟在兽后面,在高山森林中穿行,最后,他们来到雪地里的一片小空地上,浓密的树冠投下树荫,地面的泥土裸露在外。地上趴着一只小鹿,它的舌头怪异地耷拉在张开的嘴巴外面,脖颈上有几个血淋淋的洞。白色的肚皮被撕开,内脏散落在森林地面上。美洲狮趴在猎物旁边,开始啃咬小鹿的肩膀,撕下大块大块的鹿肉。

朱明走过去蹲在小鹿的后臀部,这时他的力气耗尽了,一下倒在小鹿的旁边。他从腰间抽出赫克斯顿的猎刀,开始切肉。最后,他终于切下了一大块鹿肉,他把刀打横切过连接肉和皮的珠母光泽的筋膜,把肉和皮分开。刀上沾满了血,这一通折腾下来,他累得气喘吁吁。美洲狮停了下来,看着他。那块鹿肉在他手里还是温热的。

"谢谢你。"他说。

美洲狮闭上眼睛,似乎是在微微点头致意。朱明躺在泥土上,靠着死鹿纤细的骨头,慢慢地吃着,一边嚼一边用猎刀削下一片片肉。鹿肉吃起来肥美香甜,力气恢复后,他开始大口大口地吃起来,享受着血液的金属回味,辛辣的脂肪在他的舌头上融化。吃完这块,他又给自己切了一块,这次切得更快,甚至连皮都懒得剥，只是用刀快速地一切，将大块鹿肉从鹿身上切下来，几乎整块吃掉。终于吃饱了，他在暗淡的鹿皮上把手和刀擦干净，将刀收入刀鞘。他和美洲狮已经把肉吃光，只剩下一堆缠结在一起的骨头。

美洲狮撕下最后一块肉，甚至咬断了把肉连在鹿身上的筋，它有力的脖子一甩，整块肉就这么吞了下去。然后，它低下头，用燃烧余烬一般的眼睛盯着朱明。在血迹斑斑的泥土的衬托下，它的白色皮毛似乎闪着光。太阳从高处透过松树的树冠照射下来。现在是山里的中午，天开始变暖了。朱明站起身，掸去沾在裤子上的污垢和冰雪。美洲狮咕噜咕噜叫着，红眼睛盯着朱明。

"谢谢你。"他又说。他迈步离开，却又转身面对那只皮毛光滑的白色动物，"你到底是谁？"他问。

美洲狮张开嘴，像是要说话，然后，又好像决定不开口似的，只是打了个大大的哈欠，粉红色的血和唾液的混合物悬在它黄色的上下牙齿之间。然后它闭上嘴，舔了舔鼻子，没有说话。

朱明离开美洲狮，走下山坡，来到他第一次摔倒的地方，再次找准西方。这条穿过大山的小路已经快到头了。穿过崎岖不平的山谷，远处的斜坡上出现了一条笔直的铁路，轨道十分显眼，一看就不是自然界里的造物。在他上方，山脊线上的树丛间响起了一个轻柔的声音，他觉得有人在监视他，这种感觉从下午一直持续到晚上。他不时转头盯着松树林,希望能发现追踪他的人,可惜每次都没有发现。只有一次,在黑暗即将笼罩世界之际,他看到了。他看到一只美洲狮经过,身体小而光滑,如雪一样洁白,一对眼睛在渐浓的黑暗中闪闪发光。

那天晚上,朱明在山坡上找到了一块突出的花岗岩山嘴,岩石上方白雪皑皑,下面是个小山洞,他在里面扎营。他躺在山嘴下面,看到山嘴是由三块岩石连接在一起的,间断的部分是在远古时代受压组合在一起的,月亮还没出来,暮光幽幽,山嘴看起来就像一根由冰雪和石头组成的巨大手指,指向西方。

58

早晨，太阳升起，朱明又出发了。他周围的景物在几乎难以察觉的变化中移动和翻滚。然而，每隔几英里，当他抬头看向新的山峰，观察新的方位时，他都发现自己正在穿过较平缓的山坡和较平的山谷。这些都是较早形成的山脉，山峰不再险峻。他正在进入西部丘陵地带。

终于到加利福尼亚了。

他找到铁路，沿铁轨往前走，随着海拔的降低，他要走的那条路线和铁路开始会合。下午晚些时候，他爬上一个小悬崖，从和缓的山峰上用望远镜观察铁路。终于，传来了火车头汽笛那孤清的哀号，不久，一列火车从和缓的丘陵之间的裂缝中出现了。火车驶下山坡，烟囱里冒出淡淡的灰色薄雾，火车头拖着七节乘客车厢和三节空的运货车厢。他从望远镜里看到火车在大约三英里外的一个火车站里慢慢停下来。火车头在加水和木柴。半小时后，远处火车的汽笛声开始在大地上回荡，火车再次向西行驶，一股巨大的蒸汽和木烟从火车头升起。

到萨克拉门托还有将近50英里，朱明对这条路线烂熟于胸，他知道这条路线会穿越许多司法管辖区，而那些地方的人都恨不得将他杀之而后快，再将他的尸体拖去交给波特兄弟，波特兄弟现在肯定知道他会来。从犹他地界到内华达山脉，这些地方的治安官几乎都死在了他的手里。

他得去坐火车。他把望远镜放回背包，爬下悬崖。在这平坦的大地上，铁轨并不显眼。

夜幕降临了，他趴在火车站旁的高草丛里等火车。再过几个小时，他就要到萨克拉门托了。忍耐对他从来都不是问题。当苍白的镰刀状月亮升到内华达山脉的上方时，铁轨开始嗡嗡作响。很快火车就开到了他面前，火车头灼热的外壳在夜晚凉爽的空气中发出微光。他听到了人们互相呼喊，木头哐啷哐啷地被扔进燃料车厢，随着低沉的隆隆声，水被灌进火车头的水箱。他站起身来，环视了一下昏暗的夜色，发现没有人后，便跳上了后面那节开着车门的运货车厢。他在那铁箱般的车厢的昏暗一角坐下，头靠在冰冷的金属墙上。不久，他听到了蒸汽的嘶嘶声，随着一声颠簸，火车启动了，车轮在铁轨上嘎吱作响，运货车厢在噪音中平静地摇晃着。朱明闭上眼睛，迷迷糊糊地睡着了。

他醒来时看见一个黑乎乎的人影站在面前，是个铁路工，一只手提着灯笼，另一只手放在腰带上的一根棍子上。朱明扫视了一下铁路工人的腰，留意着他把提灯举到朱明脸边时，上衣晃动的样子。除了那根棍棒，他没有别的武器。

"伙计，"铁路工说，"是要回家吗？"

朱明猛地闭上眼睛，假装睡着了，没有回答。

铁路工弯下腰，借着提灯昏暗的灯光，眯着眼端详朱明的样貌。他似乎没有认出他来。铁路工站起来，踢了踢朱明的脚。"醒醒！"他咆哮道。

朱明睁开眼睛，铁路工人的脏脸进入眼帘。

"西部没有免费的火车。"铁路工说，"只有恶棍和杀人犯才来蹭车。中国佬，你是哪一种？"

"两种都不是。"

铁路工眯起眼睛。过了一会儿，他提着灯笼，突然转身走了。车厢里恢复了泛着青色的黑暗。朱明拔出左轮手枪，上了击锤。

不久，铁路工回来了，身边跟着一个人，那人臃肿的腰间挎着一把六响枪。是个治安官，身材肥胖，动作迟缓。

治安官把一只手放在手枪套上，由于火车左右倾斜，他的另一只手滑过车厢栏杆，以保持平衡。"约翰。"他说。

"那不是我的名字。"朱明说。

"我想也不是。"治安官说。他透过昏暗的灯光盯着朱明的脸，突然，他的神情显现出一丝异样，显然是认出了朱明。"我知道你是谁。"他说。

"没错。"朱明道。

治安官拔出左轮手枪，用另一只手把铁路工推到身后。提灯消失在治安官肥胖的身影后面，朱明则隐没在了黑暗中。治安官抓住铁路工提着灯的那只手的手腕，向外一拉，灯光照亮了货车车厢角落里的朱明。"出来。"他命令道，并上了击锤。

朱明没有动。

"我说出来。"治安官用枪指着敞开舱门外快速闪过的灌木丛。

月亮高高地挂在空中。为数不多能看见的东西都蒙上了一层幽灵般的魅影。门外的景象全都模糊不清。

"火车还在开呢。"朱明说。

"这对我来说无关紧要。"治安官说着大步走向朱明，枪对准了他的胸口。

朱明蹲起来，治安官突然停住了。

"他没在这里杀你，算你幸运。"铁路工喊道，声音里夹杂着一丝难掩的恐惧。

"最后一次机会，你这该死的狗娘养的。"治安官吼道，弯腰抓住朱明的胳膊。

就在此时，朱明一枪打穿了治安官柔软的肚子，治安官惊讶地叫了一声，后退半步，倒在车厢的地板上，头重重地反弹了一下。同时他的枪也开了，子弹在朱明的身旁炸开，划出一道无用的弧线，射入荒原，嵌入了土地当中。朱明一脚把治安官的枪踢出舱门,重新装好自己手枪的击锤,朝铁路工的喉咙开了一枪。提灯从铁路工手中滑落,摔在地上。他跟跟跄跄地后退了几步,瘫倒在地,双手捂住鲜血喷涌而出的脖子,月光下,黑乎乎的血顺着他的衬衫前襟倾泻而下。空气中弥漫着煤油的味道,紧跟着地板上爆发出火焰,火焰迅速蔓延开来。在朱明身后,治安官呻吟不止,他翻了个身侧躺着,睁开了眼睛,看到了明亮的火光。他以为左轮手枪仍在手中,便紧紧握住拳头,却发现手里空空荡荡。朱明把枪收入枪套,拔出道钉。他两步就跨到治安官身边,把道钉刺入了他的胸腔,治安官只呜咽了一声,血就从他的嘴巴和鼻子里涌了出来,他的生命耗尽了。朱明拔出道钉,在执法官的衬衫上擦干净,收入鞘套。煤油大火的火舌扭动着向他靠近,不过大火噼啪响了几声,便消失了,与起火的时候一样突然,而燃料里还掺杂着血。炙烤着他的脸颊的炽热也消失了。

冷风吹来。他眨了眨眼睛,外面的世界一闪而过。

朱明很快便扒下了两个死人的衣服,只剩内衣裤。他把他们烧焦的外套和衬衫铺在车厢地板上,仔细搜了搜。破烂口袋里没有什么有用的东西:一些烟叶、一把小削刀、一只雕刻了一半的巴沙木鸟,还有一些废物。他把治安官那庞大的身躯推到车厢门口,用靴子后跟一踢,将他踹下了路堤。铁路工很瘦,并不重,从他那满是青春期留下的麻子的苍白面庞可以看出,他不可能超过19岁。子弹打碎他的喉结,将他的后颈射穿。朱明抓住铁路工一只瘦骨嶙峋的手腕，把他的尸体拖到门口。小块干涸的黑色血迹从死去男孩的皮肤上脱落，就像烟道上的烟灰。火车有节奏的咔嗒声响彻四周。朱明合上了男孩的眼睛，也将他的尸体踹下火车，一直看着瘫软、棱角分明的尸体落在地上，激起一阵尘土。火车继续前进，过了一会儿，那股尘埃渐渐消失，变成了地平线上一个肮脏的污点，然后便消失不见了，只有笼罩大地的天空里群星璀璨，飘散着参差不齐的云。

朱明坐下来，闭上眼睛，想睡一会儿。当他睁开眼睛时，天已经蒙蒙亮了。太阳从东边升起，清澈的阳光在灌溉渠上投下闪闪亮光，这些沟渠像蜘蛛网似的裂缝，延伸到火车前方的黑暗中。他的手抚过自己的身体，确认枪、笔记本和道钉都在。背包在他旁边。风已经吹散了车上的煤油味。

他起身走到敞开的舱门前，在昏暗中凝视着那异常平坦的中央山谷，然后，他把身体探出车门，向西望去，远处有点点街灯在闪烁。他的身子探出车厢的边缘，他就这么站了一会儿，此时，唯一的灯光开始分裂成许多明亮的光点，如同坠落大地的黄色星星。现在市区的景色清晰了起来，墙壁和屋顶的剪影映衬着黎明白茫茫的天空。

火车又摇晃着行驶一会儿，刹车便响了。待到火车放慢速度，朱明背上背包，蹲在门边，靴子悬在边缘之外，轻轻一蹬，整个人滚下路堤，身体笔直得像一根填塞棒，滚了几下后在斜坡底部停了下来。过了一会儿，他镇定下来，掸掉裤子和工作衫上的灰尘，站了起来。

他拿出望远镜，吹掉镜片上的灰尘，调整一下观测器，盼着跳火车的时候没有将它摔坏。透过望远镜看到的景物清晰无损。他用望远镜观察了两三英里外的萨克拉门托，随后放回背包里，他抬头望着通往铁路的路堤斜坡，琢磨着该走哪条路线。他检查了枪、道钉和刀。全都在。他的复仇就快完成了。他很快就要见到她了。

他一动不动地站了一会儿，仿佛在等待身体深处某个巨大的飞轮加快速度。然后，他走了起来，无声无息，准备夺走生命。

59

朱明到达萨克拉门托时天光已经大亮了。他走路时把帽檐拉低遮住脸,将那些名字由数字和字母组成的街巷与他记忆中的小路组合起来。他感到一道道目光紧盯着他,跟随他穿过小巷和空旷的大路。街道的地势越来越低,路面上开始出现清澈的积水,像镜面一样平坦。他的靴子浸湿,颜色都变深了。他拐进了一条同样被水淹没的小街,在浅水中跋涉,他不时地左右张望,看看是否有人跟踪。

这里没人在意他。他已经进入了华人沼泽,现在,几十个有着和他一样面孔的华人熙熙攘攘地穿过街道,百来双靴子蹚水穿过水漫的街道。他终于变得不再显眼了。他来到一栋摇摇欲坠的两层楼建筑前,只见窗户被木板封住,似乎已经废弃了至少100年。这里的积水呈灰色,污浊不堪,淹没了遍布裂缝的木台阶,而台阶上方是一扇破旧的前门。朱明走上台阶,重重地敲了一下。

门上与眼睛齐平的高度开了一道小口，两只干瘪的眼睛望着外面的阳光。

"我是朋友。"朱明说。

"我知道。"那个声音答。开口啪的一声合上，随即响起了铁门闩抽出来的声音。门开了一条缝。"进来吧，我的孩子。"那声音道。

朱明扫视了一下街道，看看有没有人在监视。没有。他把门推开一点，闪身进去。墙上只挂着几盏光线微弱的灯笼，暗影憧憧，借着微光可以看到墙壁的钉子上挂着许多武器，有步枪、左轮手枪和霰弹枪，一共有几十支。空气中弥漫着霉味和潮湿的气味。朱明的眼睛慢慢适应了黑暗。

在他身后，一个老人把门闩拉回，由于上了年纪，再加上常年劳作，他的背驼得很严重。他转过身，穿过灯光昏暗的房间，在工作台旁的一张高凳子上坐了下来。他抬起双脚，一条腿搭在另一条腿上，瘦削的手指交叉放在腿上。他的动作有一种奇怪的轻盈感，非常不可思议，仿佛他只是一个年轻的演员在扮演一个老人。"过来。"他说，"坐下来休息一下。"他指了指身边的空凳子。

朱明照办了。"枪匠在哪里？"他问。

老人松开双手，指了指自己。"我就是。"

"我不认识你。"朱明说。

"我也不认识你。"

朱明盯着老人看了很久,试图回忆起很久以前认识的那个枪匠的脸,却发现自己甚至不记得他认识的那个枪匠是年轻还是年老。然而,这个盘腿坐在凳子上的怪人绝对不是原本那个枪匠。这一点他很肯定。可坐在他面前的老人让他产生了一种模糊而不合逻辑的熟悉感,仿佛朱明以前在雾霾中,或是在早已遗忘的梦中遇见过他。出于一种超乎想象的本能,他的手开始伸向枪,考虑着是不是该给这个枪匠一枪,把他从所坐的地方打下来。

"不。"老人说,好像听到了朱明的想法,"放松,我的孩子。"枪匠从凳子上下来,走到工作台后面,那里有一架四脚活梯靠在墙上。"我现在认识你了。"他说,"我也知道你为什么来。"他朝墙上挂着的枪一歪脑袋,"你需要武器,对吗?"

朱明顿时感觉皮肤刺痛不已,一股奇怪而焦虑的能量穿过他的身体。"是你吗,老头儿?"他说。这句话几乎哽在喉咙里说不出来。

"我不知道。"

"先知,"朱明说,"是我呀。"

枪匠似乎没有听见,他爬上梯子,从支撑杆上取下一支步枪。"亨利连发枪。"他说,把武器扛在肩上往下爬。他把枪放在工作台上,正要转身去拿另一把枪,朱明猛地伸出一只手,一把抓住了枪匠的手腕。

"先知。"他又说了一遍,这次声音轻了很多。他从座位上站起，用一只手肘撑在工作台上，手里握着枪匠瘦骨嶙峋的手腕，他的皮肤摸起来像纸一样。老人脸上挂着慈祥的微笑，眼角也皱了起来。朱明在枪匠那张苍老的脸上搜寻着对方认出自己的痕迹。他松开手，坐回凳子上。"你已经不记得我了，是吗，老头儿？"

"确实。"枪匠说。他久久地凝视着朱明。"告诉我你希望我记住什么。"

"我亲眼看见你死的。"朱明情不自禁地脱口而出。他的眼睛刺痛不已，他知道自己的眼角充满了泪水，声音听起来沙哑而陌生。他望着枪匠，痛苦、绝望和无尽的疲惫交织在一起。

"在哪里？"枪匠问。

朱明指着很远的地方，越过这座兵工厂一般的昏暗棚屋的墙壁，越过平坦的山谷，越过巍峨险峻、寒气逼人的群山。"在那里。"他说，"你就是在那里死的，在内华达山脉的东边。"

枪匠没有回答。

"然后我穿过内华达山脉，"朱明说，既是对自己说，也是对枪匠说，更是对黑暗说，"我杀了赫克斯顿，还埋葬了一个我在半路上遇到的华人，我身边除了我自己，没有别人。"他慢慢地深吸了一口气，断断续续地呼了出来。"我没有机会说那句话。"他哽咽着说，"我没能对你说'归去吧'。"

"没关系，孩子。"

"我把你丢在那儿了。"

"孩子,你在外面丢下了一具尸体。仅此而已。"他伸手摸了摸朱明的肩膀。

朱明与他对视。"老头儿,"他说,"行啦。"他的声音温柔而恳求,"你真的认不出我了吗?"

枪匠摇了摇头。"认不出。"他说,"但我知道你为什么来这里。"他走到四脚活梯跟前,把它拖过地板,拖到邻墙边,把梯子扶稳,他又爬了上去。他想拿下一支长枪,却够不着。他轻轻哼了一声,从横档上一跃,一把把枪打了下来,用另一只手接住。他走下梯子,把长枪放在工作台上,挨着亨利连发枪。"这是一支霰弹枪,"他说,"能打两发子弹。"枪匠从一个很普通的盒子里拿出一把子弹,放在工作台上,然后小心翼翼地把每颗子弹都立起来。

朱明用冰冷的指尖捂住眼睛,搓了搓脸。他又抬头看了看枪匠。"你以前是个瞎子。"

"我不记得了。"

朱明咯咯笑了。"你当然不记得。"他眯起眼睛看了看正在数铜弹的枪匠。"你到底是谁,老头儿?"他终于说。

"孩子,振作起来。"枪匠道,没有理会朱明的问题,"你的复仇就快完成了。"

"我累了,老头儿。"

"我知道。"枪匠指了指工作台上的弹药和武器。"这些是给你的。"他说,"两枚霰弹枪的子弹,16枚亨利连发枪的子弹。"

他绕过工作台,又坐在凳子上。"她就在那里。"老人说,"和亚伯、吉迪恩在一起。还有那孩子。他们的办公室就在城外。你应该在中午之前到那儿。"

朱明没有说话,只是点点头,他站了起来,把弹药塞进口袋,把枪斜挎在背上,走到门口。他的手指在昏暗中摸索着门闩。

"界外之人。"后面传来枪匠的声音。

朱明转身看着他,感觉嘴角漾起了一丝微笑。"怎么了,老头儿?"

"拼尽全力去战斗。"

60

朱明趴在波特兄弟办公室外的泥土地上,一直等到傍晚时分,注视着人们进进出出。最后,当太阳开始发红,他站起来,在无人的道路上左右观察了一番,他大步走到办公室门口,在门口停了一会儿。

拼尽全力去战斗,枪匠这么说。

他准备好亨利连发枪,把枪托搭在肩膀上,举着枪管瞄准。他又一次来回看了看所在的这条路面压实的公路,他从门口向后退了几步,摆好射击姿势,深深地吸了一口气,觉得自己的身体放松了下来,肌肉迅速而灵活,已准备好行动。朱明向前快速走了两步,一脚把门踢开。

前台的办事员从座位上猛跳起来,椅子哗啦一声向后滑开。"他来了!"那人喊道,声音里透着恐惧。

他伸手去抓挂在腰上的一把小短筒手枪,朱明依然迈着大步,把枪举到眼前,朝办事员的胸部开了一枪。一股血立即喷到办事员身后的墙上，那人轻哼一声，向后栽倒，身体瘫软，眼睛呆滞，没有了焦点。朱明摇动亨利连发枪的装填杆手柄，一个冒着烟的黄铜弹壳从退壳孔飞了出来，他在办事员倒地前又开了一枪，打穿了他的下巴。楼上响起了男人的叫嚷声，脚步踩在天花板上，咚咚直响。一个穿着靴子的人飞快地跑过楼上的走廊，朱明顺着天花板上的脚步声，开了一枪。尖叫响起，有人扑通一声倒在地上，子弹从天花板上疯狂地射下来，碎片如雨点般落在朱明身上。楼上那个受伤的人一直在尖叫。朱明又朝天花板开了一枪，尖叫声变成了低沉的呻吟。

朱明一直把枪端在眼前，快步走到办事员瘫倒尸体后面的墙边，他扫视着过道，瞄准了过道尽头的楼梯井。他的耳朵被枪声震得嗡嗡作响。楼上传来低沉的喊声："下去！杀了他，杀了他！"一个男人从楼梯井走下来，靴子发出雷鸣般的咚咚声，他一进入视线，朱明就开了枪，这一枪正中大腿，他绊了一跤，摔到楼梯底部的地板上。朱明重新扣动扳机，又开了一枪，那个人便不再动了。在他身后的墙的另一边，有个男人不停地咒骂着，朱明蹲下身子，把子弹送入弹膛，射穿了他一直靠着的那堵墙。那人的头和肩膀从门口倒了进来，朱明站起来又开了一枪，那人的头剧烈地抽搐一下，太阳穴出现了一个小小的弹孔。一阵乱糟糟的声音响起，更多人向他冲了过来。亨利连发枪还剩八颗子弹。他飞快地穿过门口，注视着过道的另一端。那边有一个房间，房门还在合页上慢慢地摆动着。他射穿墙壁打中的那个人肯定就是从那里来的。

他从掩体中走出来，转动亨利连发枪的装填杆，穿过门口，空弹壳在他身后的地板上弹跳着。他两步就走到那人出来的房间，端着枪扫视，发现里面没人。楼梯井里一阵骚动，几个人大声咒骂着走下木楼梯。很快他们就会拥进这个房间，到时他就无处可逃了。他不得不穿过过道。

拼尽全力去战斗。

朱明走了几步，随即加速从房间冲了出来。他把枪举到眼前，侧身朝过道对面扫射，不停地摇动填装杆，对着那些人开了一枪又一枪，而他们的子弹则接连打进了他身后的墙壁里。过了一会儿，他又躲到掩体后面，靠着前室的墙，办事员的尸体依然瘫在地板上。他的连发枪已经没有子弹了。他把它扔在地上，抓起霰弹枪，再次走进过道。现在有三个人死在楼梯井前，还有个人受了伤，不停地呻吟，腿上流着血，正被人拖上楼梯。伤者一看到朱明冲进过道，就断断续续地尖叫起来，连忙去抓拖他的那个人的手，还用一根血淋淋的手指颤抖着指着朱明。拖他上楼梯的人把他扔下，伸手去掏枪，朱明已经走到楼梯脚下，用霰弹枪射中了那人的胸口，那个人轰隆一声倒在楼梯上，滚了下来。朱明把霰弹枪的枪口对准受伤者的前额。

那人无力地举起手捂住枪管，手上的血印在了枪管上。他的眼神狂野而恐惧。"别杀我，求求你，求求你别杀我。"他恳求道，"请别开枪，请别开枪。"

"闭嘴。"朱明咆哮道，"小声点。"他猛地从那人沾满鲜血的手中把枪拔出来，抵在那人的脑壳上。那人双手合十，闭上眼睛，低声哀求朱明不要开枪。"她在这里吗？"朱明问道。

那人使劲咽了口唾沫，点点头。

"在哪里？"

"楼上。"那人哽咽着说，"她和孩子在楼上。"

"亚伯和吉迪恩也在吗？"

那人疯狂地点点头。

楼上传来了脚步声，朱明抬头循声望去，然后把目光转回楼梯上啜泣的男人。"你们还剩多少人？"他说。

"我不知道，"那人绝望地说，他的音调和音量都提高了，"我不知道，我不知道。"

"我说了，小点声。"朱明咬牙切齿地说。他用枪管托起那人的下巴，冷冷地盯着他的眼睛。"你骗我？"朱明问。

"我没有撒谎，我发誓我没有撒谎。"他含糊地说，眼泪都快流下来了。

朱明把枪从那人的脑袋上拿开，环顾四周，默默数着尸体。七具，此外还有这个仍在呜咽的。朱明问这里有多少人为波特兄弟工作。

"八个。"那人脱口而出，似乎因为知道答案而松了一口气。

"包括你吗？"

那人点了点头。

朱明微微低下了头。他的耳鸣开始减轻。他转过身,用霰弹枪瞄准躺在他们身后过道里的几具尸体,把一根手指放在嘴唇上,让伤者安静下来,然后朝地板开了一枪。他轻轻地把霰弹枪放在楼梯上,抽出左轮手枪。"告诉他们你抓住我了。"他说,声音很低。他把目光向上一瞥,示意自己指的是波特兄弟。"快点。"

那人一直盯着朱明的脸,朝楼上喊道:"我抓住他了。"他有气无力。他的声音很微弱。

"再说一遍。"朱明吩咐道,"大点声。"

"我抓住他了。"那人抬高声音又说了一遍。

随着嘎吱一声,楼上的一扇门开了。"是你吗,沃尔特?"

听到那个声音,一阵电流猛地涌过朱明的身体。是亚伯·波特。"回答他。"朱明吼道,声音非常低。

"是我。"那人喊道。

"还有谁活着?"亚伯问道。

"只有我了,先生。"那人回答说。

"见鬼。"亚伯说,他的声音突然兴奋起来,"上来领你的赏金吧。"

亚伯口中的沃尔特惊慌地看着朱明。

"说你马上上去。"朱明说,用拇指上好击锤。

听到这个声音,那人顿时吓得脸色发白,他恐惧地摇了摇头,开始胡言乱语,恳求朱明不要杀他。

"闭嘴。"朱明厉声说,但那人并没有住口。

"沃尔特!"亚伯喊道,"你没事吧?"

楼上门口传来一阵犹豫的脚步声,朱明伸出虎钳般的手,捂住伤者不停呜咽的嘴,那人开始奋力尖叫起来。

"沃尔特!"亚伯喊道,声音里带着一丝惊恐。

突然,楼上响起一阵急促的脚步声,只听咔嗒一声,左轮手枪的击锤上好了。没有时间了。朱明把手从那人的嘴巴上抬起,把左轮手枪的枪口插入他被烟草熏黄的牙齿之间,开了一枪,那人瘫软的身体随即滑下楼梯。朱明则已经飞奔上楼,一只手拿枪,另一只手扶墙。快到楼梯顶端时,亚伯正从他的办公室里走出来,手里拿着一把闪闪发光的左轮手枪。朱明朝亚伯的胸口开了三枪,左轮手枪从他手里飞了出去,他瘫倒在地。朱明一个箭步跨过最后几级楼梯,迈了三大步来到亚伯跟前,到了第四步,他的靴子就踏在了亚伯的脸上。鲜血从亚伯断裂的鼻子里流了出来。

朱明一脚把亚伯的左轮手枪踢下楼梯,蹲在他那张残破的脸旁,揪住他的胡子,把他提了起来。"吉迪恩在哪儿?"他咆哮道。

亚伯大笑起来,起初发出一阵痛苦的喘息,接着,他爆发出洪亮的大笑,血从他的嘴角汹涌地流了出来。

朱明把他的头往墙上撞。"吉迪恩在哪儿?"他咆哮道。

亚伯耸了耸肩,脸上露出一副嘲笑的神情。他又笑了起来。

他的眼睛飞快地扫视着走廊,就在朱明顺着他的目光看去时,一颗铅弹擦着他的头皮飞过,发出雷鸣般的轰鸣声,在墙上留下了一个拳头大小的洞。一束阳光从洞里射了进来,照亮了整个空间,一时间弄得他睁不开眼睛。朱明一猫腰,躲过了另一颗飞过走廊的铅弹,他头朝前滚进一个空房间,差点儿就中弹了。

走廊上传来脚步声。"出来吧,你这个狗娘养的。"一个声音嘲笑道。是吉迪恩。

只听咔嚓一声,霰弹枪打开,黄铜弹壳啪嗒一声掉在地上。朱明蹲下身子,把手伸到走廊里,胡乱开了两枪,不禁暗骂自己浪费子弹。他低声咒骂了几句,知道自己不该如此。他站起来,深深地吸了几口气,靠在身后的墙上。盛怒之下,判断定有偏颇。

"你没打中我!"吉迪恩喊道,还爆发出一阵残酷而尖锐的笑声,"该死的,你生疏了,明。"他的霰弹枪啪的一声合上了。

朱明熟练地换下他那支雷明顿左轮手枪依旧温热的用过的旋转弹膛,换上了第二个也是最后一个旋转弹膛。他深深吸了一口气,熟悉的重量使他平静下来,他的枪准备好了,可以夺人性命。他向后仰起头,闭上了眼睛。

"你到我的办公室来了?"吉迪恩说,"你进来,杀了我的手下,还杀了我的兄弟,他可是我的骨肉同胞!"他吼道,声音越来越高,"因为你,我的妻儿都很危险。你以为我阻止不了你？你这个苦力，狗杂种！"他的脚步在门槛后面停了下来。"出来，你这个黄种狗！"

朱明睁开眼，拉开了击锤。他没有动。有那么一会儿，四周静谧无声，接着传来婴儿微弱而低沉的哭声。

"听到了吗？"吉迪恩说，"没人能夺走我的爱。"

朱明的手腕一挥，空旋转弹膛从地板滑进了走廊，吉迪恩随即开火，一时间木屑飞溅，犹如喷泉一般。朱明冲进走廊，朝吉迪恩的胸口开了一枪，用空着的那只手抓住吉迪恩霰弹枪的枪管，猛地一扭。扳机护环别住了吉迪恩的手指，从指关节处硬生生掰断，他疼得吼叫起来，霰弹枪掉到地上，朱明又朝他的胸口开了两枪。

吉迪恩摇摇晃晃地后退一步，停下，身体轻轻地摇晃着。血从他的衬衣前襟淌下来，从嘴角滴下来。他看了一眼朱明脚边的霰弹枪，眉头紧锁，好像在回答一个谜语。"你……"他说。

朱明又朝他开了一枪，吉迪恩重重地坐了下来，身体倒向一边。他的眼睛跟着朱明，夹杂着惶惑和恐惧，眼神逐渐变得暗淡。他的嘴唇动着，却没有发出声音，朱明俯身凑到吉迪恩脸边听了听。

"艾达。"他说。

朱明起身，捡起了霰弹枪，打开枪身。只剩下一发子弹了。吉迪恩的脚在抽搐，他的目光在走廊来回移动，没有聚焦，对世界漠不关心。朱明把霰弹枪的枪管对准吉迪恩的太阳穴，开了火。吉迪恩的半个脑袋不见了，一切都安静下来，只有在走廊尽头一扇紧闭的门后，婴儿仍在哭泣。

朱明扔下空霰弹枪，朝哭声走去。他把耳朵贴在门上。婴儿的哭声中夹杂着成人急促的呼吸声。"艾达。"他喊道。

没有回答。

"艾达。"他又说。他转动门把手，轻轻推开门。

她站在那里，和朱明记忆中一样美丽，只是浑身是汗。她拿着一把霰弹枪，站在婴儿床前，婴儿的哭声就是从那里传来的。除了孩子的哭声，只有她的呼吸声和枪声在他耳朵里留下的逐渐减弱的耳鸣声。

"艾达。"朱明低声说。

"你。"她说，声音有些颤抖。他迈步向她走去，她立即惊慌失措地把霰弹枪举到肩上，瞄准了他。"别再靠近了！"

"是我。"朱明轻声说，"艾达，是我呀。"

"我知道。"她粗暴地说。她的五官有些扭曲，呼吸哽在喉咙里，轻轻啜泣着。枪管晃动不定。她把一只手从猎枪上移开，生气地擦去脸上的泪水。朱明再次走向她，她的手又回到枪上，朝他们之间的地面开了一枪。朱明停下脚步。"我不是在开玩笑。"她说。她的眼泪流了下来，脸颊留下了晶莹的泪痕。

"我做到了。"朱明说，"我们现在可以在一起了。"

"你为什么一定要来这里？"艾达喊道，"你为什么非得来这里？"

在她身后，婴儿的哭声还在继续。

"我从来没有选择。"朱明说，"我不得不这么做，他们把你抢走了……"

艾达痛苦的哀号打断了他。"是我让他们这么做的！"她哭喊道，"我爱过你，我爱过你，我的确爱过你。"她的眼神凶狠而明亮。"但我怎么能和一个杀人不眨眼的人一起生儿育女呢？"

"可是吉迪恩……"他说。

"你杀了他！你杀了我孩子的父亲！"她的脸扭曲成一副悲伤和愤怒的面具，身体颤抖不止，但她仍然紧紧地握着枪，泪眼蒙眬地用枪指着朱明。她深吸了几口气，使自己镇定下来。

"是你让他们这么做的？"朱明说。

"我怕你。"艾达说，她的声音现在冰冷而平静。

"宝贝。"他低声说道。他的脉搏慢了下来，整个世界猛烈而沉重地压在他身上。

"你知道他们想杀你吗？"她说，"我求他们不要这样做，求他们另寻他路。因为我爱你。"她深深吸了一口气，然后一点点地呼出，她的手指动来动去，调整着握枪的姿势。"我以前的确爱你。不过我可不想再犯那样的错误了。"她说着，上好霰弹枪的击锤。

"别这么做。"朱明说，声音有些哽咽，"别逼我。"

艾达闭上一只眼睛，把头靠在霰弹枪的枪托上，瞄准了朱明的胸口。她的手指扣在扳机上。

他原以为自己会感到愤怒，或者失落。但是，他的身体没有发热，胸口也没有疼痛。他只觉得筋疲力尽。艾达的神情变得冷酷起来，她稳住了霰弹枪的枪管。他感觉到自己的手做出了一系列流畅、可靠又熟练的动作，毕竟同样的动作，他已经做过无数次了，这是他的身体在对一种变幻莫测、逐渐消失的义务做出的反应，似乎有一只不再属于他的手扣住了一支枪。他的怒气已经消失。复仇的欲望也蒸发了。所有的一切都离他而去。现在只剩下存在于所有人内心深处的一种原始冲动，那种冲动会扯着人的身体不断向下坠，向下坠。

她笨拙地摔倒了，四肢、头发和金属枪支乱成一团，鲜血从她面颊上突然出现的那个完美小洞里涌了出来。她的霰弹枪打偏了，射穿了天花板，傍晚的阳光倾泻进来。

他在阳光充足的房间里站了很久，看着光亮而洁净的血流过地板，沿着地板缝平行移动。他耳朵里的嗡嗡声渐渐消失了，连婴儿的哭声也慢慢消失了。他走到艾达跟前，蹲在她的尸体旁，仔细端详她那张残破的脸，在尘土飞扬的空气中打量她那双眨也不眨的眼睛，血从她的脸颊上流下来。她的面庞既熟悉又陌生，仿佛是他在远处见过的人，是别人的梦，也许是别人的记忆。他盯着她，最后，她的脸似乎不再是一张脸，而是变成了一组他很久以前或许能认出来的模糊的五官的组合。他知道自己终于开始忘记了，意识到这一点，一种隐隐的疼痛向他袭来，这可能是解脱，还可能是悲伤正在枯竭。他把枪收入枪套,抬手搓了搓脸,这时,一个个记忆不请自来,出现在他眼前,是那样安静与平和。先知呆滞的目光。领班在坟墓里被蒙住了眼睛。会变形的巨人普罗透斯,两个舞台小工,手上拥有奇怪的力量,用双手创造杰作。亨特,手里拿着一根削尖的肋骨。还有哈泽尔,她的身体和脸庞都被火舌吞没了。

那种古老的责任感再度出现了。

艾达的眼睛仍然睁着。他伸出手,拉下她的眼皮,遮住了她什么都看不到的眼睛,他的手在她脸上留下了长长的血痕。他突然想说点什么,他找到了时刻准备着的那几个字眼。他伸出双手放在她的尸体上方,停顿了一会儿。

"归去吧。"他低声说道。

这会儿,朱明站起来,低头看着艾达的尸体,她的衣服上浸透了鲜血,在她身后的婴儿床里,那个已经成为孤儿的孩子正在睡觉。如今,那孩子和他一样都是孤儿了,他不忍去看他的脸。朱明嘴里有金属和花朵的味道。他觉得自己好像有100年没睡过觉了,或者说,他终于从一场古老的梦中醒来了。

他转过身,很快就不见了踪迹。

尾声

火车还没进入视线,铁轨就已经开始嗡嗡作响了,长而低沉的嗡嗡声被远处断断续续的钢铁碰撞的咔嗒声和摩擦声打断。男人站在那里,一个皮包低低地挂在肩上,他瞪着一双黑色的眼睛注视着东方,凝视着铁轨。站台上的其他人都闪到了一边,交头接耳地说着什么,无疑都是在谈论他,不过他听不见。也许火车晚点了。他从轨道旁走开,走到售票处看售票员有没有回来。百叶窗还关着。无所谓。他可以先上车后补票。他靠在售票处,旁边是一对母子,母亲把儿子紧紧搂在怀里,警惕地看了男人一眼。

男孩抬头望着男人。"那是真枪吗,先生?"

母亲吓坏了,把男孩搂得更紧,叫他安静。

男人低头看着男孩,微微一笑。"是的。"他说。

男孩问能不能摸摸枪。

"安静。"母亲警告说。然后,她对男人说:"对不起,他打扰到你了，先生。"

"他没有打扰任何人。"男人和善地说。他从枪套里掏出枪，用熟练的动作把旋转弹膛弄出来收进口袋。他把枪放到另一只手里，递给男孩，后者带着敬畏的神情接了过去。

男孩把枪在手里翻转过来，用手指扣上扳机，举起枪瞄准。

男人把一只坚定而沉重的手放在枪管上，将枪管向下压。"小心点。"他警告男孩，"这不是玩具。"

"把枪还给他。"母亲说。男孩摇了摇头，把枪捧在胸前，母亲俯身从他的小手中拽出了左轮手枪。她把枪递还给男人，并感谢了他。

"没关系，太太。"他说。他把旋转弹膛放回枪里，再把枪收入枪套。

"你很有名吗，先生？"男孩问。

"不。"他说。

"你确定你不出名吗，先生？"男孩又问，"我好像在哪儿见过你。"

男人低头看着他，想了一会儿。"一定是有个人长得和我很像。"

远处的汽笛声表明火车正在驶近。男人向男孩和他的母亲点了点头，又走到铁轨旁，被黎明的阳光一照，他的皮肤有些刺痛。随着火车头驶近，地平线上的微光变成了灰色的薄雾。男人低头看了看自己的手，擦去指关节上一点干了的血迹。他把手伸进口袋，拿出一沓皱巴巴的钞票，一张张抚平后对折，放回口袋。火车头嘶嘶响着，伴随着一声刺耳的声音停了下来，锅炉工从驾驶室下来，脸和胳膊都被煤烟熏黑了，额头上的汗水闪闪发光。

在列车的尽头，列车员探出车厢门，眯着眼睛看了看怀表，然后放回口袋。"6点39分到普罗蒙特。"列车员喊道，"各位请上车。"

一阵窸窸窣窣的声音传来，面目模糊的男女拖着旅行袋和行李箱，开始进入火车车厢。

男人等待着，见站台上没人了，他走到列车员站着的车厢门口，上了车。"我没有票，"他解释说，"售票员不在售票处。"

列车员点点头，上下打量着他。"你可以从我这里买票。"他说，"你要去哪里，中国佬？"

男人迎上列车员的目光，神情有些怪异，嘴边露出一抹疲倦的微笑。

"里诺。"

致 谢

作者在此感谢：乔纳森·莱瑟姆、丽莎·奎恩、本·乔治、格雷格·库利克、本·艾伦、玛丽·蒙达卡、阿丽莎·珀森斯、金伯利·谢、劳拉·马梅洛克、埃文·汉森-邦迪、梅西·巴纳、布鲁斯·尼科尔斯、阿登·里德、文悦（音译）、林建豪（音译）、李秀华（音译）、文广列（音译）、林国民（音译）、陈雅翔（音译）、皮亚·斯特鲁泽里。这本书是在帕特温人[1]的土地上撰写而成的。

---

[1] 居住在加州萨克拉门托山谷的北美印第安人。